永康文獻叢書

吳絳雪集

【清】吳絳雪 撰

章竟成 整理

圖書在版編目(CIP)數據

吳絳雪集 /（清）吳絳雪撰；章竟成整理. —上海：
上海古籍出版社，2022.3
（永康文獻叢書）
ISBN 978-7-5732-0226-0

Ⅰ.①吳…　Ⅱ.①吳…②章…　Ⅲ.①文學—作品綜
合集—中國—清代　Ⅳ.①I214.92

中國版本圖書館 CIP 數據核字(2021)第 278648 號

永康文獻叢書

吳絳雪集

［清］吳絳雪　撰

章竟成　整理

上海古籍出版社出版發行

（上海市閔行區號景路 159 弄 1-5 號 A 座 5F　郵政編碼 201101）

(1) 網址：www.guji.com.cn

(2) E-mail：guji1@guji.com.cn

(3) 易文網網址：www.ewen.co

浙江新華數碼印務有限公司印刷

開本 710×1000　1/16　印張 18　插頁 10　字數 225,000

2022 年 3 月第 1 版　2022 年 3 月第 1 次印刷

印數：1—2,500

ISBN 978-7-5732-0226-0

Ⅰ·3610　定價：108.00 元

如有質量問題，請與承印公司聯繫

永康文獻叢書編纂成員名單

指導委員會

主　任　　　　章旭升　胡勇春

副主任　　　　程學軍　章錦水　盧　軼　胡濰偉

委　員　　　　吕振堯　施一軍　杜奕銘　胡培新　徐啓波　舒朝建

　　　辦公室主任　　　施一軍

　　　副主任　　　　徐湖兵　朱俊鋒

　　　成　員　　　　徐關元　陳有福　應　蕾　童奕楠

顧問委員會

主　任　　　　胡德偉

委　員　　　　魯　光　盧敦基　盧禮陽　朱有抗　徐小飛　應寶容

編輯委員會

主　編　　　　李世揚

委　員　　　　朱維安　章竟成　林　毅　麻建成　徐立斌

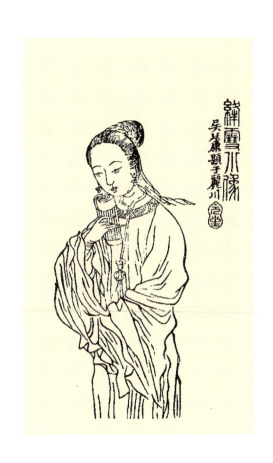

吴绛雪像

禮華乆謝蝕月存子
亮波飛亮篆幽芬弓
莒摧以芳和碎烈兮
省識春風長蘇極兮

楊璿華贊

吳絳雪像贊

六宜樓稿

題晴湖春泛圖

永康　吳宗愛

畫橈稏緲欲凌空兩岸花開映水紅三十里湖晴一色

春來都在曉鶯中

遲素開不至

日暖疎簾燕子催春風不見繡襦秾芳華且待佳人賞

爲祝桃花綏綏開

喜晤素聞

果然邂逅想離羣翠鶴橋前噪夕曛筆硯邇來誰其我

冰壺山館本《吳絳雪詩集》書影

《桃溪雪傳奇》書影

吴绛雪夫徐明英手迹

烈婦祠（浙江省第六批省級文物保護單位）

吴绛雪墓

徐烈婦墓殘碑

烈婦亭（吳絳雪殉難處）

總　序

永康歷史悠久，人文薈萃。

據南朝宋鄭緝之《東陽記》載，永康於三國赤烏八年（245）置縣。建縣近 1800 年來，雖經朝代更替，然縣名、治所及區域，庶無大變，風俗名物，班班可考，辭章文獻，卷帙頗豐。

魏晉南北朝至隋唐，是中國經濟重心由北向南轉移的準備階段，永康的風土人情漸次載入各類典籍。北宋以降，永康即以名賢輩出、群星璀璨而著稱婺州。名臣高士，時聞朝野；文采風流，廣播海內。本邑由宋至清，載正史列傳 20 餘人，科舉進士 200 餘名。北宋胡則首開進士科名，爲官一任，造福一方；徐無黨受業於歐陽修，深得良史筆意，嘗注《新五代史》，沾溉後學。南宋狀元陳亮創立永康學派，宣導事功，名播四海；樓炤、章服、林大中、應孟明位高權重，憂國憂民，道德文章，著稱南北。元代胡長孺安貧守志，文采斐然，名列“中南八士”。明代榜眼程文德與應典、盧可久，先後講學五峰書院，傳播陽明之學，盛極一時；朱方長期任職府縣，清廉自守，史稱一代廉吏；王崇投筆從戎，巡撫南疆，功勳卓著；徐文通宦游期間與當時文壇鉅子交往密切，吟咏多有佳作。清初才女吳絳雪保境安民，壯烈殉身，名標青史；潘樹棠博聞強記，飽讀詩書，人稱“八婺書櫥”；晚清應寶時主政上海，對申城拓展、繁榮卓有貢獻；胡鳳丹、胡宗楙父子畢生搜羅鄉邦文獻，刊刻《金華叢書》，嘉惠士林。民國呂公望，早年投身辛亥革命，曾任浙江督軍兼省長，公暇與程士毅、盧士希、應均等人結社唱酬，引

1

領一代文風。抗戰期間，方巖成爲浙江省政府臨時駐地，四方賢俊，匯聚於此，文人墨客，以筆代口，爲抗日救亡而吶喊，在永康文化史上留下濃重一筆。

據粗略統計，本邑往哲先賢自北宋到民國時期，所撰經史子集各類著作及裒輯成集者，360 餘家，近千種。惜年代久遠，迭經兵燹蟲蠹、水火厄害，相當部分已灰飛烟滅，蕩然無存。現國内外公私圖書館藏有本邑歷代著作僅百餘部，其中收入《四庫全書》及存目、《續修四庫全書》者 20 餘部。這是歷代先賢留給我們的寶貴精神財富，也是我們傳承文化基因、汲取歷史智慧的重要載體，更是一座有待開發的文化寶藏。

爲整理出版《永康文獻叢書》，多年以來，我市有識之士不懈呼籲，社會各界紛紛提議，希望開展此項工作。新時代政治清明，百業興盛，重教崇文。爲弘揚優秀傳統文化，拓展我市文化内涵，提升城市文化品位，推進永康文化建設，永康市委市政府因勢利導，決定由市委宣傳部牽頭，文廣旅體局組織實施，啓動《永康文獻叢書》出版工程。歷經一年籌備，具體工作於 2021 年 3 月正式展開。

整理出版《永康文獻叢書》，以新時代中國特色社會主義思想爲指導，以中共中央《關於整理我國古籍的指示》爲指針，認真貫徹國務院《關於進一步加强古籍保護工作的意見》，繼承與發揚永康學派的優良傳統，着眼永康文化品位、學術氛圍的營造與提升，系統梳理傳統文化資源，讓沉寂在古籍裏的文字鮮活起來，努力展示本邑傳統文化的獨特魅力，積極推進永康文化建設。現擬用八至十年時間，動員組織市内外專業人士和社會各界力量，將永康文學、歷史、哲學、法學、經濟學、社會學、教育學諸方面的重要古籍資料，分批整理完稿；遵循"精選、精編、精印"的原則，總量在 50 部左右，每年五至六部，分期公開出版，並向全國發行。

《永康文獻叢書》原則上只收録永康現有行政區域内，自建縣以來至中華人民共和國成立之前的文獻遺存。注重近代檔案及其他文史資料的收集整理。在永康生活時間較長，或產生過較大影響的外邑人士的著作，酌情收入。叢書的採編，以搶救挖掘地方文獻中的刻本以及流傳稀少的稿本、抄本爲重點；優先安排影響較大、學術價值較高、原創性較強的著作；對在永康歷史上產生過重大影響的家族譜牒，也適當篩選吸收。

本次叢書整理，在注重現存古籍點校的同時，突出新編功能。一些重要歷史人物的著述已經完全散逸，但尚有大量詩文見諸他人著作或志牒之中，又屢屢被時人和後人提及，則予以輯佚新編。一些歷史人物知名度不高，但留存的詩文較多，以前從未結集，酌情編輯出版。宋元以來，我邑不少先賢，雖無著述單行，但大多有零散詩文傳世，爲免遺珠之憾，也擬彙總結集。

歷史因文化而精彩，文化因歷史而厚重。把永康發展的歷史記錄下來，把永康的文獻典籍整理出來，把優秀傳統文化傳承下去，關乎永康歷史文脉的延續，關乎永康精神的傳承，關乎五金文化名城軟實力的提升。因此，整理出版工作必須堅持政府主導、社會支援、專家負責的工作方針，遂分別建立指導委員會、顧問委員會、編輯委員會，各司其職，相互配合，以確保叢書整理出版計劃的全面落實與高品質實施。

《永康文獻叢書》整理出版的品質，在很大程度上取決於編纂人員的學識、眼光、格局，也取決於編纂人員的工作態度和敬業精神。爲此，編纂團隊將懷敬畏之心、精品意識、服務觀念、奉獻精神，抱着“爲古人行役”的理念，以“功成不必在我”的境界和“功成必定有我”的歷史擔當，甘於寂寞，堅守初心，知難而進，任勞任怨，將《永康文獻叢書》整理好、編輯好、出版好。

《永康文獻叢書》是永康建縣 1800 年來，首次對本邑古籍文獻進行系統整理，是一套“千年未曾見，百年難再有”的大型歷史文獻，是對永康蘊藏豐富的文化資源的深入挖掘、科學梳理和集中展示,是構築全國有影響的文化高地的有效途徑,對於推進永康文化的研究、開發和傳播,有着不可估量的可持續發展潛力。它是一項永康傳統文化的探源工程、搶救工程,是一項功在當代、惠及千秋的傳承工程、鑄魂工程,是一項永康優秀傳統文化的建設工程、形象工程。我們要在傳承經典中守好文化根脉,在扎根本土中豐富精神內涵,在相容並濟中打響文化品牌,爲實現永康經濟社會發展新跨越,爲打造"世界五金之都,品質活力永康",提供强大的精神動力和文化支撑。

《永康文獻叢書》編委會

2021 年 10 月

前　言

350 年前的順治、康熙年間，永康這塊貧瘠的土地上，傲然長出了一株幽蘭，她的人生傳奇足以驚天地泣鬼神，她就是一代才女、美女、烈女吳絳雪。

（一）

吳絳雪（1650～1674），清代著名閨閣詩人，原名宗愛，字絳雪，號綠香，今永康古山後塘弄人。父士騏，字驥良，以明經（即貢生）歷任仙居、秀水（今嘉興、嘉善地區）、剡縣（今嵊州）教諭。母應氏，本縣芝英人，絳雪生年即歿。絳雪姐妹三人，其排行第三。絳雪從小隨父宦游讀書，聰慧過人。九歲通音律，十一歲能作詩，十二歲時以詩入畫，設色精絕，書法不同凡響。"吳絳雪，邑之才女也"，"爲人多技能，通音律，精繪事之外，尤工爲詩"，這是清道咸間永康縣丞吳廷康對她才華的評價。

吳絳雪姿容秀麗，有國色之貌。十六歲返永康，奉父命嫁同邑城西諸生徐明英，兩情相好，夫唱婦隨，"困頓共君守，艱難共君持"①，"持家井臼負芳晨"②。吳絳雪二十四歲時，徐明英在外出謀生、游幕中，不幸染病身亡。年輕守寡的吳絳雪曾自述"人間薄命恨無窮"③。

---

① 吳絳雪《同心歌》中句。
② 吳絳雪《鄰女約踏青不果》中句。
③ 吳絳雪《悼杏》中句。

紅顏薄命，天妒英才。次年六月，藩王耿精忠起兵福建，其部將徐尚朝統軍進攻浙東一帶，一路燒殺搶掠，進逼永康。徐尚朝早已聞知絳雪才貌，揚言"以絳雪獻者免"。兵臨城下，爲全城百姓免遭殺戮，永康官紳脅迫絳雪從之以獲免，絳雪深明大義，以"未亡人終一死耳"慷慨而應。"賊得絳雪喜，既出境，以兩騎翼。……至三十里坑，絳雪度賊且止營，紿騎下取飲，投崖死。"①時康熙十三年甲寅六月，絳雪殉節卒，年二十五歲。

空谷幽蘭，一代詩魂。吳絳雪遺有詩稿兩卷，上卷爲《六宜樓稿》，作于隨父在宦之時，下卷爲《綠華草》，作於其嫁到永康之後；另有《報素聞書》一文及《回文同心梔子鏡箔圖》等。

絳雪多才多藝，除了擅長寫詩，還精於書畫。工花卉翎毛，亦喜繪山水。畫上往往蓋有印文爲"懶於針綫因貪畫，不惜精神愛讀書"的押角圖章。當時的名流龔芝麓曾爲絳雪畫册題詩道："賣珠補屋意高閑，萬迭煙霞擁玉顏。想像亂峰晴雪裏，自臨眉黛寫青山。"吳絳雪的書法亦達到較高水準，時人評爲"酷似董香光"。由於絳雪書畫女中獨魁，所以其藝術作品在清代已廣爲流傳。《永康縣誌》載"芝英莊應氏至今藏有絳雪書畫，嘗從應榆亭茂才乞得《杏林春燕小册》，設色精絶"；彭玉麟在文集中自述"予家藏有絳雪畫梅一幅"；當代徐邦達所編《歷代流傳書畫作品編年表》中記述親眼看過絳雪所繪《花鳥册》十二頁真迹；《桃溪雪》亦稱"鄉邑傳寶其詩畫"。只可惜，如今絳雪真迹已難覓芳蹤。所以我們只能寄希望于未來，如若有幸，未來某日説不定真會飛回杳然無息的黃鶴，讓我們睹其芳容。

（二）

吳絳雪一生短暫，爲後人留下了百餘首詩文。其中流傳至今的

---

① 許楣《徐烈婦傳》中句。

《六宜樓稿》共計 51 首，《綠華草》共計 50 首。《報素聞書》是絳雪在康熙十一年時寫給其族妹素聞的文書，并繡回文《同心梔子鏡箔圖》一幅相贈。

康熙時，東陽王崇炳最先將絳雪詩作編輯成册，名爲《吳絳雪詩鈔》。後來此詩鈔僅存殘卷。道光時吳廷康爲永康丞，得知絳雪事迹，訪咨故老，得詩百餘首，與友人商量重梓其詩鈔，并請當朝名人許楣爲之作傳、叙；請友人作序、跋；延請名家黃憲清（韻珊）將吳絳雪事迹填詞布曲成《桃溪雪傳奇》①，這才使得絳雪之詩繼續流傳於世，絳雪光輝事迹免於湮没。

《六宜樓稿》創作於吳絳雪成婚之前，正是吳絳雪一生中最甜美、最值得懷念的時光。通卷詩稿洋溢着少女活潑開朗、天真爛漫的激情，對世界、對生活充滿美好的憧憬。開卷第一首詩爲《題晴湖春泛圖》："畫橈縹緲欲凌空，兩岸花開映水紅。三十里湖晴一色，春來都在曉鶯中。"此詩是絳雪十一歲時所作，當時絳雪還是一個純真無邪的小姑娘，詩歌尚屬習作，"模仿的痕迹在所難免，可貴的是在似曾相識的詩句中，傳達了少女特有的敏感和天真，經過幻想純化了的歡愉之情溢於言表"②。此卷 51 首詩中除了 7 首五言詩（《題畫》《齋居雜咏》《賣花人》《賣餳客》《小園》《秋日園林即景》《代家大人送戴文學之四川》）外，其餘 44 首皆是七言詩。其中有多首是與素聞唱和之作，抑或是寫給素聞之作，從中可以看出絳雪與其族妹素聞的深厚情誼，是情逾骨肉的知己。

《綠華草》則創作在十六歲歸永康成婚之後。50 首詩的創作基調和洋溢的情感與《六宜樓稿》完全不一樣，創作手法更加嫻熟。所寫内容有歸家之後與親人相處之作，如《元宵》《歸家有感》；有别素聞之

---

① 黃憲清於道光三十年（1850）更名爲黃燮清，《桃溪雪傳奇》作於此前的道光二十六年（1846），故署名兩見。

② 胡國鈞《箋注吳絳雪詩鈔》中注釋。

後對素聞的思念之作,如《寄懷素聞》;有寫成家之後操持家庭生活不易和困苦之作,如《貧女行爲外弟榮作》《鄰女約踏青不果》等;也有自己憂愁苦悶、對婚後生活不滿等等的詩歌。此卷詩多爲憂傷、苦悶、愁感的語調,也正是絳雪奉父之命成婚後現實生活的寫照。

　　《報素聞書》一文,是絳雪殉難前兩年寫給族妹素聞的。信中辭真意切,字字血淚。傳達姐妹分別之後,雖相隔數百里,幾年未見,但自己對素聞妹的思念不但未有減輕,反而愈加濃烈。并且訴説自己自結縭之後,生活艱難困苦,操勞不止,縱有花容月貌,也抵不過歲月和家庭焦勞摧殘的怨緒,與素聞妹正是“盈盈妙年,名花初開,春煦方旭”相比,不免心焉傷之,不堪言説。絳雪對素聞思念之餘,還親手繡製了回文《同心梔子鏡箔圖》一幅及香囊數隻作爲贈禮,既聊表思念之情,又蘊含對素聞的深深祝福。

(三)

　　吴絳雪生於順治七年(1650),卒於康熙十三年(1674),生命匆匆,年僅二十五歲。儘管她聰穎早慧,詩才橫溢,但遺世詩文不是很多,只百餘首而已。如果單以其詩文爲集,尤顯單薄。爲了方便讀者瞭解和研究吴絳雪,這次所編《吴絳雪集》內容以雲鶴仙館本《徐烈婦詩鈔》爲主體,附以新中國成立前與吴絳雪相關的作品解讀、文學創作、序跋題詞、研究文章等。主要包括吴絳雪撰著的《六宜樓稿》《綠華草》,應瑩的《同心梔子圖續編》,俞樾的《吴絳雪年譜》,許楣等的吴絳雪傳記,黃憲清(韻珊)的《桃溪雪傳奇》,程文椷的《同心梔彈詞》,還有上海圖書館藏本《徐烈婦祠志》以及相關圖書中的序跋題詞、人物評論等。

　　《吴絳雪詩集》以光緒元年雲鶴仙館本《徐烈婦詩鈔》作底本,以冰壺山館本、光緒丁未孫鏘本和民國石印本等爲參校本。《桃溪雪傳奇》以雲鶴仙館本作底本,以道光丁未拙宜園樂府本和民國石印本爲参校本。《同心梔彈詞》以民國上海商務印書館本爲底本。《徐烈婦祠志》以上海圖書館藏本爲底本。

《吳絳雪詩集》底本《徐烈婦詩鈔》正文中有許楣所作圈點，并有眉批評注。鑒於版式改變，本編將眉批評注置於右，與所評詩句對齊，在所評詩句句尾加＊標識。詩中自注以宋體小字置於原句後。《桃溪雪》底本有李光溥的眉批評注，現移入正文對應處，以【眉】字標示。

凡底本與參校本有異者，如底本確實有誤，正文予以改正，并於當頁出校記。如有殘缺難辨者，以"□"符號替代。

附録中所輯録的文獻，均注明出處。

（四）

《吳絳雪集》能列入"永康文獻叢書"文化工程肇啓後的第一批整理書目面世，一方面説明吳絳雪在永康歷史中有其特殊地位，另一方面也因整理出版《吳絳雪集》的條件比較完備、成熟。本人作爲文獻叢書的編委之一，接受編校《吳絳雪集》的任務，雖有臨陣受命的成分，但更多的是一種發自内心的文化自覺和責任擔當，以及對"才德并著，節烈獨奇"的吳絳雪的欽佩與景仰。

編校時間從今年的２月開始到７月中旬結束，差不多用了半年的工餘時間。整個編校過程雖然碰到很多難題，但走過來了便成了一種學習提高的經驗。其間一次次深入歷史情境、歷史人物，每每心靈受到震撼和洗禮，不知多少次似有與歷史主人公休戚與共的感覺。

編校《吳絳雪集》應該説是一種緣分，更是一種福分。能在這個偉大時代，爲３５０年前的美女"仙人"吳絳雪做點事，更是本人的幸運。在此特別感謝李世揚先生爲本人提供雲鶴仙館本《桃溪雪傳奇》、道光丁未本《拙宜園樂府桃溪雪》以及三個不同版本的《徐烈婦詩鈔》複印本，徐立斌先生提供上海圖書館藏《徐烈婦祠志》下載本和網上搜尋到的相關資料，吳雄利先生提供《同心梔彈詞》信息及複印本。還要至誠感謝蘇州大學著名學者徐斯年教授以及徐天送老師爲本集的整理提出不少好的意見。最後還要感謝吳華剛先生爲編校整理工作給予的大力支持。餘不一一，謹致謝忱。

奉上拙編，惶恐十分。囿于水平，書内差錯一定不少，望諒涵、指正。

章竟成

二〇二一年七月十二日

目　錄

吳絳雪詩集

卷一　六宜樓稿

卷三　回文詩

附　録

一、年譜 傳記

二、《徐烈婦詩鈔》序跋題辭

吴絳雪詩集

卷一　六宜樓稿

題晴湖春泛圖

畫橈縹緲欲凌空，
兩岸花開映水紅。
三十里湖晴一色，
春來都在曉鶯中。

遲素聞不至

日暖疏簾燕子催，
春風不見繡襜來。
芳華且待佳人賞，
爲祝桃花緩緩開*。

此意亦人所有，只恐桃花不
肯，得一雙寫韻人緩頰，便遲
三千年開，也當點首。

喜晤素聞

果然邂逅慰離群，
翠鵲檐前噪夕曛。
筆硯爾來誰共我，
鶯花此日正思君。
春來舊徑仍芳草，
雨過前山剩白雲。
倚眺風光堪入畫，

輕綃粉本好平分。

夜坐同素聞作

小樓盡日雨纏綿，
誰送清光綺檻邊。
簷滴無聲雲乍斂，
刺桐花外見嬋娟*。

詩亦嬋娟，人亦嬋娟，對影而四矣。

題　畫

淡日橫翠微，
泉聲相斷續。
空山靜無人，
深林出黃犢。

回文閨咏

華年悶坐對妝奩，
寂寂頻教昨夢占。
斜雨細風春閉院，
淡煙微茗曉垂簾。
花開半畝濃陰濕，
燕觸雙鉤舞影纖。
衙柳灑塵飄絮薄，
紗窗映樹傍高簷。

春日即事和素聞

東風送暖入春衣，
茗椀爐香伴掩扉。

曉理瑤琴弦尚澀，
醉臨禊帖格差肥*。
垂楊映日眠還起，
山雀窺人下又飛。
爲誦芬芳悱惻句，
幾回盥露漬薔薇。

良辰美景，賞心樂事。此絳雪一生福命最佳時也。

題　畫

遙山澹冶入煙霞，
一帶春流夕照斜。
羨煞綠蓑漁釣客，
牽舟長得傍桃花*。

一再品題，聲價十倍，桃花有知，亦當以紅箋綴小詩陳謝。戲擬二絕云："不喜仙尨吠綺春，生憎輕薄有劉晨。紅顏慣得蛾眉賞，曾見周南畫裏人。""怕似漁艘逐浪行，微姿願得傍傾城。若教靦面呼新婢，紅雨前身是小名。"

秋夜偶成

迢迢銀漢夜無聲，
陡覺秋光滿目生。
夢裏家山雲萬迭，
籬邊雞犬月三更。
香綠漏永薰還冷，
錦爲愁多織未成。
惆悵鄰家誰弄笛，
縱非別曲亦傷情。

春閨寄和祁修嫣女史

唐時有光、威、褒姊妹三人聯句，成七排十二韻。女冠魚元機和之。山陰祁修嫣女史偕其二妹，依唐人體韻，共成《春閨》一首，遙寄素聞。夏初無事，與素聞依韻和之，以覓便寄焉。時康熙壬寅四月己酉日也。

千巖秀處多才士，
珠樹今聞姊妹三（素聞）。
映月清才成錦字，
臨風玉質怯春衫（絳雪）。
堂開綠野心殊羨，
障設青綾耳素諳（聞）。
真個相如原作女，
祇憐崇嘏不爲男（雪）。
妝樓有記①焚香讀，
奕局無書仗悟參（聞）*。

"奕局"句真解人語，想見紅
閨膩友，敲落鐙化時也。

燈下填詞分按譜，
花前作畫②共書銜（雪）。
沽春暫質黃金鐲，
淪茗親調白玉簪（聞）。
折到薔薇深耐冷，
咀來橄欖待回甘（雪）。
珠璣錯落清詞擅，
蘭蕙芬芳妙舌含（聞）。
銀箔愁聽鶯睍睆，
晶屏低隔燕呢喃（雪）。
餐花人好途偏阻，
漱玉才高對恐慚（聞）*。

以垂髫之年，而押險韻均極
穩，豈非女中神童？惜素聞
之無傳也。

林下高標徒悵望，
煙雲重繞越溪南（雪）。

---

① 記：民國石印本作"畫"。
② 作畫：民國石印本作"作字"。

6

訪净因

净因慈照庵尼，俗姓周，名翠翠，早寡，出家後更今名。

遙聞清梵響空山，
一帶祇林盡日關。
曉照初臨禪院静，
飛塵不動佛旛閑。
長隨松下披緇衲，
無復花前理翠鬟。
笑我此來因聽講，
蓮臺坐下肯空還。

舊宮人

　　宮人王氏少時入福王宮，亂後流落江南，寄食尼庵，家君曾見之，談舊事甚悉，命作詩紀之。

回首深宮淚暗彈，
過江消息路漫漫。
霓裳有譜春聲老，
綺閣無人夜月寒。
空悔雨雲離楚峽，
不隨雞犬侍淮安*。
衣箱剩有君王賜，
零落寒宵秉燭看。

艾灸眉頭瓜噴鼻，青衫紅粉，末路同一啜泣，何嗟及矣！

招素聞以詩代柬

憶昔天涯正綠陰，

鴛鴦湖畔晤知音。
家無靈運空春草，余姊妹三人，尚無弟。
族有文姬重綺琴。
雨後憐香花共摘，
風前射覆酒同斟。
縱然小別關心切，
幾度閑階悵獨吟。

春曉寄二姊

玳瑁窗明警曉鴉，
年光可愛是韶華。
山含軟碧猶春雨，
門掩濃陰半落花。
妝罷閑階苔影寂，
夢回午榻篆煙斜。
堪憐弱女當兒息，
也隔音書各一涯。

呈章年丈

彩雲深處駐仙車，
魯殿靈光世共誇。
自許文章堪歲月，
不將簪笏換煙霞*
名詞自昔稱三影，
逸藻何人擅八叉。
蒙賜金荃披永夜，
縹緗真欲陋諸家。

一小女子耳，三四居然鬚眉口吻，五六對仗之工，則章先生已許為三妹清才更擅場矣，不消我輩冬烘，再作應聲蟲也。

迭前韻再呈章年丈

前作七律并小序呈年丈，頗蒙褒獎，因賜硯山荷囊諸珍物。後又步韻和，且言"三影""八叉"，雖柳三變、張九成之對，不過如此，心感且愧。

偶掇蕪詞誦鳳車，
屢徼厚賜示榮誇。
三峰筆架珍疑玉，
五色荷囊爛若霞，
愧乏正聲諧競病，
偏蒙險韻和尖叉。
多公獎借逢人説，
錯采何曾擅作家。

寄賀①李蒙泉世兄新入詞垣

世兄嘉善人，受業家嚴門下。

泥金書到正芳晨，
契合真教筆有神。
上苑煙斜鶯語曉，
天街花落馬蹄春。
金莖舊仰詞章好，
玉署旋添事業新。
從此皋比聲價倍，
門前曾立紫霄②人。

---

① 賀：民國石印本作"和"。
② 霄：民國石印本作"宵"。

9

將從秀水至嵊縣別素聞

紅窗幾載共修眉，

愁説飛蓬欲別離。

一刻可留還繫戀，

半生相好倩誰知。

沉沉細語驚殘漏，

黯黯銷魂對冷厄*。

事不自由身是女，

傷心還訂再來期。

生離光景，寫來竟是死別。卒之搏沙一散，身落浩劫。筆端禎祥，勝於蓍蔡，哀哉！

渡　江

晴光初喚野航船，

縹緗輕帆渡緑煙。

越嶠千巖青入畫，

春江三月浪浮天。

幾聲水鳥蒼波外，

一帶疏林落照邊。

只惜西湖違咫尺，

清流偏阻雨纏綿。

越州途中

一

暮春天氣束輕妝，

頓覺前途秀鬱蒼。

曉雨乍添苔磴濕，

山花低接筍輿香*。

有此佳句，方不負山靈獻媚。

家家叱犢風初軟，
處處啼鳩日正長。
野店新泉堪小憩，
瓶笙初試綠沉槍。

二

紆盤百折出崔巍，
又見前途綠野來。
一碧平疇千頃合，
四圍蒼翠萬峰開。
溪流新泛桃花水，
越釀初濃柏葉杯。
惆悵浣紗人不見，
斜陽暝色又相催。

齋居雜咏

春雨何纏綿，
幽閨聽不足。
昨夜吐明蟾，
清光如可掬。
晨起覽窗紗，
灼灼明朝旭。
苔色自蒼涼，
庭柯净如沐。
頓復起濃陰，
峭寒風斷續。
乍雨乍晴天，

雲霞無定局。
關心數殘紅，
循欄行屈曲。
一鳥忽飛來，　　幽峭。
啼破綠煙綠*。

采菱歌

一

秋風嫋嫋動波皴，
密葉疏莖接水濱。
何處歌聲來打槳，
煙波都是畫中人。

二

幾日花呈背日姿，
佇看軟角已離離。
滿湖斜照歸家晚，
爲愛清光立少時。

王駙馬園林

畫戟淒涼對落暉，
園林有願竟心違。
殘花帶雨依荒砌，
老柏參天守故扉*。
鳳去秦樓池苑在，
鶴鳴華表市朝非。
春來剩有堂前燕，

駙馬不知爲誰，殆所謂齊魯有大臣，而史失其名者耶？妝鏡但有殘花，榮戟惟存老柏。黃粱夢好否？

猶向妝樓故址飛。

七 夕

一水銀河路阻長，
年年耕織只如常。
仙人底事爲情累，
借得天錢尚未償[*]。

獨不記君家仙人賣唐韻耶？待至持家井臼，負芳辰之日，方知仙人亦不得已而借債耳，然二萬錢至今未償，殆逐日三分起息也！

答西泠女史寄詩

女史姓周名瓊，杭州人。於潘夫人處見余詩，過蒙錯愛，遥贈佳章，備述情況，僅以七絶二首奉答。

一

新詩字字慰清愁，
林下才名孰敢儔。
讀到曉窗紅雨句，
羞無故實自風流。

二

記得三春正落花，
鳳山門外喚輕艖。
可憐咫尺西泠路，
不見仙人萼綠華。

暮秋感懷

過雁聲中獨倚樓，
天風蕭瑟正深秋。

13

菊花疏淡宜黃蝶，
蘋渚荒涼剩白鷗。
四壁蟲聲添冷韻，
半林落葉起清愁。
故園又過茱萸節，
幾度歸心不自由。

剡溪商氏諸昆季以春日宴會詩見示因題其後

商氏諸昆盡惠連，
一家宴集啓瓊筵。
鶯花時節宜觴咏，
山水清音陋管弦。
朗月自瞻名士抱，
春雲爭似美人妍*。
風流佳話傳東浙，
羨煞天倫樂事偏。

春雲似美人，夏雲當似烈士，秋雲似高人，冬雲似渴睡漢。

寄素聞*

憶昔紗窗共繡時，
裁紅暈碧日相隨。
猧兒矯捷防翻奕，
鸚鵡能言教誦詩。
愛說荷花開并蒂，
愁看芍藥號將離。
祇今剩有花間月，
照見幽閨獨畫眉。

素聞當有和作，而全稿被瑤池諸仙索觀帶去矣，爲摘鏡箔回文詞意偕補二絕云："簾捲東風怯玉肌，離愁如雨正絲絲。晚山橫翠有新色，可悵向人深畫眉。""鳴鳩乳燕各青春，誰道雲山隔一塵。薄薄窗紗三萬里，可憐同是倚樓人。"

春日有懷素聞

別來愁緒起無端，
窄袖輕衫怯曉寒。
原上草熏春盎盎，
心中人隔路漫漫。
疏風小圃宜鶯粟，
細雨新蔬採馬蘭。
相憶無緣教縮地，
芳華不共倚欄看。

彈　琴

香煙嫋嫋晝沉沉，
流水空山對鼓琴。
一曲未終天欲午，
落花無語臥苔陰。

題素聞山水小幅

一舟浩淼出輕嵐，
兩岸遙山黛色酣。
昨夜燈前重把玩，
滿窗煙雨夢江南。

上家挺庵先生 *

丘壑紆回迥絕塵，
桑麻如訪武陵津。
詩家留迹稱丁卯，

觀《燃脂續録》所載，清詞麗句，流落醬瓿者多矣，東陽王君抄得此册，真詩中古押衙也。

15

野客搜奇志癸辛。
白石清泉閑適意，
藥爐茗椀共隨身。
煙蘿回首殊堪羨，
風月天教屬隱淪。

寄和净因

傳聞煙外結空林，
滿澗松花落照陰。
欲訪幽蹤何處是，
數聲啼鳥白雲深。

暮春漫興寄素聞

朱霞似綺散高空，
暖色平蕪極目同。
社燕將雛花漸落，
晴鳩呼婦葚初紅。
插秧鼓動時宜雨，
賣酒旗低不礙風。
底事佳人芳信杳，
空教豔日照簾櫳。

題　畫*

嫩柳幽花驛路遥，
江村一曲雨瀟瀟。
分明指點揚州路，
細馬春過皂莢橋。

卷中《題畫》詩皆有意致，惜未得見其尺絹寸紙也。

賣花人

未及燈宵節，
唐花已鬪新。
東風千種巧，
紅雨一肩春。
深巷傳聲早，
高樓喚夢頻。
堪憐蜂蝶小，
也識逐香塵。

賣餳客

噓氣輕蟬翼，
真疑妙手空。
幻形成物類，
到處聚兒童。
擔荷斜陽外，
簫吹紫陌中。
喚聲猶可聽，
故故近簾櫳。

芭　蕉

分得靈根出碧阿，
添來首夏景清和。
曉階臥影侵苔蘚，
午榻垂陰勝薜蘿。
久客何堪春色老，

得君輒覺雨聲多。
雲藍自愛層層展，
展盡芳心又若何。

小　園

小園新雨後，
游覽約鄰娃。
水漲荷錢長，
欄陰柳綫斜。
機忘親野雀，
坐久密飛花 * 。

唐人詩一經點化，遂成好女子口吻。

更愛爐聲細，
冰甌共試茶。

題李夫人禮佛樓

一

高樓縹緲翠微中，
蔬食清嚴法界同。
數幅繡旛塵不動，
香煙低裊畫檐風。

二

炎埃夏日遍塵寰，
羨煞高樓盡日閑。
誦罷法華時眺望，
開窗無數夕陽山。

秋日園林即景

數日無人到，
秋風一味涼。
蟲聲疑雨落，
蝶翅學花黃*。
樹老依殘砌，
藤高出壞牆。
危欄聊倦倚，
竹外又斜陽。

幽秀蒼涼，我知此時，正憶素聞而不得見。左顧見兩字焉，曰"無憀"；右盼見兩字焉，曰"可憐"而已。

代家大人送戴文學之四川

家嚴僑居剡溪，地主三人，其一文學。

萬里蠶叢路，
青天蜀道程。
秋風動草木，
有客趁晨征。
楚峽寒雲重，
秦關落月明。
從茲別知己，
驪唱若爲情。

剡溪雪夜*

是時發才覆額耳，靈心慧眼，已能勘破世情如此，奇哉！

家嚴滿擬今歲歸永，遷延不果，竟至歲暮，每憮然不樂。

重雲如幕峭寒天，
日暮齋厨尚未煙。

此日何人曾訪戴，
剡溪風雪似當年。

擬鏡聽詞[*]

寶鏡光同明月好，
紅顏多恐鏡中老。
鏡中嬌豔尚如花，
爭奈檀郎不思家。
別後匆匆歲將暮，
多少離情向神訴。
薰籠斜倚怕孤眠，
抱鏡暗向門前步。
小犬狺狺行人靜，
寒生羅袂嬌顧影。
自憐繡街未慣行，
對此不覺芳心警。
誰家細語小窗閑，
好語道來總一般。
私計果如個中語，
明春應唱大刀環。
緩緩歸來心暗喜，
嬌羞對人語復止。
窗下銀釭焰猶紅，
含笑重把雙蛾理。

李易安詞帶雄氣，而暮年草草梳妝。此只是小女子嬌喘聲口，而刀光劍影，不能動秋波之一轉。固知歸愚尚書，以蒙叟詩冠本朝，自是六州四十三縣鐵也。

擬寄衣曲

明月生東海，

光冷流黄機。
閑階絡緯啼凄凄，
機上少婦背燈坐。
秋深未寄征人衣，
當時出塞三千人。
男女見敵不見身，
此時共憶征夫苦。
一夜寒砧連萬户，
萬户寒砧何凄清。
哀鴻落葉不堪聽，
風雪應深雁翼營。
夢魂不識關山道，
教妾織素若爲情。

梅

蕭疏瘦影映芳梅，
曾記兒時手自栽。
昨夜衾寒香入夢，
月明窗外一枝開。

送　春

萋萋草色疏簾外，
漠漠蕉陰晝閣前。
落盡嫣紅還細雨，
暮春天是奈何天。

21

卷二 緑華草稿

元　宵

佳節金吾全不禁，
鼇山處處鬪鮮妍。
笙歌地覺春如海，
燈火人忘月在天*。
醉酒歡聲聞比戶，
拋球雅戲樂韶年。
歸家姊妹余喧笑，
猜謎傳來五色箋。

清華富麗之作，好懷止此。
以後雖有綺思，芭蕉不展矣。

商氏家作春燈謎絕佳，猜得者
以物酬之。

寄翠香二姊

迢迢銀漏轉深更，
風雨聲多夢不成。
深記前年樓上飲，
玉蘭花外共聽鶯。

春日雜咏

一

數里平蕪遠眺明，
倚樓人怯杏衫輕。

芳郊雨後春如繡，　如見郭忠恕爲富兒畫也。
無數風鳶出曉晴*。

二

宿雨迷離霧未消，
黃鸝聲裏路迢遙。
垂楊兩岸溪流緩，
一帶春陰綠過橋。

三

牡丹一樹燦瑤臺，
爭對東風瀲灩開。
春到人間工點染，
等閑都看此花來*。　合下首觀之，所謂衆人皆醉，
我獨醒也。

四

幾番細雨更風斜，
池面初聞出水蛙。
小圃無人春自到，　是幽蘭生空谷意，亦是松柏
柔藤開遍忍冬花*。　後彫意，請世間女菩薩掩卷
一思，能忍凍方許開花也，莫
便道忍冬是花名，囫圇滑過。

初夏寓齋即興

濡滯歸裝又歲餘，
寓齋無事賦閑居。
麥涼風爽聞鳴蛤，
食物豪奢採坐魚。　田雞一名坐魚，剡溪四月後，邑
滿院槐陰閑煮茗，　人多以此充膳。

半窗竹影課鈔書。
纏綿雨後時憑眺，
天外流雲水不如。

別剡邑

林間落月映人低，
縹緲輕輿出剡溪。
秋色留人無限好，
水禽山鳥百般啼 * 。

禽鳥尚知留人，剡溪風雪時，何寂寂也。

舟泊蘭江

久客歸心急遠旌，
黃昏喜見故鄉城。
帆檣繞郭人音雜，
燈火臨江夜市明 * 。

寫市井喧鬧光景如畫。

斜月女牆寒擊柝，
秋風官渡遠鳴鉦。
歸家剛值黃花節，
促換輕舟趁水程。舟人到岸則鳴鉦，從蘭江再上，大船難行，因換小舟。

歸家有感

自侍家嚴附轉蓬，
六年浪迹浙西東。從家嚴寓居秀水凡三載，居剡邑又二載。
歸家自覺鄉鄰好，
顧影仍憐弱女同。時二姊已適人，侍膝下者，只予一人。
老圃秋光猶剩菊，
齋厨晚計總宜菘。

知交問訊連宵聚，
頓喜寒燈分外紅。

同心歌 *

兩家昔相好，
早歲訂婚期。
主盟在父母，
與君兩不知。
人事多舛錯，
飢渴事驅馳。
家嚴憐弱女，
遠道亦提攜。
君在山之麓，
妾在水之湄。
茫茫山與水，
音問兩差池。
一朝得相傍，
歡樂免仳離。
結以黃金帶，
酌以白玉巵。
明珠羞自獻，
滿月光無虧。
新歡方莫比，
憶舊頓生悲。
妾身少坎壈，
繈褓失家慈。
二姊適人早，

古來閨閣小有才色，多爲綺語所誤。絳雪天賦豔才，而能守禮謹嚴如此，歌名同心，卻語語有分別，使李北海見之，必當按崔顥令下拜也！

25

阿弟誕生遲。
在家歎影隻，
出門憂路歧。
誰料姑早世，
當妾未結縭。
母恩既莫報，
姑容不暫窺。
興言念及此，
曷禁涕漣洏。
再拜薦蘋蘩，
隱痛肝腸披。
前事既如此，
黽勉望後期。
困頓共君守，
艱難共君持。
願君莫憂貧，
抱甕敢辭疲。
願君莫辭賤，
荊布自堪支*。
物有同心繭，
花有同心梔。
同心復同心，
永矢無猜疑。

紙閣蘆簾，孟光未是俊物，奈伯鸞短命何？

聞母舅自楚還誌喜

萬里無消息，
忽聞返舊蹊。

家存兵火後，
人到漢陽西。
往事悲蛇足，
浮生倦馬蹄。
可憐田數畝，
曾否足幽棲。

寄懷素聞

翩鴻邈邈隔遥天，
勝會捫胸尚宛然。
杯酌冬聯名臘八，
園林春戲號秋千。
追思舊雨還如昨，
屈指離雲又幾年。
此日臨風徒悵望，
何由吹我到君前。

冬日村居雜興

時因歸省家嚴，仍居故宅。

掃盡前蹊落葉紅，
村居蕭索曉炊中。
冬山瘦削宜添雪，
老樹槎枒不動風*。
喚伴寒鴉投日暖，
離群孤雁入煙空。
閑來橋外看梅蕊，
已逗春光一綫融。

僕嘗有一聯云："峰寒枯石骨，木落透風聲。"讀此，覺我詩殊少蘊藉，未若此風致宜人也！

27

春樓偶眺

幾番新雨後，
草色滿平疇。
偶得芳時暇，
重登故里樓。
春檐飛早燕，
綠水悦晴鷗。
遠眺垂楊好，
飄飄起暮愁。

答次姊詢近況

愁緒吟情積似麻，
慨慨瘦影困春華。
故園佳節方櫻筍，
偏愛青梅沁齒牙*。

"佛言不可説不可説，子曰如之何如之何。"袁籜庵對聯妙絶矣！不如此引"青梅"爲知己，更覺聰明。

招翠香二姊以詩代柬

翩翩鶺鴒鳥，
雙飛共水濱。
如何爲骨肉，
聚首失芳辰。
世途如轉轂，
人事總勞薪。
居隔十數里，
欲見常無因。
伏念門户薄，

桑榆景多辛。
昔時姊于歸，
承歡妹一人。
今妹復有適，
膝下更誰親。
安得姊與妹，
買山常結鄰。
吾今與姊約，
歸省趁芳春。
盤匜歡共聚，
井臼①力堪均。
同心奉甘旨，
一日抵千旬。
輾轉復輾轉，
寸衷難具陳。
羨煞嬰兒子，
環瑱徹終身*。

諺云女心外向，故古來孝女類多不嫁。絳雪已結縭，而依戀所生如此，是能讀葛覃之詩矣。厥後玉碎香埋，當與孝烈將軍，同祀一廟。

喜晤次姊

一

幾度思歸未有期，
一朝相見慰相思。
庭花也識人欣喜，
初放嫣紅第一枝。

① 井臼：原作"井日"，據民國石印本改。

二

接得籃輿喜氣新，
即看兒女倍精神。
啞啞啼笑喁喁語，
寂寞全生滿室春。

家嚴構別墅五楹初成誌喜

竹杖芒鞋引興賒，
數楹別墅自清華。
芰荷綠水騷人宅，
松菊清樽處士家*。
春雨一簾閑待燕，
疏風三徑課澆花。
樓窗更擬玲瓏啓，
爲竚吟詩對晚霞。

此沈尚書所謂"林下之風不知閨房之秀"，倘《列女傳》特立高隱一門，德曜輩難爲女兄矣！

園　林

園林經歲別，
蕪没漸成荒。
綠草迷春徑，
青苔合斷牆*。
亭欹猶面水，
樹老易斜陽。
還愛臨池好，
初荷送晚香。

眼前景，經妙筆，遂成奇語。

春晚即事

芳草嬌晴試軟游，
輕衫初禦麥風柔。
松陰雨後春眠犢，
柳外煙深午喚鳩。
滿澗落花山自韻，
一林細竹路添幽。
歸來更愛斜陽好，
照我桐梢水外樓。

樓　眺

幾天梅雨後，
新水正盈堤。
閑愛登樓眺，
時聞好鳥啼。
雄風吹野闊，　　　　何物女子，雄健乃爾。
雌蜺跨山低*。
只惜光陰速，
晴莎彌望齊。

貧女行爲外弟榮作

時外弟鄉試落解。

世人徒誇黃金屋，
誰識柴門女如玉。
女貌矯矯芙蓉花*，　　此絳雪自畫小影也。

31

女心耿耿女貞木。
鴉鬐不爭時世新，
銅釵自憐容顏沃。
年年代作他人衣，
夜夜光約鄰家燭。
前年陌上百花香，
女伴相約踏春陽。
今年女伴不相待，
碧月金風玳瑁梁。
祇有貧女貧如故，
韶華屈指芳期誤。
菱花照影自徘徊，
亭亭似怯曉風摧。
鳳凰未肯將鴉逐，
仙杏還期傍日栽。
爭奈時人無特識，
動從脂粉論顏色。
坐使深閨老傾城，
藐姑山高求不得。
寄語天涯才子知，
早歌金縷莫教遲。
西子須逢浣紗日，
王嬙須遇未嫁時[*]。

大難大難，越是慧心人，偏會說此種癡話，直欲掀翻盤古來不平公案。

題天台採藥圖

採藥見桃花，
路循桃花去。

春巖瑶草香，
漸入雲深處。

展家嚴課女圖謹志

家嚴作圖時，宗愛年尚十齡，每一展圖，覺少時膝下瞻依景象，宛然在目。

清寂庭階水不如，
焚香課女慰閑居。
疏風絮閣閑①烹茗，
璧月花窗照讀書。
笄總何堪探二酉，
分陰也使惜三餘。
披圖不記年光換，
猶似雛年繞膝初。

送次姊

定省思姑舅，
艱難別老親*。
兼營無善策，
一往不由身。
暗壁燈無焰，
孤墳草自春。先慈辭世，已二十年。
臨歧生百感，
不語自傷神。
繞膝嬌甥好，

矯健一氣，詩格至是漸老，而琴棋塵積，憔悴風鬟矣。

---

① 閑：原作“聞”，據民國石印本改。

翩翩雙璧聯。姊生男女各一。

笑啼俱適意，　　　描畫小孩可愛，光景入微。
跪拜總堪憐*。
暖日驅鶉地，
秋風鬭蟋天。
一齊隨母往，
桃雪爲誰妍。

贈鄰女

一

燕語鶯聲動曉帷，
碧窗兩兩鬭挑絲。
倚欄愛看穿花蝶，
誤得工夫一綫遲。

二

綺檻輕風作曉寒，
喃喃絮語忘朝餐。　　　豈知厥後以身和戎耶！木蘭
談兵未必深閨事，　　　事正一奇一正，古今皆無此
偏挽鄰娃説木蘭*。　　　格局，我所以歎息於出塞琵
　　　　　　　　　　　琶也！

寄外弟

時在台州

貧賤驅人少勝籌，
天台境好任淹留。
尋仙不是韶年事，　　　名教中自有佳語，余每開卷，
好遇桃花便轉頭*。　　　至新婦參軍，輒歎林下風氣
　　　　　　　　　　　掃地。

寄　外

落葉飂飂裏，

秋燈怯影單。

此時瞻遠道，

愈覺路漫漫。

風雪貂裘敝，

關山馬足寒。

朦朧憐淡月，

兩地但同看。

聞琵琶有感。憶九歲時，從先君之秀水，於江上曾聞此曲，今十二年矣

低唱清樽無限情，

四弦何處韻淒清。

分明暮雨春江上，

十二年前倚舫聽*。

臣之質死久矣，不似白傅聞商婦琵琶，始覺有遷謫意也。

外兄主剡溪講席，詩以代餞，先君秉鐸剡邑時，外兄曾從學彼地，故詩中及之

一肩書本豔行裝，

絳帳從茲式季良。

夕照桑麻新鷺堠，

春風桃李舊鱣堂*。

莊重切題，自無瓜李之嫌。

皋比權自經書重，

虎觀人曾姓氏香。

夙志何須悲鎩羽，

35

持衡玉尺正多方。

牡　丹

絳雨紅雲作海來，
百花開後此花開。
天憐國色增殊寵，
占斷春風廿四回[*]。

此絳雪自占身分耳，何嘗奉
承花王耶？

繡球花

細碎叢花聚一團，
綠煙深傲曉春寒。
也知豔冶輸桃李，
故作風流別樣看。

春日偶成

燕語鶯聲日百回，
倚欄初倦影徘徊。
遇牆細竹參差見，
上架柔花次第開。
流水不爲將恨去，
東風空解入幃來[*]。
勞生漸覺閑時少，
硯匣棋盒半積埃。

菱鏡勞人，不如閑庭花竹，安
能無恨，然世間絕藝，被女學
士一手將去，流水無情，亦且
生妒，安肯將却恨去，俾得易
鹺鹽以香茗，換井臼以匡牀
耶？○"爲"字借讀平聲。

鄰女約踏青不果

芳事蹉跎又一春，
踏青底事總逡巡。

晚煙簾外昏如幕，
曉雨階前細若塵。
幼歲琴棋憐昔夢，
持家井臼負芳晨。
當壚共隱臨邛市，
歎息文君尚未貧。

清明展先慈墓

麥飯親提酒自斟，
棠陰墓道晝沉沉。
春暉煦燠恩難報，
泉路蒼茫夢莫尋。
滿澗啼鵑寒雨暗，
十年樹木綠煙深。
淙淙剩有環山水，
猶似窗前教咏吟。

紙鳶有作昭君像者戲賦四首

一

琵琶斜抱態珊珊，
縹緲雲端響佩環。
應是芳魂思故國，
年年春度玉門關*。

曲罷不知青海月，徘徊猶作漢宮看。忠厚纏綿同一風旨。

二

意態難描是麗姝，
丹青當日恨模糊。

緣何綠草芳郊外，
又逐春風入畫圖*。

從此人間不再生，奈小兒輩玩弄造化何。

三

佳麗千秋得最難，
高飄偏許萬人看。
碧空深處東風冷，
可似西宮獨處寒*。

我爲代答曰："猶帶昭陽日影。"○"西宮"、"昭陽"俱借用。

四

自悔無金與畫工，
紫臺一去類翩鴻。
人情大抵多翻覆，
只合高寒傍月宮*。

但恐嫦娥見妒，又被天風吹下。

憶　外

幾回歸信失秋蓴，
砧杵聲中盼望頻。
別雁何堪愁裏聽，
寄衣難稱瘦來身。
貧家蔬筍憐佳節，
驛路風波阻遠人*。
妯娌同居猶寂寞，
天涯舉目果誰親。

傷哉，貧也！一至此乎！

題雪意圖册子後

辛丑雪夜，與素聞圍爐，偶舉古今人咏雪詩，可記誦者凡十餘首。

次日，因取其詩可入畫者，各寫其意，以呈潘夫人。夫人曰："畫用淡描，猶詩家禁體也。"有不惬意者，輒命改作，數日成此冊。今已十餘年，暇日檢此冊，不禁凄然，因題其後*。

潘夫人似是素聞母，能爲兩女師，而與村夫子手一兔圖冊，不知詩畫爲何物者，同歸闃寂，可歎。

佳人一別路長賒，
故篋飄零幾歲華。
偶檢雪泥存印爪，
轉憐茵溷異飛花。
前塵已逐流雲換，
展卷依然暮靄斜。
半壁寒燈如夢夜，
不堪拈韻和尖叉。

翠香二姊將以次子爲余嗣詩以志感

湯餅清歡會九秋，
試啼早欲卜英遒。
人言似舅誇無忌，
我覺生兒羨莫愁*。
不是悲愉關骨肉，
誰能牗户代綢繆？
添丁欲向先夫告，
好慰蒼涼土一抔。

其詞輒工，其情彌苦，已是下場頭矣！豈料復有和戎之役耶！

蟋　蟀

蟋蟀何爲者，
淒淒徹夜吟。
閑階沿月淡，

39

小院鎖秋深。

獨旦憐更柝，

微寒怯薄衾。

此時思破鏡，

幽夢不堪尋。

抱二姊子爲嗣

抱得阿侯到，

歡聲樂舉家。

書香思爾續，

蘭夢益余誇。

子易陰陽柏，

榮分姊妹花 *。

典博，令我輩自歎腹儉。

從茲忘寂寞，

膝下審啞啞。 前年小婢慶雲生一女，與二姊爲媳，故第五句及之。

送外妹

惆惆伊人去，

江春水自流。

昨朝高處望，

猶自見君舟。

早春即景

計日燈宵近，

風威漸解嚴。

新曦明曉幌，

薄雪霽春檐 *。

永晝垂簾，即誰適爲容意，始終一守禮女子，知墜崖之血，初非草草一筆，胸中凤具粉本矣！

小鳥喧晴早，
幽花落瓣纖。
如何當淑景，
永晝只垂簾。

悼　杏

杏爲夫子所種，夫子逝後，杏亦隨枯。

人間薄命恨無窮，
誰料名葩亦與同。
倚遍欄干消息斷，
可憐二十四番風。

卷三　回文詩

報素聞書并回文

素聞賢妹妝次：

相隔數百里外，蒙委專使，并惠懿章。藉得順訊潭安，俾知近祉，慰甚幸甚[①]。書中備叙淑懷，纏綿往復。春山迢遞，秋水蒼茫，靡日不思。妹之念鄙人，猶鄙人之念妹。夢寐縈懷，不堪言罄。維吾妹盈盈妙年，名花初開，春曦方旭。妹夫已探芹香，一室喁于，天倫至樂，曷勝延羨！

鄙人自結褵以後，靡室焦勞，慨焉身任，菽水光陰，薑鹽歲月。歎人生之局促，慮來日之大難。回念曩時，花晨鬭茗，月夕闞題，邈如隔世。此情此景，何堪爲吾妹述也！獨念絳帷聚首，與吾妹膠漆相投，三生締契，方謂同福共命，如吾二人者，何可須臾隔！詎料一別五載，雲山遼絕，晤面殊難。而且茵溷分途，菀枯異路。今日望妹，幾若泥壤中望雲宵矣。尚何言哉！尚何言哉！

惠貺頻承，慚乏李報。謹具玉鐲二、香囊三、古鏡一、鏡箔一。箔上回文，乃鄙人所意爲者。托六出之名葩，表寸心之縈結。仿蘇家之錦字，稍約其詞；視侯氏之龜文，較暢其旨。命之曰《同心梔子圖》。昔劉令嫺《摘梔子贈謝娘》詩曰："兩葉雖爲贈，交情永未因。同心何處恨，梔子最關人。"區區之意，聊託於此，吾妹必能一見心解也。

心邇身遥，言難盡意，臨楮神馳，統維懿照！時康熙壬子年辰月己酉日，愚姊吳宗愛拜書。（按：壬子，康熙十一年）

---

① 幸甚：原本缺"甚"字，據民國石印本補。

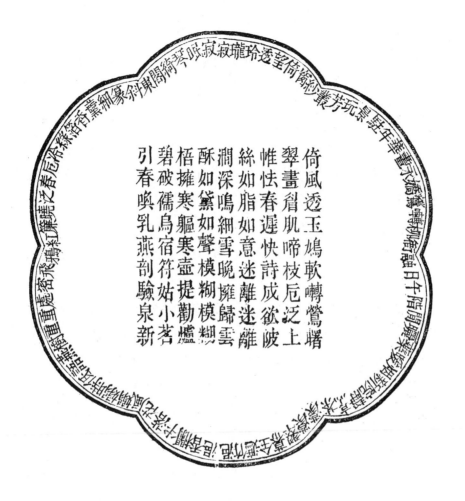

《同心梔子圖》讀法

　　上回文共一百六十五字，外圍七言詩六聯，所以象梔花之六出。內以一“雪”字居中，順逆迴圈，縱橫交錯，俱以此字爲貫串，所以象梔子之同心，故名曰《同心梔子圖》。今摘可意會者，聊記讀法於後。

　　第一，先將方圖中“雪”字折作“雨”“山”二字，從中縱豎一行順讀成“潤深鳴細雨，山晚擁歸雲”一聯；倒讀成“雲歸擁晚山，雨細鳴深潤”一聯。

　　第二，亦拆“雪”字作“雨”“山”二字，左讀成“雨聲寒宿燕”句，右讀成“山意快啼鳩”句，爲一聯；又顛倒讀之，成“燕宿寒聲雨，鳩啼快意山”二句,爲一聯。

第三,從第四行第四位“如”字倒讀而上,乃“如脂”“如絲”四字,嵌入“山”“雨”二字,讀作“山如脂,雨如絲”二句,即從“帷”字右旋至“玉”“肌”“遲”,轉至中心“眉”字止,其文云“山如脂,雨如絲,帷翠倚風透玉肌,遲春怯畫眉”。

第四,將“迷離”“迷離”嵌入“雨”“山”二字,讀云“雨迷離,山迷離,陂上曙鶯囀軟枝,詩成欲泛巵”,合上節乃《長相思》詞一闋也。

第五,從第六行第四位“如”字起,亦倒讀嵌入“雨”“山”二字,左旋至中心“襦”字,云“山如黛,雨如酥,梧碧引春喚乳烏,軀寒擁破襦”。

第六,將“模糊”“模糊”亦嵌入“雨”“山”二字,讀云“雨模糊,山模糊,爐茗新泉驗剖符,壺提勸小姑”,合上節又成《長相思》一闋。

第七,就右偏上下節,隨意讀成長短句,上節云“肌玉透風倚翠帷,怯畫眉春遲”,或讀作“怯春遲畫眉”,亦可俱“眉”與“遲”叶。下節云“枝軟囀鶯曙上陂,欲泛巵成詩”,“巵”與“詩”叶;或讀作“欲成詩泛巵”,亦相叶。上節或更讀“帷翠倚風透玉肌,眉畫怯春遲”,下節讀“陂上曙鶯囀軟枝,巵泛欲成詩”,各七字五字句。

第八,左偏讀法與右同,上節云“烏乳喚春引碧梧,擁破襦寒軀”,“襦”與“軀”叶;或讀作“擁寒軀破襦”。下節云“符剖驗泉新茗爐,勸小姑提壺”,“姑”與“壺”叶;或讀作“勸提壺小姑”。上節又可讀“梧碧引春喚乳烏,襦破擁寒軀”,下節讀“爐茗新泉驗剖符,姑小勸提壺”。

外六出圖,從“紗”字左旋至“叢”字,得七言六聯。從“叢”字右旋如之。

以上讀法,照王氏冰壺山館本。惟王本方圖,右偏上節“眉畫怯春遲”與下節“巵泛欲成詩”平仄一例,左偏上節“梧”字、“碧”字兩行作“梧擁破襦,碧寒軀烏”讀爲“軀寒擁破襦”,與下節“姑小勸提壺”平仄兩歧,疑傳鈔之誤,余爲訂正作“梧擁寒軀,碧破襦烏”。永康應君聖階推廣讀法,層出不窮,遂成《續編讀法》一集。

同心梔子圖續編①

陳鳳巢翺齋先生鑒定　　永康應瑩蓁園著

五言絶句圖（讀法一條，詩一首）

五言絶句圖（讀法一條，詩一首）

六言四句圖（讀法一條）

六言四句圖（讀法一條）

五言絶句圖（讀法一條，詩四首）

七言絶句圖（讀法一條，詩四首）

長相思圖（詞二闋）

長相思圖（讀法一條，詞二闋，擬馮延巳《春閨》）

采桑子圖（讀法一條，詞二闋）

南鄉子圖（讀法一條，詞二闋，擬孫夫人《閨情》）

浣溪沙圖（讀法一條，詞二闋）

浣溪沙圖（讀法一條，詞二闋，擬秦少游《春閨》）

浪淘沙圖（讀法一條，詞二闋，擬康伯可《春閨》）

阮郎歸圖（讀法一條，詞二闋，擬歐陽永叔《春景》）

憶王孫圖（讀法一條，詞四闋，擬秦少游《春景》）

巫山一段雲圖（讀法一條，詞二闋）

畫堂春圖（讀法一條，詞二闋，擬徐師川《春怨》）

小重山圖（讀法一條，詞二闋，擬蘇養直《春閨》）

鷓鴣天圖（讀法一條，詞二闋，擬秦少游《春閨》）

六出瑞花詞圖（讀法一條，詞四闋）

---

① 民國石印本亦有此篇，冰壺山館闕。

五言絕句圖

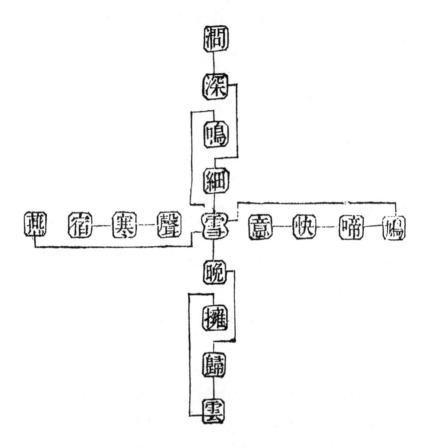

上圖將"雪"字拆作"雨""山"二字。直行：從"雪"下半字順下讀起，間第三字，至末掉轉；次從"澗"字起，亦間第三字，至"雪"上半字掉轉。橫行：從"雪"上半字跳出右角，一順讀歸；左角從"雪"下半字跳出，讀法同。

（1）五言絕句一首

山晚歸云擁，澗深細雨鳴。雨鳩啼快意，山燕宿寒聲。

五言絕句圖

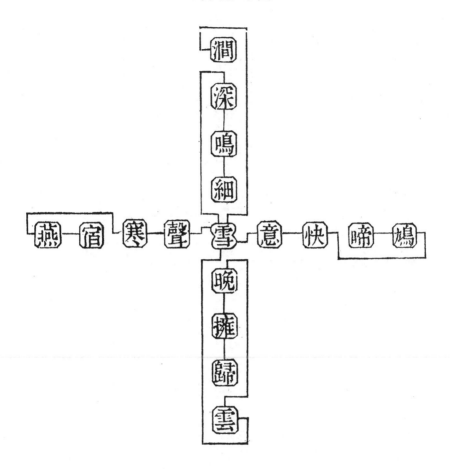

上圖先讀橫行：從"雪"上半字向左，至第三字一折，從外兜歸；右從"雪"下半字起，讀法同。直行：上從"澗"字跳歸"雪"上半字，掉轉第二字順下；下從"雪"下半字跳至末，掉轉處與上同。

（2）五言絕句（一首。○微、齊，古通用）

雨聲寒燕宿，山意快鳩啼。澗雨深鳴細，山雲晚擁歸。

六言四句圖

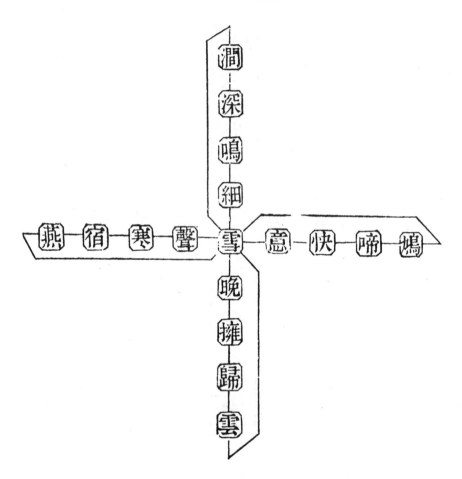

上圖從上一字跳歸"雪"上半字讀出左,從下一字跳歸"雪"下半字讀出右。從右一字跳歸"雪"上半字逆上讀,從左一字跳歸"雪"下半字順下讀。

(3) 六言四句

澗雨聲寒宿燕,雲山意快啼鳩。鳩雨細鳴深澗,燕山晚擁歸雲。

六言四句圖

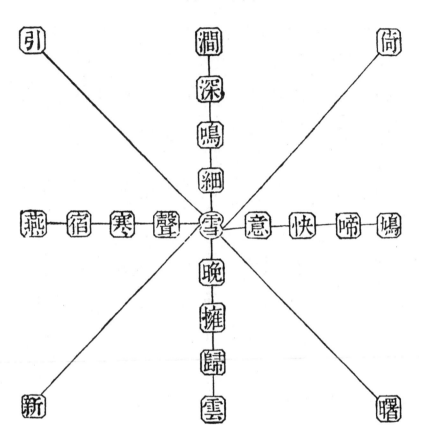

上圖從四角闢歸中心，又從中心讀出上下左右。

（4）六言四句

引雨細鳴深澗，倚山晚擁歸雲。新雨聲寒宿燕，曙山意快啼鳩。

五言四絶圖

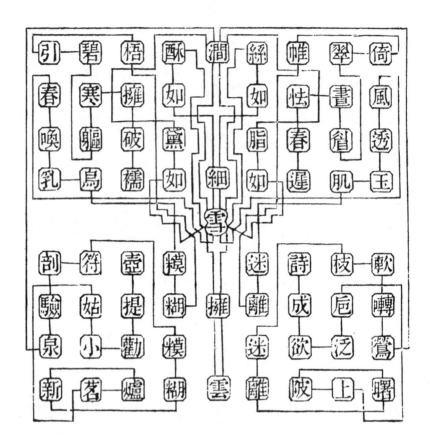

上圖中縫直行空四字，橫空八字。上截鈎下截四字，從中縫上一字跳歸"雪"上半字讀起。下截鈎上截五字，從中縫下一字跳歸"雪"下半字讀起。

（5）五言絶句（四首）

澗雨細如絲，山風透玉肌。迷離帷倚翠，眉畫怯春遲。

其二

澗雨細如酥，山春喚乳烏。模糊梧引碧，軀寒擁破襦。

其三

雲擁山如脂，澗鶯囀軟枝。迷離曙陂上，厄泛欲成詩。

其四

雲擁山如黛,澗泉驗剖符。模糊新爐茗,姑小勸提壺。

七絕四首圖

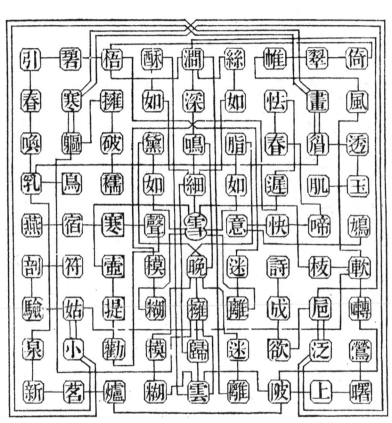

上圖從"鳩""鶯""烏""燕"四字讀起,四角鉤連回互,各赴本位而止。

(6) 七言絕句(四首)

鳩意快啼春怯遲,模糊山雨細如絲。澗梧倚翠帷風軟,姑小畫眉透玉肌。

鶯曙上陂囀軟枝,雨山如黛晚迷離。澗深鳴細歸雲擁,軀寒泛厄欲成詩。

烏乳喚春引碧梧，迷離山雨細如酥。雲歸擁晚鳴深澗，厄泛寒軀擁破襦。

燕宿寒聲勸提壺，雨山如脂晚模糊。雲陂爐茗新泉乳，眉畫小姑驗剖符。

長 相 思 圖

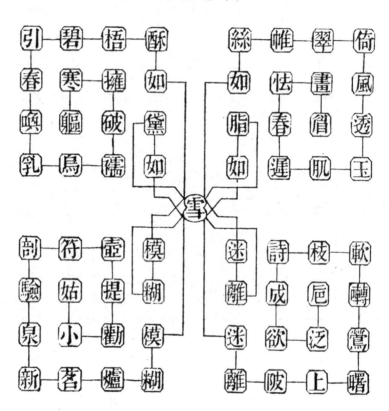

上圖讀法已詳原稿，茲不復載。

（7）長相思（二闋）

山如脂，雨如絲。帷翠倚風透玉肌，遲春怯畫眉。　雨迷離，山迷離。陂上曙鶯囀軟枝，詩成欲泛厄。

山如黛，雨如酥。梧碧引春喚乳烏，襦破擁寒軀。　雨模糊，山模糊。爐茗新泉驗剖符，壺提勸小姑。

長 相 思 圖

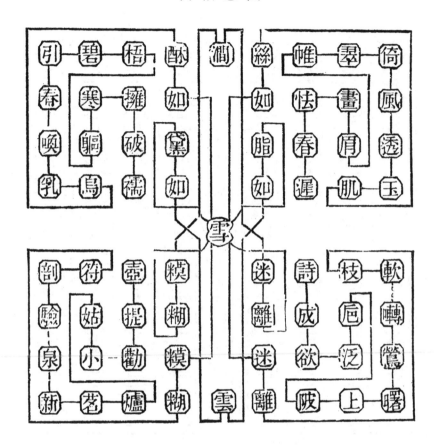

上圖中縫豎一行空六字，橫一行空八字。右邊上角，從"雲""雨"二字和"如脂""如絲"四字讀起。右邊下角，從"澗""山"二字和"迷離""迷離"四字讀起。餘是前圖回文，左邊同。

（8）長相思（二闋，擬馮延巳《春閨》）

雲如脂，雨如絲。肌玉透風倚翠帷，眉畫怯春遲。　澗迷離，山迷離。枝軟囀鶯曙上陂，卮泛欲成詩。

雲如黛，雨如酥。烏乳喚春引碧梧，軀寒擁破襦。　澗模糊，山模糊。符剖驗泉新茗爐，姑小勸提壺。

采桑子圖

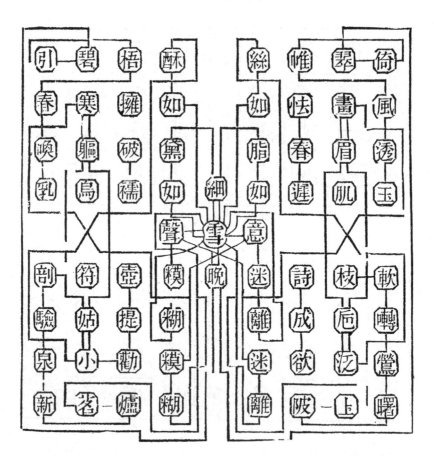

上圖中縫橫直二行空十二字,上下交互四字,右傍從"肌""枝"二字旋繞入心,又從中心顛倒讀出。左傍從"烏""符"二字起,讀法同。

(9)采桑子(二闋)

肌玉透風帷倚翠,晚山如脂,細雨如絲。泛卮眉畫怯春遲。　枝軟囀鶯曙陂上,山意迷離,雨聲迷離,畫眉卮泛欲成詩。

烏乳喚春梧引碧,晚山如黛,細雨如酥。小姑軀寒擁破襦。　符剖驗泉新爐茗,雨聲模糊,山意模糊,寒軀姑小勸提壺。

南 鄉 子 圖

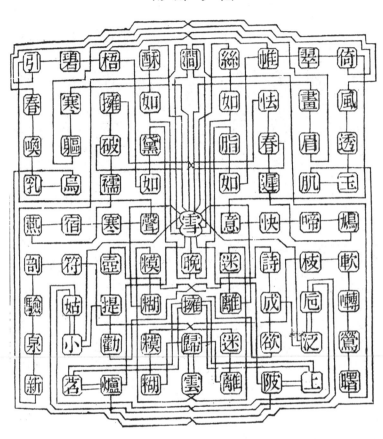

上圖中縫直行空三字，上一字屬下截，從下數上第四字屬上截，左右交互十字，右傍從左讀起，左傍從右讀起。

（10）南鄉子（二闋，擬孫夫人《閨情》）

襦破怯春遲，鳩啼快意倚翠帷。如脂晚山如絲雨，畫眉，梧碧引風透玉肌。　　爐茗擁上陂，山澗曙鶯囀軟枝，模糊歸雲迷離雨。泛卮，姑小提壺欲成詩。

遲春擁破襦，燕宿寒聲引碧梧，如黛晚山如酥雨。寒軀，帷翠倚春喚乳烏。　　陂上擁茗爐，山澗新泉驗剖符，迷離歸雲模糊雨。小姑，卮泛成詩勸提壺。

浣溪沙圖

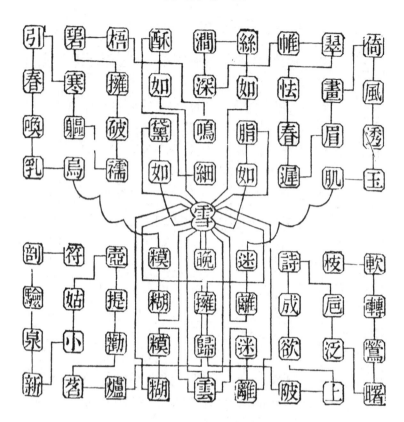

上圖空中縫橫八字，從中縫直行"晚"字讀起。

（11）浣溪沙(二闋)

晚山如脂雨如絲，潤深帷翠怯春遲，畫眉倚風透玉肌。　　迷離山雲迷離雨，擁歸陂上欲成詩，厄泛曙鶯囀軟枝。

晚山如黛雨如酥，細鳴梧碧擁破襦，軀寒引春喚乳烏。　　模糊山雲模糊雨，擁歸爐茗勸提壺，姑小新泉驗剖符。

浣 溪 沙 圖

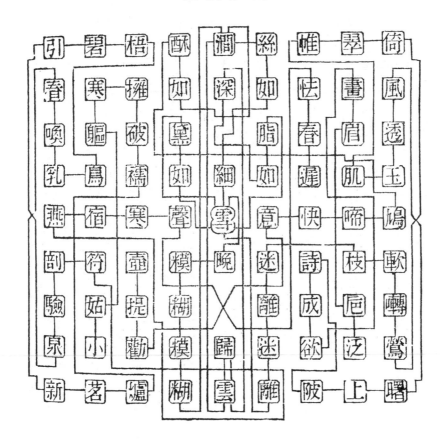

上圖中縫直行空二字，上下交錯讀。中縫橫行左四字屬右，右四字屬左。中縫直文上三字及"雪"上半字屬左，下三字及"雪"下半字屬右，俱從下截讀起。

（12）浣溪沙（二闋，擬秦少游《春閨》）

泛卮眉畫欲成詩，陂上曙風透玉肌，帷翠倚鶯囀軟枝。　迷離迷離山雨晚，模糊模糊潤雲歸，燕宿寒聲怯春遲。

小姑軀寒擁破襦，爐茗新春喚乳烏，梧碧引泉驗剖符。　雲深如脂山如黛，雨細如絲潤如酥，鳩啼快意勸提壺。

浪 淘 沙 圖

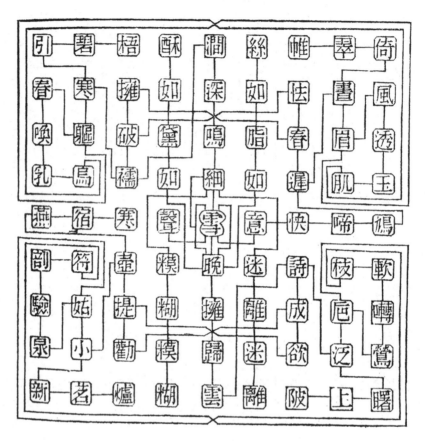

上圖兩旁交互八字,中縫從下逆上至"細"字屬右,從上順下至"晚"字屬左。

(13) 浪淘沙(二闋,擬康伯可《春閨》)

帷翠倚畫眉,風透玉肌,軀寒襦破怯春遲。鳩啼快意山雨晚,如脂如絲。　陂上曙泛卮,鶯轉軟枝,姑小提壺欲成詩。雲歸擁晚山雨細,迷離迷離。

梧碧引寒軀,春喚乳烏,眉畫遲春擁破襦。澗深鳴細山雨晚,如黛如酥。　爐茗新小姑,泉驗剖符,卮泛詩成勸提壺。燕宿寒聲山雨細,模糊模糊。

阮　郎　歸　圖

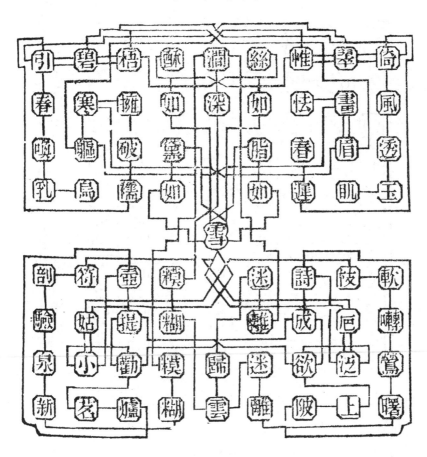

上圖中縫直行空四字，橫空八字，左右交互十四字。先讀下截，右傍從中縫上二字順下讀起，左傍從下二字逆上讀起。

（14）阮郎歸（二闋，擬歐陽永叔[①]《春景》）

澗深模糊雲迷離，曙鶯囀軟枝，姑小壺提勸成詩，陂上欲泛厄。　山如黛，雨如絲，梧碧引翠帷。寒軀眉畫怯春遲，倚風透玉肌。

雲歸迷離澗模糊，新泉驗剖符，厄泛詩成欲提壺，爐茗勸小姑。　山如脂，雨如酥，帷翠倚碧梧。眉畫軀寒擁破襦，引春喚乳烏。

_____

①　叔：雲鶴仙館本、民國石印本俱脱，據《目錄》補。

憶 王 孫 圖

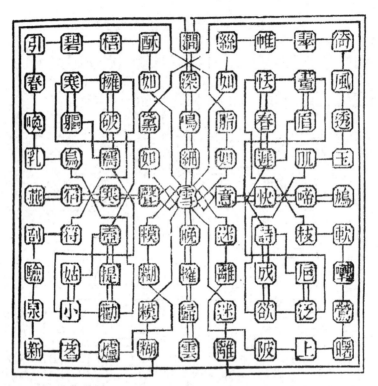

上圖上右角從中縫直文上下鬮歸讀起，下右角從中縫橫文兩頭鬮歸讀起，上下交互七字，左傍同。

（15）憶王孫（四闋，擬秦少游《春景》）

雲歸擁晚山迷離，澗深鳴細雨如絲，惟翠倚風透玉肌。欲成詩，厄泛遲春怯畫眉。

鳩啼快意山如脂，燕宿寒聲雨迷離，陂上曙鶯囀軟枝。怯春遲，眉畫詩成欲泛厄。

雲歸擁晚山模糊，澗深鳴細雨如酥，梧碧引春喚乳烏。勸提壺，姑小襦破擁寒軀。

鳩啼快意山如黛，燕宿寒聲雨模糊，爐茗新泉驗剖符。擁破襦，軀寒壺提勸小姑。

巫山一段雲圖

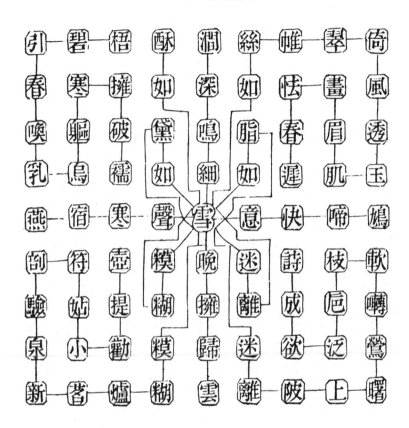

上圖右傍上下三十二字，從中縫橫文兩頭鬮歸讀起，左傍上下三十二字，從中縫直文上下鬮歸讀起，上下交互八字。

（16）巫山一段雲（二闋）

鳩啼快意山，迷離雨如絲。帷翠倚風透玉肌，眉畫怯春遲。　燕宿寒聲雨，如脂山迷離。陂上曙鶯囀軟枝，厄泛欲成詩。

雲歸擁晚山，模糊雨如酥。梧碧引春喚乳烏，軀寒擁破襦。　澗深鳴細雨，如黛山模糊。爐茗新泉驗剖符，姑小勸提壺。

畫 堂 春 圖

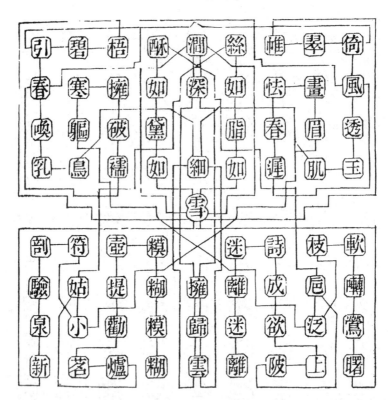

上圖中縫直行空二字,橫空八字。先讀上截,左右交互四字。右角從左角讀起,鉤左邊下角二字。左角讀法同。下截從中縫直行上下顛倒讀起。

(17)畫堂春(詞二闋,擬徐師川①《春怨》)

梧碧引春倚翠帷,山雨如脂如絲。姑小眉畫怯春遲,風透玉肌。　　細雲歸擁深澗,山曙鶯囀軟枝。泛厄陂上欲成詩,迷離迷離。

帷翠倚風引碧梧,山雨如黛如酥。厄泛軀寒擁破襦,春喚乳鳥。　　細雲歸擁深澗,山新泉驗剖符。小姑爐茗勸提壺,模糊模糊。

———————

① 　川:底本作"行",據明萬曆四十二年《類選箋釋草堂詩餘》一卷收錄《畫堂春·春怨》一首署"徐師川"改。徐師川,名俯,字師川。

小 重 山 圖

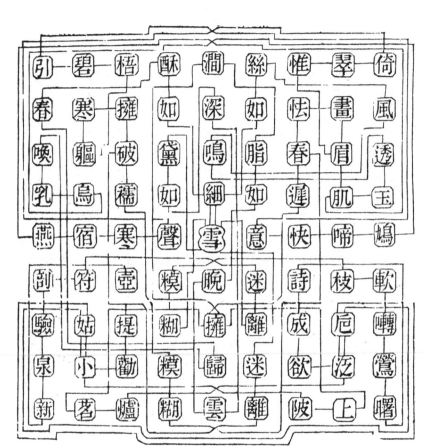

上圖從中縫末一字讀起，四角回環交錯，各赴本位而止。

（18）小重山（二闋，擬蘇養直《春閨》）

雲深如黛山迷離，破襦擁上陂。小姑厄泛欲成詩，曙鶯囀軟枝。　模糊雨，細如絲，風鳴透玉肌。燕宿寒聲倚翠帷，眉畫怯春遲。

雲晚如脂澗模糊，春遲擁茗爐。泛厄姑小勸提壺，新泉驗剖符。　迷離雨，細如酥，春歸喚乳烏。鳩啼快意引碧梧，軀寒擁破襦。

鷓 鴣 天 圖

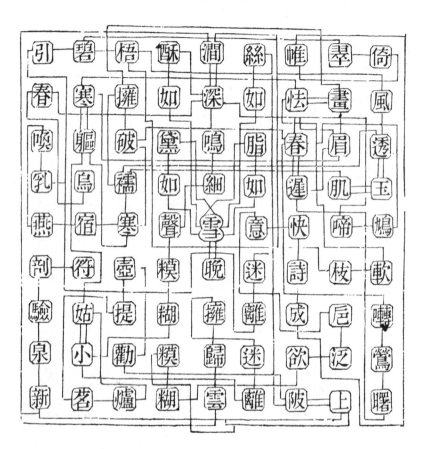

上圖從中縫直行"晚"字逆上讀起,四角回環交錯,各赴本位而止。

(19)鷓鴣天(二闋,擬秦少游《春閨》)

晚山如黛雨如絲,陂上模糊欲泛厄。意快詩成惟倚翠,碧梧枝軟怯春遲。　曙鶯囀,春鳩啼,深澗雲歸擁迷離。小姑軀寒眉怯畫,擁破寒襦透玉肌。

晚山如脂雨如酥,深澗迷離引碧梧。風透玉肌襦擁破,春遲眉畫怯寒軀。　寒宿燕,喚乳烏,春深鳴細聲模糊。小姑爐茗提壺勸,陂上新泉驗剖符。

六出瑞花詞圖

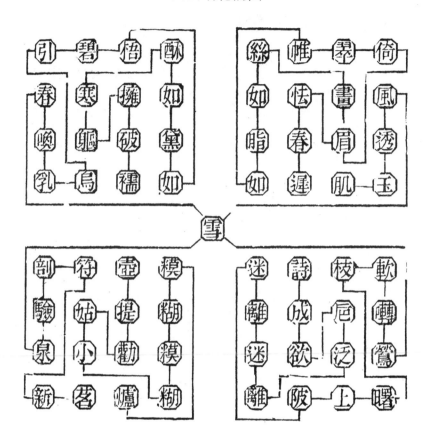

上圖"雪"字不拆開①。《啓》云"托六出之名葩"，意本此。其讀法從中一字向出兩旁上下第二字讀起。

（20）六出瑞花詞

雪風透玉肌，倚翠帷。如脂如絲，畫眉怯春遲。

（臨雪掃眉）

雪鶯囀軟枝，曙上陂。迷離迷離，泛厄欲成詩。

（吟雪泛厄）

_____

① 開，原作"間"，據民國石印本改。

雪春唤乳鳥，引碧梧。如黛如酥，寒軀擁破襦。

（褪雪擁襦）

雪泉驗剖符，新茗爐。模糊模糊，小姑勸提壺。

（瀹雪煎茗）

雲鶴仙館本《徐烈婦詩鈔》

附　　録

一、年譜 傳記

吳絳雪年譜

俞　樾

　　吳絳雪以國色天才，從容赴義，以全永康一邑民命，亦昭代一奇女子也，而事越百五六十年，志乘無考。道光二十三年，桐城吳康甫大令廷康爲永康丞，始諮訪故老，得其本末，屬海甯許辛木農部楣爲之傳，兼屬海鹽黄君憲清韻珊製《桃溪雪傳奇》以行於世，於是絳雪始不泯矣。《傳奇》中事實，多以意爲之，蓋院本體裁固如是；農部之《傳》，頗足徵信，而其年則弗詳；海鹽陳君其泰又考之絳雪遺詩，論定其年，表章之意，亦云至矣。然亦有不能無誤者，如謂絳雪卒於康熙十三年甲寅，年二十有四，則當生於順治八年辛卯，而顧謂生於順治九年壬辰，其誤一矣。其在秀水和《春閨》詩爲壬寅四月，有詩序可考；其從秀水至嵊縣渡錢塘江在三月，有詩句可證；而謂和《春閨》詩之歲即移剡之歲，其誤二矣。其歸永康詩云：“六年浪迹浙西東。”自注云：“寓居秀水凡三載，居剡邑又二年。”則是五年而非六年，與詩不合。陳君云：“注紀其積實之歲月，詩舉其歷年也。”然則何必作此參差之筆乎？余疑注中“三年”是“四年”之誤，蓋其居秀水甚久，故曰“凡四年”，其居嵊縣不久，故曰“又二年”，合成六年，正與詩合。依次推排，則絳雪死年，實二十有五。嗟乎！百年者壽之大齊，絳雪僅得其四之一。天既促之，人不宜更奪之也，故作《吳絳雪年譜》。

順治七年庚寅，吳絳雪生。

許農部傳云："名宗愛，永康人，教諭士騏之女。"

黃韻珊《桃溪雪傳奇》云："父騏良公。"

吳康甫云："絳雪之父娶于應氏。"

按，集中《招素聞》詩自注："余姊妹三人。"又《歸家有感》詩自注："時二姊已適人。"則絳雪行第三也。然詩中屢及翠香二姊而不及伯姊，疑遠嫁或前死矣。

又按，集中《同心歌》云："妾身少坎壈，繈褓失家慈。"不詳歿于何歲，然其《送次姊》詩自注云："先慈辭世已二十年。"而其詩首云："定省思姑舅，艱難別老親。"老親謂其父，則其父猶在。至《聞琵琶》詩云："憶九歲從先君之秀水。"又云："今十二年矣。"十二加九，爲二十一，是絳雪二十一歲父歿矣。《送次姊》詩蓋作於二十歲。然則母歿即絳雪生年也。

八年辛卯，年二歲。

九年壬辰，年三歲。

十年癸巳，年四歲。

十一年甲午，年五歲。

十二年乙未，年六歲。

十三年丙申，年七歲。

十四年丁酉，年八歲。

十五年戊戌，年九歲。

《傳》云："九歲通音律。"

集中《聞琵琶》詩自注云："九歲從先君之秀水，于江上聞此曲。"

又按，集中多與素聞唱和之作，有《將從秀水至嵊縣別素聞》詩，則素聞乃秀水人矣，其與訂交當即在是年。素聞者，其族妹也。其《招素聞以詩代柬》云："族有文姬重綺琴。"知是同族；又《報素聞書》稱"賢妹"，知是妹矣。

十六年己亥，年十歲。

集中有《題家嚴課女圖》詩，自注云：“家嚴作圖時宗愛年尚十齡。”按，絳雪從父學詩當自此年始。

十七年庚子，年十一歲。

按，集中詩當從此年始。今開卷第一首《題晴湖春泛圖》疑即此年春也。

十八年辛丑，年十二歲。

集中《題雪意圖》詩序云：“辛丑雪夜，與素聞圍爐，偶舉古今人咏雪句，可記誦者凡十餘首。次日，因取其詩句可入畫者各寫其意，以呈潘夫人。有不愜意者輒命改作，數日成此册。”按，潘夫人當是素聞之母。

康熙元年壬寅，年十三歲。

集中《寄和祁修嫣女史春閨》詩序云：“唐時有光、威、褒姊妹三人聯句，成七排十二韻，女冠魚元機和之。山陰祁修嫣女史偕其二妹，依唐人體韻，共成《春閨》一首，遥寄素聞。夏初無事，與素聞依韻和之。時康熙壬寅四月己酉日。”

二年癸卯，年十四歲。

是歲至嵊縣。集中有《將從秀水至嵊縣別素聞》詩，又有《渡江》詩云：“春江三月浪浮天。”又有《越州途中》詩云：“暮春天氣束輕裝。”知其去秀水在是年三月也。其《渡江》詩云：“只惜西湖違咫尺，清流偏阻雨纏綿。”是所渡即錢唐江，故與西湖咫尺，而惜以雨阻未游。又有《答西泠女史周瓊》詩云：“記得三春正落花，鳳山門外喚輕艖。可憐咫尺西湖路，不見仙人萼綠華。”雖非此時詩，然所云“鳳山門外喚輕艖”，則正此年渡江事。首云“三春”與“春江三月”相符。陳君謂：“至嵊縣即和《春閨》詩之年”，則三月已渡錢唐至越州矣，安得四月己酉尚在秀水與素聞共賦詩也？集中《送外兄》詩題云：“先君秉鐸剡邑，時外兄曾從學彼地。”《桃溪雪傳奇》云：“驥良公歷任仙居、嘉善、嵊縣校官。"則其至嵊,疑是宦游。然集中《代家大人送戴文學》詩自注云:"家嚴僑居剡溪,地主三人,其一文學。"若果秉鐸是邦,則自有官舍,何云"僑居"? 又何以"屢易居停"? 疑作校官尚在其前,兹則以宦游舊地,重來作寓公也。

三年甲辰,年十五歲。

集中有《剡溪雪夜》詩,自注云:"家嚴滿,擬今歲歸永,遷延不果,竟至歲暮。"當是此年詩也。

四年乙巳,年十六歲。

是歲歸永康。集中《別剡邑》詩云:"秋色留人無限好。"《舟泊蘭溪》詩云:"歸家剛值黃花節。"則知歸永康在九月也。《歸家有感》云:"六年浪迹浙西東。"自注云:"從家嚴寓居秀水凡三載,居剡邑又二年。"夫注所以注明詩意,斷無詩言六年,注只五年之理。注中"三載"必"四載"之誤。寓秀水四載者,己亥、庚子、辛丑、壬寅也;居剡邑二年者,癸卯、甲辰也。絳雪以九歲從父之秀水,十六歲始歸永康,而云"六年浪迹"者,實舉其在外之年耳。

又按,《同心歌》即次《歸家有感》之後,則其歸徐君孟華爲室,疑即在此年冬,或明年春也。

五年丙午,年十七歲。

六年丁未,年十八歲。

按,《報素聞書》在壬子年三月,而云"一別五載",則是年後與素聞相見,然於詩無征也。

七年戊申,年十九歲。

八年己酉,年二十歲。

有《送次姊》詩,說見前。

九年庚戌,年二十一歲。

父驥良公當卒於是年,說見前。然己酉《送次姊》詩"孤墳草自春",則尚是春日。驥良之歿,或即在己酉夏秋以後,亦未可知也。

十年辛亥，年二十二歲。

是歲婢慶雲生一女。按，集中《抱二姊子爲嗣》詩自注云："前年小婢慶雲生一女。"其抱子爲嗣，當在癸丑年之秋，則慶雲生女，在是年矣。

十一年壬子，年二十三歲。

是歲有《報素聞書》并以《同心梔子圖》寄贈，自署年月云："康熙壬子年辰月乙酉日。"

十二年癸丑，年二十四歲。

按，徐君之卒當在是年之春。據壬子年《報素聞書》止言"結褵以後，扆室焦勞"，不言抱未亡之痛，則其夫猶在也，故知歿於是年矣。其《翠香二姊將以次子爲余嗣詩以志感》云："湯餅清歡會九秋。"則是九月也；而末云："添丁欲向先夫告，好慰蒼涼土一抔。"則夫死已葬，距徐君之卒少亦數月，故知在此年春矣。

又按，集中有《憶外》詩云："姒娣同居猶寂寞。"是徐君未始無兄弟，不知何以必抱翠香之子爲嗣，豈徐君兄弟皆無子邪？《桃溪雪傳奇》云："與族中姒娣乞得一子立爲夫嗣。"不知別有所本，抑或姑以理言之。

十三年甲寅，年二十五歲。

是歲耿精忠叛於閩中，僞總兵徐尚朝寇浙東，六月至永康，宣言曰："以絳雪獻者免。"邑人聚謀，欲以絳雪紓難，絳雪遂行，至三十里坑投崖死。蓋捐一身以全一邑，非尋常節烈比也。事詳農部所爲《傳》。

又按，集中《悼杏》詩即作於是年春，蓋絕筆也。

同治十三年歲在甲戌十二月上澣，德清俞樾蔭甫撰于吳中春在堂

雲鶴仙館本《徐烈婦詩鈔》

吴宗愛傳

徐明英妻吳，名宗愛，字絳雪，永康人。宗愛幼慧，九歲通音律，

十餘歲即能詩，善寫生，間作設色山水。明英卒。康熙十三年，耿精忠將徐尚朝攻處州，略金華。六月，游兵至永康。尚朝嘗官浙東，聞宗愛才色，乃使脅宗愛族人，求宗愛，勢洶洶。宗愛乃曰："未亡人終一死耳，行矣，復何言！"賊遣迎宗愛，以兩騎翼宗愛行。至三十里坑，宗愛紿騎取飲，投崖死。宗愛二女兄皆能詩，而宗愛尤工，所著詩二卷。

《清史稿》卷五百十　列傳二百九十七

徐烈婦傳

許楣

　　烈婦姓吳氏，名宗愛，字曰絳雪，永康人，嵊縣教諭士騏之女，國色也，嫁邑諸生徐明英。康熙十三年，耿精忠叛於閩，僞總兵徐尚朝寇浙東，陷處州，將犯金華。六月，游兵至永康，邑人鏖竄。尚朝令人宣言曰："以絳雪獻者免。"時絳雪已寡，聞亂，匿母家。絳雪之幼也慧甚，多藝能。九歲通音律，十余歲父教令作詩，詩輒工，嘗代父與同年生倡和，服其精當，已知爲小女子作也，乃大驚。善寫生，間作設色山水，皆有致。繡回文詩鏡囊，見者歎雙絕。既寡，猶盛年，以才故，豔名尤噪。尚朝嘗官浙東，故稔知之。至是衆議行之以紓難，勢洶洶。絳雪念徒死，將貽桑梓憂，乃嘅然曰："未亡人終一死耳！行矣，復何言！"賊得絳雪喜，既出境，以兩騎翼。絳雪行甚謹，至三十里坑，絳雪度賊且止營，紿騎下取飲，投崖死；或曰其地近溪口，下有潭，絳雪蓋投潭內死云。永康故僻邑，絳雪死一百七十餘年，無能以文發之者，獨傳寶其詩畫，其雜見諸家傳記，亦目爲才媛而已。道光癸卯，桐城吳廷康爲茲邑丞，始詢知絳雪死事甚烈，懼其愈久而湮也，爲刻其《六宜樓稿》《綠華草》各一卷，而俾余爲之傳。絳雪既死，會總督李之芳以兵扼衢州，尚朝踞金華之積道山，踰年卒破滅，不復犯永康。

　　許楣曰：余讀《漢書》至王昭君，未嘗不掩卷太息也。漢當元帝時,單于衰弱,和親特故事;又廷見使者,難失信耳。假令昭君如絳雪,吾知其出關必自殺,以報天子,帝不失信,昭君亦不失身,于大漢光赫赫矣。終老絶域,哀哉! 然昭君,人至今憐之,而絳雪之烈,因廷康之請而特傳之,將以告後之爲班氏者也。

國色是禍根,兼幼慧,尤是禍根,然一身遇禍而一邑得全,其功大矣! 不獨完節勝昭君也。班書《匈奴傳》叙昭君事甚略,乃史體應爾。然烏孫公主以宗室女下嫁,不書于《武帝紀》;而昭君一良家子,於《元帝紀》大書特書,孟堅蓋深惜之。班書但有《外戚傳》,范書創《列女》一門最善,然殿以文姬則舛也。天予絳雪以昭君、文姬之長,而絳雪更能和孝烈將軍爲一人,千古無兩,真他日國史之光矣! 又記。

雲鶴仙館本《徐烈婦詩鈔》

書徐烈婦傳後

陳其泰

吾友桐城吳君康甫,慷慨志節士也。其爲丞永康之歲,訪得康熙時徐烈婦吳絳雪始末,既爲之梓其遺詩,而繫以許辛木農部之《傳》矣,猶恨未詳其年。余語康甫,《傳》以征信,故疑者勿著,非略也。然考之於詩,固自有可見者,請爲補之。

案農部《傳》,謂"九歲通音律",集中《聞琵琶有感》自注:"九歲從先君之秀水,于江上聞此曲。"曰此曲,則非泛聞其聲也,所謂通音律者信矣。自九歲之秀水,至十二歲隨父移剡邑,又二年歸永康,故有"六年浪迹浙西東"句。而自注"居秀水三載,剡邑二載"止五年者,注紀其積實之歲月、詩舉其歷年也。其在秀水時,與同姓女史素聞共筆硯,辛丑歲同作《雪意圖》,壬寅同和山陰祁修嫣女史《春閨》詩,其移剡邑,當即在是年,作《雪意圖》時蓋十一歲,何知非十歲也? 絳雪雖幼慧,素聞齒更稺。八九歲小女子,恐未辨同作也。由是順數十四歲歸永康爲甲辰,逆溯九歲則己亥矣。其嫁不知在何年,次《同心歌》於

《歸家有感》之後，是歸未幾而嫁，非三五即二八時耳。《同心歌》謂"縕褓失家慈"，其《送次姊》詩"孤墳草自春"句自注"先慈辭世已二十年"，而起云"艱難別老親"，蓋絳雪生而失母，至是二十歲，父幸健在。次年父始歿，即《聞琵琶有感》之歲也。曰"九歲從先君之秀水"，又曰"今十二年矣"，合九與十二，則二十一歲。前此有作稱"家嚴"，至是始稱"先君"，知其歿也。其詩分《六宜樓稿》《綠華草》爲二卷，《六宜樓稿》爲居秀水剡邑時作，《綠華草》歸永康作，次第秩然。後附《與素聞書》，并《梔子同心圖》。余因思絳雪當未笄之年，父以爲之師，素聞以爲之友，鬪聲韻，賦采色，極閨中清燕之樂。迨歌《同心》後，雖未輟吟咏，而身親井臼，良人常外出，老父終天年，素聞契闊，固已佗傺無聊矣！卒之，所天既殞，鼙鼓震驚而身亦隨之。然且越百五六十年之久，載乘寥落，志節不彰。微康甫，將并其斷簡殘編，亦且爲蠹魚噉盡，又況其石火電光之歲月哉！悲夫，絳雪殉節之歲，爲康熙甲寅，上溯壬寅十二歲，則至是才二十四歲耳。《綠華草》以《悼杏》詩終，夫亡而杏枯，蓋前一年寡也。壬寅爲康熙元年，絳雪正隨父秀水，其生以順治九年壬辰，而康甫示余《吳氏家乘》，謂父歿于順治五年戊子，既與詩不合，又纂取王右丞《臨高臺》《鳥鳴澗》二絕爲乃祖時送行詩，益可笑，決爲無知妄作。余恐後之人反援《家乘》以疑詩，因并著之。余又念素聞能與絳雪倡和，亦難得，然數過秀水訪其詩無有，獨《春閨》聯句，附絳雪集中耳。絳雪寄《同心圖》啓有"一別五載"語，後署康熙壬子，時絳雪年二十有二，似歸永康後，曾復相聚，詩無可征。《燃脂續錄》摘絳雪句，多集中未見，是絳雪逸詩尚多，姑闕疑以俟再考云。

雲鶴仙館本《徐烈婦詩鈔》

吳 絳 雪 傳

黃安濤

國朝康熙十三年甲寅正月，耿精忠叛於閩，其僞總兵徐尚朝等寇陷浙東處州，窺金華道永康，有奇女子吳絳雪殉節死焉。絳雪，名宗愛，永康人。父士騏，以明經任仙居、嘉善、嵊三縣校官。絳雪幼隨侍，承其家學，善書畫、琴棋、音律，尤工于詩，時人稱桃溪女史。云其畫爲合肥龔尚書所珍賞，詩則長洲沈文愨公稱其有林下風，著有《六宜樓槁》及《綠華草》。嘗取劉令嫻詩意，作回文《同心梔子鏡箔圖》，并駢體啓贈其閨友秀水吳素聞女士。回合藻麗，見者但驚其妍巧，卒難尋端緒，啓中引蘇家錦字、侯氏龜文以自例，有過之無不及也。歸邑諸生徐明英，未幾而寡，無子，以姊男爲嗣，意守之終身焉。絳雪既以多藝聞，而姿質穠粹，人皆詫爲國色，藉藉衆口。及尚朝之窺金華也，道永康，豔絳雪名，欲致之。永康故無城池可守，衆慮蹂躪，邑父老與其夫族謀以絳雪紓難，謀僉同頗秘。事急，則强之行，絳雪微聞之，則慨然曰："未亡人更安所惜乎？所惜者一邑生靈耳。苟有濟，妾自獲死所耳，庸何傷？"衆聞皆悅，謂信有恃矣。時總督李公之芳督官兵駐婺，援巢甚力，絳雪策賊必敗，則謂宜許以羈縻之。而故稽以詭辭者久之。及無可滯，則衆以之行。絳雪夷然就道，至三十里坑，以渴飲，紿賊取水，遽於馬上翻倒觸塊死。是年六月也，既尚朝出永康，屯積道山，金華所屬東陽、義烏、浦江皆苦蹂躪，而永康之被患也較緩以輕。孰謂一弱女子陽餌以名，而陰爲之障也！噫，斯亦奇矣。

舊史氏曰："女以貞爲尚，而節與烈因之。"雖然，無才無識，則其節烈也不奇。使絳雪聞衆所謀而猝死，所謂自經溝瀆而已，何足爲絳雪奇？所奇者非徒爲一身殉，直爲一邑之民殉耳。觀其始而慨然，繼而夷然，非裕于才而達於識者不及此。絳雪之死距今一百七十餘年，徒以傳聞異辭，或以爲賊行故從，而疑且諱焉，迄無有表彰之者。今長興吳縣丞廷康，嘗任永康，諮訪遺佚，得絳雪死節事特詳，并求其遺稿，付之梓，來告余曰："絳雪自謂獲死所，三十里坑其死所也，非賊巢也。"明矣，尚何疑且諱之。有先時而死亦無益也，後時而死亦無及也。絳雪之死非但得其所也，又得其時也。故絳雪死，而賊隨而亡。

如吳縣丞言,則節與烈固不足以貞絳雪也,故特書奇女子云。

道光丁未版《拙宜園樂府》之《桃溪雪》

紀康熙十三年耿藩叛擾浙東克復各郡縣事略
即書于永康烈婦徐吳氏傳後

希　元

同治甲戌冬,余奉命鎮浙,涖任數月,吳康甫二伊來謁,陳其所刊永康烈婦《徐吳氏傳集》,并《桃溪雪傳奇》。披閱之下,因歎烈婦之紓難殉節,不獨爲一身之名節計,且爲一邑之民命計也。方逆藩之叛於閩也,兇焰鴟張,附近守將相繼通款,郡縣紛紛失陷。永康界處、金之間,處弁徐尚朝既受僞官,麗水縉雲不戰而下,將趨金華,則永康爲孔道,曾未聞民遭蹂躪,軍費攻剿,豈紀載偶遺耶?抑實有陰爲計畫,得以保全勿失耶?按《吳氏傳》稱,僞將徐尚朝豔氏之色藝,先遣人示意欲得之,紳民議以氏獻賊以紓難。邑令韙其計,趣氏往。氏初聞驚,奔避城東後塘衖母家。賊隊由縉雲至,圍村勢甚劇,村民允以女獻。氏弗忍以一身轉累闔境,遂慨然登騎往。賊喜,先遣大隊從義烏、武義邊界直趨金華,永康各村幸免蹂躪。僞將令二卒挾之行,至三十里坑桃溪,紿賊下騎汲水飲,乃墜崖死焉。余初以婦之墜崖全節,事所或有;至謂以婦餌賊,遂能保全地方,或爲附會之説。暇日檢舊本《東華錄》及《國朝名臣傳》,載耿逆時戰事甚詳,因條記以證之。是役也,李公之芳爲總督軍務,賚公塔爲平南將軍,而康親王實總其略而奏其功。當李公部畫諸將弁分路防禦時,則賊由常山陷開化、壽昌、淳安,又由處州犯義烏、浦江、東陽、湯溪、龍游。叛鎮祖宏勳據溫州,尋陷黃岩,犯台州及紹興,復集衆窺衢。會平南將軍統兵赴浙,與李公會師,五月自杭赴衢,七月閩賊大舉攻衢,李公誓衆禦敵。有守備程龍怯戰,斬以徇,於是將士殊死戰,遂敗賊於坑西。陳世凱等乘勝復義烏、湯溪;牟大寅破賊於常山;游擊王世萬破賊于龍游;鮑虎復壽昌;

王廷梅敗賊於金華;李榮復東陽,又大敗賊于金華之壽溪,斬僞總兵張元兆等。參將洪起元敗賊於紹興,復嵊縣。時賊党犯金華,平南將軍遣副都統瑪哈達擊走之,復義烏、諸暨。僞都督周列等迭次犯衢,賚公與李公帥衆擊敗之。十四年,擊敗僞將軍于黃潭口,僞將馬九玉、季廷魁屯踞州城北元山口,賚公督兵乘夜攻圍,破之,焚其木城。馬九玉等退踞大溪灘,賚公馳擊,斷其糧道,復江山縣。時朝命康親王傑書爲大將軍,駐金華。賚公爲參贊,分駐衢州。十五年秋,康親王進次衢州,僞都督周列、僞總兵蔡明等率衆二萬,由常山謀犯衢。王命喇哈圖等擊敗之于焦園等處,徽營副將姚宏信等大敗賊於建德鄭坑。官兵敗僞都督徐尚朝等五萬衆於金華城,僞將沙有祥踞桃花嶺,王遣副將馬哈達等擊破之,復處州。僞將遁走仙居,副都統穆赫林等追敗之於白水垟,復仙居縣,又復松陽。貝子傅喇塔等敗賊于半山嶺,攻黃岩,僞將曾養性遁走溫州,遂復黃岩城。十月,浙營官兵進攻溫州,復太平、樂清、青田。有詔趣康親王進師福州,王遣貝子傅喇塔等圍溫州,僞將曾養性、祖宏勳悉衆來犯,副都統托他本擊敗之。八月,賚塔公復江山,馬九玉棄營遁。九月,王遣胡圖等追破之,復常山,進攻仙霞關,賊將金應降,遂復浦城縣。於是康親王帥師入閩,次延平。而耿精忠遣子獻僞印,乞降。浙江官兵收復溫、處二州。觀數公籌剿之績,克復各郡縣,彰彰可考。惟永康一邑,獨無見聞,則其未遭兵燹可知,非吳氏以一身餌敵,藉以保全一邑,而能若是乎?夫欲保全一邑,不惜以一身餌敵,難矣! 以一身餌敵,而猶能拼一身之死,終不爲敵所餌,則尤難矣! 惜志乘未載,民間亦罕有知其詳者,事遂湮沒弗彰,即其族裔亦往往諱其事,而不闡其微。閱數百年,更誰道其遺芬餘韻耶! 康甫前丞永康,採訪得實,爲葺其詩,并傳其事,洵今之古人也! 余嘉康甫之表彰遺烈,并爲旁證諸公戰克事迹,始知諸公之戰績,系全浙之安危。彼吳氏者,煢煢一嫠婦耳,乃能以身紓難,并以身全節,亦有繫永康一邑之安危也,皆不可不記,爰牽綴以著於篇。

光緒元年歲在旃蒙大淵獻季夏上澣，古開平贊臣希元識于武林軍署之重來堂

雲鶴仙館本《徐烈婦詩鈔》

節烈吳絳雪別傳[①]

潘樹棠

茂才徐明英之妻，姓吳氏，女士也，本名宗愛，孩幼性聰穎，愛讀書。少長隨父官之任，以工詩畫鳴於時，每有所作，自題其册曰絳雪，世遂以是知名，爲縣游仙鄉之厚堂人。生當國朝定鼎之初，既嬪于徐，越康熙十有二年，夫明英以客於外而不禄，改歲十三年甲寅，絳雪新寡。忽以三月耿逆踞閩叛，六月耿逆屬將僞都督徐尚朝踞處州，使諜者宣言于永康，曰：必得絳雪，可免屠戮。縣故無城，聞處州失守，皆奔避僻村，城中虛無人馬，絳雪亦以寡匹還匿母家，聞人言紛紛，默自爲計，以爲有死無貳，古之教也。未亡人與故夫既爲清時人，當爲清時鬼，終以必死，殉吾夫於地下，然徒死貽鄉邑憂，何益？古亦有改嚬爲笑，卒至投井投火而殉夫者，真計之得矣。於是有以賊言告之者，絳雪佯應之，縣人遂亦宣言，揚絳雪意。尚朝至喜，戒將卒過永康勿犯。絳雪言必以禮聘乃可，尚朝即遣二心腹老婢與及數卒於厚堂邏守之，自率將卒趨往金華，插營積道山，乃遣賊卒迎絳雪于永康之厚堂，賊卒以輿舁絳雪，及卅里坑白窖峰下，絳雪見四圍皆山，命易以馬，右阿深峻中，微有村，即椒坑也。紿賊卒且駐，謂與老婢就村取飲，緩轡行得最高處，遂拼命一躍，墮馬死，時二十九日也。二老婢與賊卒無所爲計，亦各散走。是時，縉云賊蹢最慘，永康始終不染凶刃，得無恙者，皆絳雪力也。而絳雪不污其身，莫之點辱，卒不食言，以盡節死。絳雪故夫明英，縣之西城人；舅戀問，歲貢生；姑朱氏，世族女

也;父士騏,歲貢生,由秀水任嵊縣教諭;母芝英應氏,亦縣著望,皆以儒世其家。

論曰:絳雪一烈婦耳,么逆欲漁其色,遂出其智計,保疆邑,不罹兇惡,卒能周旋其身,以不辱自脫於網羅之外,得盡節以死。《易》曰"苦節不可貞",絳雪其能貞之矣乎,然而烈矣。

民國石印本《徐烈婦詩鈔》

徐 烈 婦 碑

烈婦徐吳氏,名宗愛,絳雪其字也,永康縣東北四十五里厚堂人。官嵊縣教諭吳士騏女。隨父之任所,以詩畫鳴。歸同邑茂才徐明英府君爲室,賦《同心歌》。麗而賢,倡和甚相得,并爲君置簉室慶雲,舉一女。康熙十二年(1673)府君歿於幕,烈婦負骨歸葬。同年以次姊翠香之子爲嗣,詩以志感,云"添丁欲向先夫告,爲慰蒼凉土一抔"。次年甲寅(1674)正月,耿精忠以閩叛。僞中軍都督徐尚朝佔領温、處二州,將移兵趨金華,道永康。使諜者宣言,曰:"以烈婦獻免,不則屠。"初烈婦之未儷也,才名噪甚,尚朝官浙東久,知之稔,以故指名相索。至是邑紳遂謀以紓難。縣令徐公覈其計,趣烈婦行。烈婦初聞警,即潛伏厚堂母家不出。六月壬子,尚朝之先鋒隊由縉云來,索烈婦甚急。烈婦知不免,乃慨然曰:"未亡人正恨求死不得耳,行矣,復何言?"丁巳,尚朝至,喜,檄士卒秋毫毋擾,擾者死。即議行聘禮。適我官軍復義烏,尚朝懼,志不在烈婦。次日戊午,即率大隊直朝金華,屯積道山。我官軍圍攻之,焚其木城,遂以次克復遂安、東陽等縣。賊勢急,不暇迎烈婦。九月我官軍又大敗賊衆於金華之山口,斬首無算,焚其賊巢,賊勢益急,更不暇迎烈婦。集賊衆四、五萬於金華城外。十月,我官軍又大敗之,尚朝勢蹙,無鬬志,乃遣賊卒迎烈婦於厚堂。烈婦坦然行,人異之。至三十里坑白窖嶺,投崖死,時康熙十三年(1674)十月二十九日也。賊卒趨救之,氣已絕。鄉人集視者,皆墜淚，欲集眥厝於椒川路左。十一月二日，賊衆潰散，尚朝勢孤，不能分兵犯永康。十二月七日，天大霧，我官軍直搗積道山賊營，殛徐，後遂無犯永康者。是時康親王統師駐金華，以永康有款敵事，法當屠城。嗟乎，世無范文正，誰步原仲約之心者？宋羅大經《鶴林玉露》載慶曆（1041—1048）中大盜張海過高郵，晃仲約令，百姓斂金帛牛酒勞之。海悅，徑去，不爲暴。事聞，富鄭公欲誅仲約，范文正不可，曰："祖宗以來，未嘗輕殺臣下，此盛德事，奈何欲輕壞之？他日主上手滑，吾輩亦未敢自保也！"富公不以爲然。其後富公自河北還朝，不許入國門，未測朝廷意，終夜徬徨不能寐，思范公語，繞床嘆曰："范六丈，聖人也！"官紳怵，於是乃湮滅其踪。康熙戊寅年（1688）修邑志，諱而不載，非爲烈婦諱，爲官紳諱也。道光丁酉年（1837）修邑志，仍不載，然而節烈之氣，動天地，感鬼神，愈久而愈彰，愈晦而愈揚。自桐城吳二尹康甫搜求《六宜樓》《綠華草》遺稿及《同心梔子圖》刊佈之，而烈婦名節乃顯於東南。海鹽黃孝廉韵珊又演爲《桃溪雪傳奇》，遂令奇女子格外生色。重以彭剛直、俞太史、許農部、希將軍、潘學憲光緒諸名公，極力表彰，而烈婦名節乃大顯於全國。光緒壬辰年（1892）修邑志，登入《節烈傳》，并聞於朝。癸巳年（1893）命下，旌表如例，距烈婦之死已二百二十年矣。潛德無不發之光，信哉！庚子年（1900）建專祠祀之，復以餘力修墓塋。文瀾爲之碑。其文曰："嗚呼，大變猝臨，談笑不驚。功成身潔，不負宿盟。此非大智大勇奇男子不能也。烈婦一嫠耳，乃能拼一身保全閤邑生靈，仍能白璧完貞，游神太清。吁嗟乎，巾幗之英，萬古蜚聲。"

　　光緒三十年歲次癸卯夏五 謙九下嗣孫文瀾頓首拜撰

吳 宗 愛

胡宗楙

　　吳宗愛，號絳雪，縣之厚堂衖人。父士騏，官秀水教諭。士騏女三，絳雪其季也。九歲解音律，從士騏之官秀水，于江上聞琵琶淒感，形諸篇什。繪翎毛、花卉、山水皆精，應曙霞氏藏有《杏林春燕》畫册，設色精絶。書法酷似董玄宰，押角仿漢銅印。合肥龔尚書鼎孳《題絳雪畫册》詩云："想像亂峰晴雪裏，自臨眉黛寫青山。"可以見其爲人。姊妹俱嫺吟咏，閨中唱和無虛日，《回文詩》尤工。於其嫁也，賦《同心歌》見志。所天徐明英，固邑中名諸生，嘗手種紅杏，既而杏萎，所天卒，又賦《悼杏》詩。隨宦有《六宜樓稿》，歸里則作《緑華草》，分上下二卷。《燃脂續録》摘其佳句累篇。清康熙十有三年，徐尚朝寇處州。尚朝者，耿精忠裨將也。諜者宣言于永康曰："某日屠城，得絳雪則免。"縣故無城，絳雪匿母家，自分必死，已而念死無裨，徒貽鄉井憂，漫應之。諜者還報，尚朝大喜。絳雪則揚言必以禮聘乃可，尚朝陰遣心腹數人瞯於厚堂村，而自率精兵銜枚疾馳，往金華積道山以待。屆期，彩輿昇絳雪，至三十里坑白窖峰下，山徑犖确，命易以馬，四望皆高嶺深箐，中有炊煙，即椒坑也，給卒往取飲，亟攬轡行至最高處一躍，墜馬死。（據《圖繪寶鑒》《國朝詩別裁》《永康詩録》《吳絳雪別傳》修。）

論曰：絳雪生順治初，越一百六十餘年，吳廷康官永康縣丞，始極力表彰之，黃憲清氏於是有《桃溪雪》之作，幾於家誦而户弦矣。又四十餘年，邑人始議請旌，且興大獄，實則絳雪譽播遐邇，旌與不旌，於絳雪無增損。宋景濂曰："婦人以貞節名，謂之不幸，而尚欲徼旌寵乎？旌寵，朝廷事也。"旨哉言乎。

《續金華叢書》夢選樓刻本《永康人物記》卷五《烈女》

吳 絳 雪

匡　予

永康吳士騏之女，名宗愛，字絳雪，國色也。幼穎悟，年十餘，父教令作詩，詩輒工，兼工繪事。嫁同邑徐明英，早寡。康熙十三年，耿精忠叛，部下徐尚朝陷處州，游兵至永康。邑人麋竄，尚朝令人宣言曰："有以絳雪獻者免。"眾議行之以紓難,勢洶洶,絳雪念徒死貽桑梓憂,乃僞請行,至三十里坑投崖死,年僅二十四。道光癸卯桐城吳廷康爲永康丞,慨絳雪死一百七十餘年,邑人無以文發之者,爲刻其遺詩二卷。而屬海甯許楣作傳以表揚之。詩中佳句如"秋夜偶成雲,香緣漏永熏。還冷錦爲愁,多織未成春。"《曉寄二姊》云:"山含軟碧猶春雨,門掩濃陰半落花。"《憶外》云:"貧家蔬筍憐佳節,驛路風波阻遠人。"又《寄外弟絕句》云:"貧賤驅人少勝籌,天臺境好任淹留。尋仙不是韶年事,好遇桃花便轉頭。"

匡予《蕉軒隨筆》,1915 年《女子世界(上海 1914)》第 3 期

吳 絳 雪

王靈秉嘉

徐烈婦吳絳雪女士,永康人。有遺詩一卷,詩多佳句。而女士之歷史無從詳考,惟俞曲園先生所編年譜中有云:耿精忠之亂,其党人徐尚朝寇永康,宣言曰,以吳絳雪降者免,邑人聚謀欲以絳雪紓難,絳雪遂行,至卅里坑投崖死,捐身以全一邑,非尋常節烈比也,云云。捨身救衆,救仁得仁,守正行權,無傷貞操,女士實巾幗中偉人矣哉。詩之佳者,如《暮秋》云:"菊花疏淡宜黃蝶,蘋渚荒涼剩白鷗。"《彈琴》云:"一曲未終天欲午,落花無語臥苔陰。"《宴友》云:"朗月自瞻名士抱,春雲爭似美人妍。"《村居》云:"冬山瘦削宜添雪,老樹槎枒不動風。"《寄外》云:"風雪貂裘敝,關山馬足寒。"《送外妹》云:"咋朝商處望,猶自見君舟。"意境卓絕,不同凡響,用筆亦有波瀾老成之概,其人其詩,均足爲後人景仰也。

王靈秉嘉《儷敬室隨筆》,1914 年《婦女時報》第 12 期

二、《徐烈婦詩鈔》序跋題辭

叙

許楣

宇宙無端而有人，人無端而有我，自儽然頑鐵忖之，豈不曰：“我止此身，身外惟影耳。而影與我，苦樂榮辱，固不相關也。使我有身後名，亦與影何異。寂寞千載，又惡在影之是我也！”以彼猖狂之見，蓋亦弗思耳矣！使人盡無影，則宇宙如長夜，即欲謀生前一杯酒，復何可得。雖然，鬚眉巾幗，自愛其影，則又何暇長慮及此。今夫鑒影者於清流，有溷焉，從而告之曰：“是可以鑒。”其不艴然怒者幾希。夫知溷之不可鑒，而獨不愛其身後之影，是尚爲能充其類也乎？故夫自愛之至，雖使曠古無人影，而我之影終不可以落溷，如是而已。余頻年杜門養疴，值方寸嶽起，輒攤卷觀古人影，比尤苦不適時，復隱几。而吾友靜卿氏忽以《絳雪詩鈔》進曰：“是影大佳，子嘗從而張之矣，盍更以當《七發》！”則亟起整襟觀之，唶曰：“誦其詩而見其影，賢如光案，何莊豔如檣？琵琶之聲不下堂，才足以見賞于中郎，而無胡笳之十八章，其諸集衆影之長，而破閨閫之天荒者乎！然何其久而弗襮也？”往者庚子辛丑間，東南多故，所在有碧血影，大都陽烏赫然矣！其不幸而等於就陰之滅者復何限！吾聞長溪嶺有影焉，曰金華營副將朱貴父子。乍浦一井有影焉，曰諸生劉東藩之女七姑。是皆皭然不辱其影者，鬚眉、巾幗，一也。曾不數年，幾于就陰而滅矣！余嘗欲并赫然者勒爲《人影》一書而未得，遂使頑鐵笑人，乃以復於静卿氏，曰：“子前以是鈔一再刻爲未足，意甚善，墜崖遺烈莫能問，吾當成子之美，無俾斯人之影就滅也。"因點次終卷，叙以付剞氏。嗟乎！酒杯在手，磊塊何窮，顧影徘徊，落溷可畏，言之長矣！有心人當不以爲筆荒而墨唐也。

咸豐四年，歲在甲寅。夏四月，長安散人許楣辛木氏撰於看劍引杯之室。

雲鶴仙館本《徐烈婦詩鈔》

序

吳廷康

康熙時，永康有才婦人吳氏者，名宗愛，字絳雪。爲人多技能，通音律，精繪事之外，尤工爲詩。同時諸名家説部書中蓋屢稱引之，其聲聞甚遠。道光己亥，予爲丞茲邑，因獲觀其畫數幀，皆工絶，無愧所稱許。訪其詩，則久不可得。今年夏，邑人倪明經夢魁始于武義人家抄得《六宜樓稿》一卷、《緑華草》一卷來，取而讀之，大抵詞藻則清麗典雅，意致則悱惻纏綿。其瀏乎以思，若遺脱世慮，翛然獨立於塵俗之表，而外物不足以爲累也。其愀乎以悲，若俯仰身世，百感并集，所遭之不偶，而無地以自容也。夫惟端本性情以發爲歌咏，故妍麗之中不失温柔敦厚之旨。論其所造，匪惟閨閣中鮮此精詣，即求之士大夫間，蓋亦未易多覯。聞之永康父老云，去城東北三十五里有地曰後塘衕，吳氏聚族居其間，凡數百家。女父士騏以明經仕爲嘉善及嵊縣學官，女故承其家學，而以詩鳴。惜乎！歲月浸遠，其他軼事無人能述而紀之。邑志既不載其詳，詩篇雖幸存於今，半皆殘缺失次，僅得此百餘首之本，且并此百餘首者久未刊刻，尚在若存若亡之間。是則女身後所遭之尤爲不幸，足以深人感歎者也。既爲手校其脱謬，將擬與友人共付諸梓。用綜其大略，爲之序，題諸卷首。

道光二十二年歲次壬寅，秋八月，桐城吳廷康康甫序。

冰壺山館本《吳絳雪詩集》

徐烈婦詩序

吳廷康

余官永康日，訪得徐烈婦吳絳雪殉節事，求名人爲作傳，且播諸管弦，以表彰之。先是，邑人爲余言：吳絳雪，邑之才女也，武義李氏藏其詩。倪明經蘭谷夢魁爲余借得鈔本，知爲東陽明經王虎文崇炳所編輯。虎文系康熙時人，曾撰《金華征獻略》，載女史九十餘人，而獨不及絳雪，蓋其時猶未見絳雪詩耳。此本殆其後見而録之者，故繫以兩跋，不及登諸梨棗也。夫世多以才女目絳雪，然其詩之幾就湮没且如此，況乃捐軀兵燹之中，完節荒涼之地，志乘未載，傳聞異辭。設非急爲諮訪，又安能傳信於一百七十餘年之後哉。曩者金華王君家齊刊絳雪詩，余曾爲之序，亦只稱其才，而惜其詩之僅有存者。及得聞其殉節始末，乃歎絳雪之傳無待於詩也。夫古今才女多矣，有以才傳者，有不僅以才傳者。以才傳者，其人不必傳而翰墨可觀，則因其才而傳其人，故詩愈多才愈著耳。若夫奇節懿行，卓然自有千古，而吟咏所寄，雖零章斷句，亦足以想見其生平。是因其人而傳其詩，其人固不僅以詩傳也。如絳雪者，有才亦傳，無才亦傳，而何必計其詩之所存者尠乎？余既傳絳雪之烈，因以傳絳雪之才，則詩又烏可以不傳？乃取王氏重刊本，屬陳琴齋孝廉校勘一過，復序而梓之。絳雪兼工繪事，其父士騏，字驥良，娶邑東芝英莊應氏，故至今猶藏有絳雪書畫。余嘗從應楡亭諸生乞得《杏林春燕》畫册，設色精絶，書法酷似董香光，其名印系仿漢銅印，蓋國初人手筆，色色皆工，不徒其詩足傳也。然皆絳雪之餘事耳。其不朽者，固在彼不在此。

咸豐二年，歲在壬子。二月下澣，桐城吳廷康序。

雲鶴仙館本《徐烈婦詩鈔》

重刻徐烈婦詩序

秦緗業

永康徐烈婦吳絳雪，能詩善畫，早寡守節，康熙十三年殉耿逆之難。海甯許户部楣爲之傳，海鹽黃大令憲清譜爲《桃溪雪傳奇》，讀者可得其生平。已所爲詩有曰《六宜樓稿》者一卷，《綠華草》者一卷，又《回文詩》一卷附焉。道光咸豐間，初刻於金華，再刻于蕭山，先後經兵燹，板片已毀，世尠傳本。桐城吳二尹廷康心焉傷之，將謀重付剞劂氏，而問序于余。蓋蕭山本即爲吳君所采輯，而《傳奇》之作，亦由吳君敦迫而成者也。夫烈婦之死，且合從容就義、慷慨捐軀而一之，其事固有足傳者，然非能詩且工若是，世人亦未必豔稱之。慨自粵寇之亂，婦女之死節者何限，豈遽不如烈婦？而往往湮没不彰。非其戚族鄉黨，幾不能舉姓氏，以别無文采可表見故也。然後知詩以人傳，人亦未嘗不以詩傳，而是集之復事梓行，又烏可以少緩與？吳君年逾七十，浮沉下僚，而闡幽表微之志，不以貧老而少衰，其賢信不可及矣。余獨惜與烈婦唱和者，有吳氏素聞，其行事雖無可考，而烈婦所與書中，有“茵溷分途，菀枯異路”之語，意其遭際年壽，必遠勝於烈婦。顧素聞之詩若畫，世無如吳君者爲之搜羅掇拾，今竟無傳。則雖謂烈婦之遇難爲幸，而素聞之未遇難爲不幸可也。乃後人之誦烈婦詩及《桃溪雪》者，罔不知有素聞其人，是素聞因烈婦而亦傳，不可終謂之不幸也已。

同治十三年，歲次甲戌，仲冬之月，無錫秦緗業序。

雲鶴仙館《徐烈婦詩鈔》

跋

陳其泰

絳雪詩，東陽王明經崇炳鈔自武義一舊家者，原本分《六宜樓稿》

《緑華草》爲二卷,詩僅百餘首。《燃脂續録》摘其佳句甚多,半存集中,餘皆成廣陵散矣。金華王君家齊嘗取而刻之,蕭山丁君文蔚、王君錫齡復刻一本,皆余友桐城吳君廷康贊成其事,因爲之叙,而蕭山本則余所校勘也。每思評點重刻,以廣其傳,而余年來筆墨似多田翁,耕耨甚苦,十指不得暇,乃寄老友長安散人,强令加墨,甯寬毋苟,并綴眉批,以醒將書引睡者之眼。散人初未應,曰:"吾已爲之《傳》矣。"既而曰:"吾胸中磊塊,亦正須酒澆耳。吾曩者作《傳》,爲世故牽帥,頗失體,吾當改正而自刻之。"因不復辭。既告成,散人自叙重刻之意,余復位任校勘之役,而識其原委如右。

咸豐四年孟夏,海鹽陳其泰静卿氏跋于武林撫署幕中。

雲鶴仙館本《徐烈婦詩鈔》

題　　詞

章汝銘曰:予在嘉善時,于龔太守筵上和《鷓鴣天》詞,一夕中得十數首。次日,吳教諭贈予詩云:"詞人按板稱三影,文士濡毫擅八叉。"前繫小序,用駢體,中有云:"吟詩希逸,兒郎擅風月之名;泛水玄真,奴婢悉漁樵之選。"全篇典麗稱是。余愛玩不忍釋手,及詢之,乃知其女代作也。女名絳雪,教諭有三女,俱能詩,此其最少者。後聞其人亦國色也。因作三絶寄教諭,其末首云:"如花姊妹粲成行,三妹清才更擅場。欲問玉容曾稱否,芙蓉猶恐妒新妝。"

《燃脂續録》曰:閨秀吳絳雪,永康人,嵊縣訓導士騏女,著有《六宜樓稿》《緑華草》。予曾得其全集,清辭麗句,目不暇賞,如《憶外》云:"鄉書愆社燕,歸信失秋蕁。"《送人北上》云:"雪高添嶽色,冰壯失河聲。"《贈某》云:"秘書諧詰屈,古曲辨妃豨。"《聽琵琶》云:"急管揮冰雹,遲聲媚落花。"《春日即事》云:"曉理瑶琴弦尚澀,醉臨禊帖格差肥。"《元夜》云:"笙歌地覺春如海,燈火人忘月在天。"《寒食省墓》云:"滿澗啼鵑春雨暗,十年樹木緑煙多。"《閑居》云:"荷花冉冉清宜畫,瓜蔓離離韻欲秋。"《送外弟》云："夕照桑麻新鷺堠,春風桃李舊鱣堂。"《春日漫興》云："寒食煙新宮柳綠,飼蠶天近女桑穠。"《清明憶外》云："貧家蔬筍憐佳節,驛路風波阻遠人。"《贈某世弟》云："負笈曾稱高足弟,閉門重著等身書。"《上某年伯》云："啼鳥落花山自韻,清泉綠竹路添幽。"《上某上舍》云："詩人留迹稱丁卯,野客搜奇志癸辛。"《送外》云："遠志誰人呼小草,荷花自昔號夫容。"《寄外》云："琴書作伴君非貴,井臼持家我慣貧。"《病起書懷》云："流水不爲將恨去,春風空解入幃來。"《抱姊子作嗣》云："人誇似舅同無忌,我羨生兒讓莫愁。"《暮春》云："社燕將雛花漸落,晴鳩呼婦葚初紅。"《感懷》云："蟋蟀不知離別恨,夜深偏向短垣鳴。"此等數十聯俱膾炙人口,豔極一時。或云絳雪姿容妍麗,更能曉音律,兼繪事,作花草翎毛極工。蓋所長不獨于詩也。

張南士曰:女史吳絳雪,淑而多才,早寡,抱姊子爲繼,作詩云："子易陰陽柏,榮分姊妹花。"案《太平清話》,宋高宗時,高麗國進陰陽柏一株,僅二尺許,每歲左華則右實,右華則左實。以陰陽柏對姊妹花,工巧絕倫。又七律云："人誇似舅同無忌,我羨生兒讓莫愁。"案,莫愁有二,梁武帝《歌》云："河中之水向東流,洛陽女兒名莫愁。莫愁十三能織綺,十四采桑南陌頭,十五嫁爲盧家婦,十六生兒字阿侯。"此莫愁與妓名莫愁者迴別,以之對《宋書》"何無忌",典巧不纖。晚唐詩"西園公子名無忌,南國佳人字莫愁",推爲千秋巧對,此亦以無忌、莫愁作對,而另有二人,真天造地設也。

王崇炳曰:余遇過諸暨余秀才于甬上,向余借鈔絳雪詩,因言其室人亦能詩,出小箋相示,書法妍秀。其詩云："窄袖春衫小樣新,勞君遠寄別離身。幾回對鏡增長歎,不是當年綺麗人。"余爲歎絕。別後復寄其《題絳雪稿七絕四首》云："吐屬清華蘊若蘭,仙風玉貌總珊珊。天人綽約爭誰似,應是前身吳彩鸞。""片羽由來重吉光,偶然陶寫味深長。殘膏剩粉都堪重,佳句真宜入錦囊。""果然玉佩雜瓊琚,鍾郝門風式里閭。問字有緣親絳帳,瓣香定奉女相如。""縹緲高樓號六宜，能琴善畫更工詩。才人自古稱珠樹，爭及閨中色色奇。"秀才名蔭祖，字希曾，其室人名玉蕚，姓戴氏。

《圖繪寶鑒》卷八：吳宗愛，字絳雪，金華人，庠生徐明英室，工畫花草、翎毛、人物，著色山水亦佳。

《國朝詩別裁集》：初刻一卷之末，有合肥龔尚書《題絳雪畫册》，詩云："賣珠補屋意高閑，萬叠煙霞擁玉顔。想像亂峰晴雪裹，自臨眉黛寫青山。"沈尚書評云："其人品高潔，可知林下之風，不止閨房之秀。"

汪訒庵《擷芳集》有《絳雪春詞》一首，云："不畫雙眉向碧紗，隨從香渚補妍華。層嵐無限雲容媚，爭似春山鬢有鴉。"

山陰秦佩芬女史亦有《題絳雪集四絶》云："劉家三妹擅才名，香茗詞華玉樣清。絶妙鏡奩花六尺，回文錦字織新成。""一騎蛾眉虎豹叢，和戎魏絳太慇慇。浮生一撒懸崖手，羞作胭脂井底紅。""石霞山色劫灰餘，環佩魂歸舊里間。合向枌榆安俎豆，黄金鑄個女相如。""一抔青塚草芊芊，此事銷沉二百年。不是龍眠賢季子，青山何處弔嬋娟。"女史名云，佩芬其字。

雲鶴仙館本《徐烈婦詩鈔》

永康烈婦吳絳雪詩後論

楊晉藩

烈婦吳絳雪之死也，閱今百數十年，未有表彰者。吳君康甫爲永康丞，訪得其實，始求刻遺詩，叙而傳之。其處變之權，死義之烈，應爲史乘採録者。仁和胡琅圃先生既詳論之矣。海昌許辛木爲之傳，海鹽陳琴齋復編年以次其詩，其事迹詳載許《傳》。蓋絳雪之死，以康熙丙寅六月，其殉節時日無考，又殞身絶壁之下，溪流迅急，不獲其屍，故闕而不傳。於戲！此邑乘所以無征也。方賊騎未入永境時，當局者不爲禦寇計，而獻一女子以緩師期，事勢可知矣。夫取飲有人，殉節有地，而必欲求諸不測之淵，又或因所諱而闕之，是秉筆者之過也。假令絳雪如南宋臨海王貞婦青楓嶺事，當時必有據其詩以傳其人者。乃遲之一百七十餘年，待康甫而其迹始顯，蓋人心不死，抑亦有數存其間耶？嗟乎！時際大難初平，有心世道之君子，採訪難得其實。耿逆之變，英風義烈之士，爲褒揚所未及者，何可勝數，豈特絳雪一人哉！考古《烈女傳》始漢劉向，有母儀、賢明、仁智、貞慎、節義、辨通諸目。明永樂元年，仁孝皇后編纂是書，漢以前則取劉向，漢以後則取正史，後史奉爲準則。若絳雪者，其達權通變，殆所謂賢明仁智，有合於殺身成仁之義者歟！遺稿兩卷，雖殘缺不完，大節可見。前編多隨父宦游之作，終於《課女圖》。至所擬《鏡聽》《寄衣曲》，似與下卷作《同心歌》時爲近。《悼杏》以後，不復有詩。其間《訪慈照庵尼净因》《舊宮人王氏》《李夫人禮佛樓》《王駙馬園林》，則梅村樂府遺音也。贈吳素聞《同心梔子圖》，傳針神於弱縷，注精意於毫端。麗州應箓園既著其文，與蘇氏并傳矣。至其工書畫，解音律，慧而多能，餘藝有足稱者。今大節既彰，軼事可無述焉？

論曰：絳雪以色藝兼擅，遭造物忌，抑知厄之即所以顯之耶？迨大節既著，秉筆者復以回護之見，湮没者百數十年。天地正大之氣，無屈而不伸，然不得主持風教賢有司表而著之，雖貞烈如絳雪，未易揭幽隱而睹白日也。然則康甫之功，豈在班、范下哉！

雲鶴仙館本《徐烈婦詩鈔》

題烈婦吳絳雪詩後

屠瑞霞

覆巢無静枝，駭浪多驚塗。時危智勇見，忍死在須臾。一死重泰山，不惜千金軀。貞心貫金石，正氣還扶輿。豔質甯爲累，才華衆所惜。戰守豈無謀，排難在巾幗。巫陽不可招，誰爲叩天闕。空傳塞上吟，漫著和戎續。

雲鶴仙館本《徐烈婦詩鈔》

水 龍 吟

楊璿華

百年前事難尋，即今留得、遺編在。芳華已謝，飄零詩卷，曾經滄海。蕙質成煙，冰心化石，溪山頓改。料斜陽秋草，芳魂招遍，費幾許，騷人淚。

終古乾坤正氣，賴貞風、扶持雕敝。蛾眉英傑，巾幗奇姿，等閑顋頷。月冷鵑枝，香消塵土，恨餘千載。問荒煙，舊事蒼茫，但遥指重崖翠。

云鶴仙館本《徐烈婦詩鈔》

滿 江 紅

楊昭華

往事銷沉，猶傳得幽閨奇節。笑當日狂瀾誰障，娥眉却敵，蕙質已隨衰草萎，精英不共芳華滅。望重崖、無處弔香魂，淒涼絶。

滄桑後，存餘劫，溪山改，成遺迹，恨珠沉玉碎，音塵消歇。碧血丹心昭萬古，零篇剩稿留殘墨，問千秋、誰續斷崖碑，褒貞烈。

云鶴仙館本《徐烈婦詩鈔》

吳 貞 烈

楊璐

吳貞烈事，諸女史論之詳矣。璐幽閨末學，才淺識疏，色絲齏臼，未睹鴻文，金馬碧雞，未諳史例。因讀其傳，景其人，而爲之贊曰：

翳維貞孝，爲世作則。仁智内含，英華外飾。古來忠孝，皆由性生。以經達權，求仁得仁。不有明哲，孰爲表微？無悵華落，彤管有輝。風教攸關，敢告所司。

云鶴仙館本《徐烈婦詩鈔》

93

上吳康甫明府書①

應瑩

晋齋吳老父台大人台下：

遙聞貴省忽被兵劫，想老父台有功世教，澤及生民，自有吉神擁護，福履亨嘉，定符心禱。

回憶㳂永時折節下交，與先君子氣誼相投，搜尋絳雪遺迹。庚子鄉試啓行時，即檢家藏《杏林春燕圖》，命瑩奉呈台下，因得仰接芳型，俯聆清訓，光陰轉瞬，於今十有八載矣。心邇身遙，無時不深翹企。至女史吳絳雪得老父台闡揚幽節，梓行詩鈔，自當不朽。瑩於雨窗之暇，展讀《栀子圖》，妄演讀法，得詩詞若干首，陳翽齋先生見之，強付剞劂，恨不得就正于老父台耳。云山曠隔，晤面殊難，正結想間，忽聞台駕回杭，曷禁心往而神馳也。愧無饋問之資，聊檢《栀子圖讀法》四本，先呈台電。倘有當于萬一，或嚴加斧削，再行翻刻，或採摘數首，附載《詩鈔》之後，不至湮没，幸甚！

瑩以蒲柳之資，鄉山匏系，己酉後連遭大故，無由自伸，翹首龍門，度非老父台不能聲價耳。爰檢近時所集唐人詩句《擬古從軍行》百首，謹呈鑒定，乞賜題簽，并懇呈政學憲及陳琴齋先生諸名公，倘蒙批示，俯賜弁言，不勝榮幸之至。《絳雪詩鈔》及《桃溪雪》懇賜二部，敝邑闔境夙蒙慈惠，創建貞孝節烈總坊祠宇、文閣考棚以來，曲荷裁成，備承期望。倘杭城中有善地可棲，伏惟薦舉，庶得不時趨侍，覼聆教訓，則受益不淺矣。此後有諭函，祈交育嬰堂褚奏嘉兄手，方不失落。肅此蕪稟，恭侯陞祺。不一。

制治下晚生應瑩頓首拜稟

雲鶴仙館本《女士雲鶴仙館詩二》

---

① 原本無題，據退補齋《雙竹軒合刻詩鈔‧修竹軒詩鈔》刻本補。

梔子同心圖讀法序

俞　樾

　　昔蘇氏《璇璣圖》，縱橫往復，皆成章句。宋元間有僧起宗者，以意推求，分爲十圖，得詩三千七百五十二首。而明人康萬民又增一圖，更得詩四千二百六首。今《四庫全書·集部》，有《璇璣圖詩讀法》一卷，即此兩家所演合成一編者也。

　　夫《璇璣圖》止八百餘字，而得詩幾及八千首，其神妙真非意想所及矣。嗣是以後，寂寥千載，未有嗣音。至國朝康熙間，永康才女吳絳雪，又有《梔子同心圖》之作，其圖凡一百六十五字，左旋右折，皆可成詩。舊讀止詩詞數首，未盡其妙。咸豐初，應菉園明經瑩，復就其圖潛心玩索，得五言絕句六首，七言絕句四首，詩三十二首，又六言詩八句。其鉤心鬭角之巧，乃始稍稍呈露，亦不負作者苦心矣。

　　絳雪以才女而兼節烈，事湮没幾二百年。吳康甫大令爲其縣丞，訪求得之，屬黃君韻珊製《桃溪雪傳奇》以張其事，又刻其詩，附以此圖，固表揚節烈之盛心，亦憐才之雅意也。余因勸并刻應君讀法，以貽好事者，使海内錦繡才人，因此讀法，交相推演，或更有不盡於此者，他日匯成一集，與《璇璣圖讀法》并傳，不亦足見昭代之多才，而爲藝林之佳話乎？

　　同治十三年十二月上浣，德清俞樾蔭甫序於春在堂。

雲鶴仙館本《徐烈婦詩鈔》

同心梔子圖續編讀法序

應　瑩

　　牡丹競媚，蕚露雙頭，芍藥多姿，香生并蒂。煙妝梅額，魁春則兩兩鴛鴦；氣醞檀心，傳粉則翩翩蛺蝶。繫惟絳雪，清毓華溪（吳氏宗愛號絳雪，永康人，教諭士騏女，適庠生徐明英，早寡，著有《六宜樓》《緑華草》詩二卷。）；厥有素聞，靈鐘秀水（士騏時爲秀水教諭。素聞，秀水女史。）。劉家三妹，凤擅才華（教諭三女俱能詩工畫，此其最少者。章汝銘寄詩云：如花姊妹粲成行，三妹清才更擅長。）；吳國二喬，競稱淑質。自相依附，竟成連理之枝；好共綢繆，遂訂同心之約。照心有鏡，願與月而俱圓；解語如花，忍因風而各散。胡乃別來五載，晤面殊難，豈其締契三生，前言是戲。或鳩啼宅畔，感桑葚兮初紅（《暮春漫興寄素聞》：晴鳩呼婦葚初紅。）；或鳥乳林端，懷桐陰之正碧（《夜坐同素聞作》：刺桐花外見嬋娟。）或聽曙鶯睍睆，依稀銀箔添愁（與素聞聯句《和祁修嫣女史〈春閨〉》：銀箔愁聽鶯睍睆。）；或聞宿燕呢喃，仿佛珠簾弄影（《遲素聞不至》：日暖疏簾燕子催。）。或質將金鐲，壺提而顏欲酡朱（聯句：沽春暫質黃金鐲。）；或倚向繡帷，襦破而肌還怯玉（聯句：臨風玉質怯春衫。）。或泛卮陂上，惜別而黯黯銷魂（《別素聞》：黯黯銷魂對冷卮。）；或瀹茗爐邊，聯吟則依依如夢（《和素聞詩》：茗碗爐香伴掩扉。又聯句：瀹茗親調白玉簪。）。或盼歸雲之縹緲，合雲又是離雲（《寄懷素聞》：屈指離雲又幾年。）；或慨細雨之纏綿，今雨不如舊雨（《夜坐同素聞作》：小樓盡日雨纏綿。又《寄懷素聞》：追思舊雨儼如昨。）。或臨深澗，疑鯉信之遥通（《寄素聞》：底事佳人芳信杳。）；或對晚山，恨螺鬟之遠隔（《寄素聞啓》：雲山遼絶，晤面殊難。）。囊取南都石黛，鬪畫雙眉（《別素聞》：紅窗幾載共修眉。）；今留北地燕脂，偏分兩靨。風光如昨，形影斯單，那不枯肺腸於玳瑁窗前，落顏貌於芙蓉鏡裏。乃持彤管，表丹忱，擘鸞箋，摛鴛鏡；結香囊而寄意，託古鏡以傳情。爰把劉嫻之詩，樣描栀子；還仿薛媛之畫，箭制香奩。外則應規，微分凹凸；內惟中矩，妙握璣璿。飛六出之花，天工奪巧；屬一心之草，春豔争妍。易讀者，一十二韻之周流，工裁玉律；難窮者，八十一字之蟠結，暗度金針。腸九曲以瀠洄，穿珠似蟻；綫千條而嫋娜，纖柳如鶯。經緯爲文，引色絲於雪繭；縱橫其縷，吐靈緒於冰蠶。羌鬪角以鉤心，復裁紅而暈碧。茂矣美矣，倒之顛之。月影一輪,芒寒兔魄,霞光五彩,調寄霓裳,此天地之奇文,亦古今之妙義,無如吉光片羽,漸就飄零,剩馥殘膏,幾經湮没,良可慨也,豈不惜哉。乃有居今博士、好古名臣,桐城吳參軍,搜尋香稿(按《圖繪寶鑒》載,吳絳雪作翎毛花卉極工。瑩家藏《杏林春燕圖》,系絳雪真迹。先君子題云:"絕代風流鬱錦幃,杏林春暖鬪芳菲。可憐粉本傳遺迹,祇有斜陽玉燕歸。""燕舞芳林喚別魂,杏花開向舊柴門。那堪香雪飄零盡,拾取殘箋認爪痕。"時羅芬余明府延先君子掌邑塾教,與參軍吳公友善,歸之,公遂廣爲搜尋,竟得《絳雪詩集》二卷,内有《同心梔子圖》。先君子諱文定。)蘭谷倪夫子,玩索璿圖,詩止回文四聯,詞僅《相思》兩闋。而翩齋先生以爲未盡其義而觀其深也,命抽乙乙之絲,用尋庚庚之緒。瑩則詞慚幼婦,巧讓天孫,雖欲從之,奈空杼軸,況有嫁者,待作衣裳。治絲既患其棼,製錦亦云未學,除非繡口,許窺侯氏之文;不是蕙心,莫問蘇家之字。敢自謝夫不敏,願有待於多能。而先生意又勤勤,情逾切切,長者之命,却之不恭;美人之貽,繹之爲貴。由是借薔薇而盥水,玩菡萏以怡心。時而擁被以思,或又閉門以索。幾經尋繹,屢費推敲,始固茫茫,繼難了了,頑如立石,忽點小子之頭;智等挈瓶,竟肯先生之首。朝披夕玩,覺一索再索三索而彌殷;日引月長,乃五言六言七言之俱備。韻無妨疊,聲不嫌雙。既蜂腰鶴膝之難辭,豈白雪陽春而能和?《采桑子》《南鄉子》漫擬閨情,《浣溪沙》《浪淘沙》聯傳春思。《阮郎歸》否?《王孫憶》無?一段離愁,雲起巫山莽莽;千般媚景,春到畫堂遲遲。山記小重,蘇養直曾吟蝴蝶;天涵尺五,秦少游載賦鷓鴣。他如康伯可之芳情,徐師川之逸興,歐陽公調諧金石,馮延巳音協宮商。狂笑春風,咏楊花于孫氏;寒增暮雪,擬柳絮于謝庭。俱籠尺素之中,盡罩寸丹以内。搜之愈出,未能得其二三;引而靡窮,敢謂吞者八九。莫作井蛙之吷,兩部笙歌;祇同管豹之窺,千純錦繡。雖寓針神於香閣,宜傳粉本于文房。咏既可吟,圖必須繪,愧非縫月織雲之手,技不稱良;雖用騁妍抽秘之心,匠難見巧云爾。

咸豐元年,歲次辛亥。曝書節前一日,永康應瑩菉園氏識于芝英莊碧溪之書帶草堂。

雲鶴仙館本《徐烈婦詩鈔》

跋①

徐雨民

吾邑女史吳絳雪,名宗愛,秀水教諭士騏女,曉音律,嫻吟咏,兼工翎毛花卉、人物山水,而姿色穠粹,見者豔爲天人,著有《六宜樓稿》及《綠華草》,後附《寄秀水素聞女史同心梔子圖并啓》。夫絳雪之工畫,《圖繪寶鑒》詳之矣。其嫻吟咏,則當時素聞知之,《燃脂續錄》摘入佳句甚多。甬東戴玉萼女史題其稿,東陽王虎文先生記之,而惜不見其全集。及其詩之幾湮没也,則吳參軍廷康用活版傳之,既而金華王蘭汀(家齊)重梓於冰壺山館,詩集不至湮没矣。獨怪《同心梔子圖》,其組織工巧,不減蘇氏《回文》。前雖并刊其圖,附以讀法,然寥寥數章,未盡圖妙。吾友應君菉園,善屬文,工駢語,客冬,將此圖反復尋繹,聽夕披吟,讀成詩如干首,詞如干闋,讀法既工,繪圖更巧,此編成而《梔子圖》益彰矣。翺齋陳先生鳳巢見之,襄諸同人,慫恿付梓,遂顏之曰《同心梔子圖讀法》。

時咸豐元年立秋先一日,澍亭弟徐雨民謹跋。

雲鶴仙館本《徐烈婦詩鈔》

序②

佚 名

《六宜樓稿》一卷,《綠華草》一卷,國朝永康女史吳宗愛絳雪之所

---

① 民國石印本、冰壺山館本俱闕此《跋》。
② 民國石印本、雲鶴仙館本、光緒丁未本俱闕此《序》。

作也。觀其抽穎摛詞，耀榮振采，質有其文，華而不靡，洵所謂超異挺拔，同符君子者矣。昔孔詩十興，不廢衛姜；江體世篇，兼取班媛。大家東征之賦，文姬北歸之詩，謝庭咏絮，陳閣頌椒，錦字新詞，玉台雅制，閨中林下，厥風斯尚。今檢絳雪諸什，或念絳帷之舊侶，異地懷人，或隨白髮之嚴親，冷官遠宦。寄姊則卜鄰訂約，結褵而同心有歌。大都原本性情，憲章風雅，才華無忝于作者，德言允蹈乎女箴。蓋女父士騏嘗爲嘉善嵊縣教①

冰壺山館本《吳絳雪詩集》

題六宜樓稿②

李菘秋

一卷琳琅燦吉光，沁人時逗鬱金香。玉台多少誇新樣，不及蘭閨獨擅場。

筆花開處墨花飛，似此才華世亦稀。讀到同心梔子句，解人應許續璿璣。女士有《同心梔子鏡箔圖回文詩》數十首。

小窗寂寂午風涼，坐對瑤編俗慮忘。遙想當年閨閣裏，如花姊妹粲成行。女士姊妹二人，俱成詩。

繡戶妝成費苦吟，姓名傳播到而今。遺音幸有人尋取，不負當年一片心。時吳君康甫偕諸同人輯其稿，付梓。

冰壺山館本《吳絳雪詩集》

題六宜樓稿四首③

戴玉葶

吐囑清華蘊若蘭，仙風玉貌總珊珊。天人婥約爭誰似，應是前身

---

① 以下漫漶不清。
② 民國石印、雲鶴仙館本、光緒丁未本俱闕此篇。
③ 民國石印本、雲鶴仙館本、光緒丁未本俱闕此篇。

吳彩鸞。

片羽由來重吉光,偶然陶寫味深長。殘膏勝粉都堪重,佳句真宜入錦囊。

果然玉佩更瓊裾,鍾郝門風式里閭,問字有緣親絳帳,瓣香定奉女相如。

縹緲高樓號六宜,能琴善畫更工詩。才人自古稱珠樹,爭及閨中色色奇。

冰壺山館本《吳絳雪詩集》

詩　序

孫　鏘

義烏黃堯卿明府翻刻《永康徐烈婦詩鈔》并《桃溪雪傳奇》。鏘以流滯在川,從貴築陳衡山明府處假觀,得預校讎之役。陳君誠好古奇士,而堯卿尤惓惓於是。其風義均不可及也。今鏘將司教金華,因趣其多印數十册,以歸餉其郡人士。俾知名節果奇,文章果美。必有好事者代爲流傳,其精光豈人力所得而磨滅耶?爰綴絕句八章用志所感。

生小追隨學舍中,年年冷署伴春風。
當時領得清閑味,書畫琴詩色色工。

世途擾攘歎無家,幸有鴛湖姊妹花。
知己一人誠不恨,遺篇可付即侯芭。

好在常自笑逢春,裀溷無因若有因。
洞口桃紅溪上雪,平生肯學息夫人。

出塞昭君若不歸,芳情空逐紙鳶飛。
吳娘自有貞心在,那管和戎事是非。

錯節盤根見性情，小人君子每相成。

不逢反側家都督，誰鑄千秋節烈名？

原注：謂僞總兵徐尚朝也。

　

學界興時女界開，芳型留與勵將來。

一身備有智仁勇，幾輩前途似此才。

　

潛溪祠墓録才刊，更把《桃溪雪》勘完。

科舉已停官更冷，校官可是校書官。

原注：浦江守文憲公祠墓，在華陽東門外，鑛欲刊防護録，九年於茲矣，今編輯甫竟，又獲校《徐烈婦詩鈔》。而鑛又適有司教金華之事，他日有續編兩浙校官詩者，未始不可增此一段佳話也。

　

湖海樓頭富簡編，涪翁好事忟人先。

寫真更有王摩詰，妙筆神從阿堵傳。

原注：舊圖頗嫌模糊，改繪又少精彩，堯卿因倩蕭山王幼梅，別繪一像，美秀之中，頗具奇氣，蓋居然巾幗而鬚眉矣。

光緒丁未孫鑛本《徐烈婦詩鈔》

六宜樓稿題詞

徐維城

節烈根于本性多，發皇功德壽山河。

焚香三復同心咏，即是文山正氣歌。

　

多少峩冠博帶賢，臨危大節愧完堅。

等身著作空傳世，何似蘭閨詩百篇。

光緒丁未孫鑛本《徐烈婦詩鈔》

跋

黃卿夔

絳雪爲吾郡名媛，其投崖處，適在吾邑界内。而吾以宦學四方，未嘗一至其地。又《桃溪雪》一書，屢刊而屢毀於人，傳本甚少。歲己丑，憩夏都門，今水部吕君曉叔，爲余誦《延素》《送外》諸出，終以未窺全豹爲憾。後從胡季樵孝廉丐此本，如獲至寶。載之入蜀，每遇不快意事，輒酌酒高歌，以資排遣。貴陽陳衡山同年，好古嗜奇士也，一見歡賞，以爲大有裨於風教，詞筆之工特餘事耳。慫恿付梓。余謂人固可傳，然非此同不足以闡幽而顯微，且不觀絳雪所自爲詩，尤未易見其蓄積之有素也，因并其詩鈔校刊。不惟桑梓之秀，賴以不墜，亦令人知中國女界中有此奇傑。則女學之興，因未有艾也！

光緒三十三年三月三日，義烏黃卿夔跋於蜀垣寓齋。

光緒丁未孫鏘本《徐烈婦詩鈔》

三、相關詩文輯録

讀永康吳烈女詩稿有感而作

知非老人

烈女名絳雪,康熙時人,捨身救永康一邑難者。

麗水名葩壓衆芳,深心曲似九回腸。平生不慣風情事,每遇花晨只自傷。

月光冷淡水光微,花貌雪心古所稀。孤雁不隨蕉鹿蒙,鴛鴦那忍復雙飛。

腥風方勁百花殘,惟有梅花耐歲寒。葵藿傾心終向日,望夫猶對畫中看。

雪花滾滾擁桃溪,恨煞昭君逐馬蹄。香骨不埋腥臊土,此生拚作芭粱妻。

手稿本《知非老人遺稿》

志永康吳烈女殉難處

知非老人

余久聞烈女名,但未知確在何處殉難。因前月自郡城回,途經百高嶺見舊亭邊建石亭一座,内立一碑,刻曰:"吳烈女殉難處。"余不覺起敬,長揖。蓋即近年所建也,亭前有小塘一口,詢之土人,即烈女捐軀處。夫烈女一女子身耳,乃能視死如歸,救一邑難,其節烈就非尋

103

常比，因感而作歌，以志敬慕之。

千古綱常重名節，男重忠兮女重烈。忠臣烈女非兩途，同此精誠觀日月。君不聞永康烈女後塘吳，同心梔子繡成圖，回環錯落皆珠玉，匠心獨運世所無。隨父宦游工翰墨，詩畫琴書稱四絕。燕婉之逑適徐家，如魚比目鳥比翼。鴛鴦交頸忽分飛，柏舟矢志古所稀。當年子易陰陽柏，交枝接葉兩相依。誰知耿逆擾閩浙，一陣罡風南來急。良家子女盡摧殘，閨閣幽姿長太息。聞道烈女有芳名，紅塵一騎迫相迎。只因深信尼山語，涅不緇兮磨不磷，籠中鸚鵡方（賺）出境，翩翩飛向百高嶺。托言下馬思飲泉，將身一躍入古井。古井至今波不揚，姓名晉得萬年香，貞魂應化栩栩蝶，回首猶然望故鄉。遇客經此不能去，想見玉容殉節處。爲國爲民拼此身，墓前應有相思樹。烈女亭畔草青青，感動騷人欲斷魂，此碑當獎千人古，浩氣耿耿貫太清。

又賦絕句八首弔之：

本是廣寒宮裏人，偶然墜落謫凡塵。平生詩集多佳句，應入香奩冠簡編。

隨父宦游二十秋，吳山越水任勾留。忽然一陣妖風起，摧折名花逐水流。

耿逆當年擾浙閩，先將一騎索真真。真真不是人間女，肯爲蜣螂污此身。

腥風方勁百花殘，惟有梅花耐歲寒。葵藿傾心終向日，望夫猶對畫中看。

雪花滾滾擁桃溪，愧煞昭君逐馬蹄。香骨不埋腥臊土，此生拚作杞梁妻。

玉碎珠沉一鑒塘，姓名晉得萬年香。此亭應獎人千古，不比西湖小六娘。

只爲蒼生不惜身，暫隨駃馬混風塵。百高嶺是青楓嶺，兩地茫茫草不春。

花貌雪心世所無，同心栀子繡成圖。老夫敢向班門弄，晋待生生贊小姑。

手稿本《知非老人遺稿》

清代詩話總龜·吳絳雪

胡笠庵

閨秀吳絳雪，永康人，嵊縣訓導士騏女，著有《六宜樓稿》《綠華草》。予曾得其全集，清辭麗句，目不暇賞。如《憶外》云："鄉書愆社燕，歸信失秋尊。"《送人北上》云："雪高添嶽色，冰壯失河聲。"《贈某》云："秘書諧詰屈，古曲辨妃豨。"《聽琵琶》云："急管揮冰雹，遲聲媚落花。"《春日即事》云："曉理瑶琴弦尚澀，醉臨禊帖格差肥。"《元夜》云："笙歌地覺春如海，燈火人忘月在天。"《寒食省墓》云："滿澗啼鵑春雨暗，十年樹木綠煙多。"《閑居》云："荷花冉冉清宜書，瓜蔓離離韻欲秋。"《送外弟》云："夕照桑麻新鷺堠，春風桃李舊鱣堂。"《春日漫興》云："寒食煙新官柳綠，飼蠶天近女桑穠。"《清明憶外》云："貧家蔬筍憐佳節，驛路風波阻遠人。"《贈某世弟》云："負笈曾稱高足弟，閉門重著等身書。"《上某年伯》云："啼烏落花出自韻，清泉綠竹路添幽。"《上某上舍》云："詩人留迹稱丁卯，野客搜奇志癸辛。"《送外》云："遠志誰人呼小草，荷花自昔號芙蓉。"《寄外》云："琴書作伴君非貴，井臼持家我慣貧。"《病起書懷》云："流水不爲將恨去，春風空解入幃來。"《抱姊子作嗣》云："人誇似舅同無忌，我羨生兒讓莫愁。"《暮春》云："社燕將雛花漸落，晴鳩呼婦葚初紅。"《感懷》云："蟋蟀不知離別恨，夜深偏向短垣鳴。"此等數十聯，俱膾炙人口，豔極一時。或云：絳雪姿容妍麗，更能曉音律，兼繪事，作花草、翎毛極工，蓋所長不獨于詩也。（《燃脂續錄》）

笠庵附識：按清康熙十三年，耿藩精忠叛擾浙東，僞將徐尚朝豔絳雪之色藝，欲得之。紳民議以氏獻賊以紓難，氏弗忍以一身轉累闔境,遂慨然登騎往。賊喜,先遣從義烏武義邊界直趨金華,永康各村,幸免蹂躪。僞將令二卒挾之行,至三十里坑桃溪,紿賊下騎汲水飲,乃墜崖死焉,是時才二十四歲。至道光二十三年,桐城吳康甫大令爲永康丞,諮訪故老,得其本末,屬海寧許辛木農部楣爲之傳,兼屬海鹽黃君憲清韻珊制《桃溪雪傳奇》,俞蔭甫太史樾爲撰年譜,於是絳雪之奇才奇節,得與河山同爲不朽。

1937 年《經世》第 2 卷第 2 期

一代佳人吳絳雪

陳向平

永康吳絳雪,民國以來知道她的人并不多,但在滿清咸同年間,東南有不少縉紳儒子,對她非常"心嚮往之"的。筆者今日特地要向浙東讀者重提這位已經去世了二百六十八年的"一代佳人"。

據《徐烈婦詩鈔》所載,她于順治七年生於永康鄉間。幼年即能詩善畫。稍長,隨父至嘉興任所,認識吳素聞,訂爲知己。及笄,歸返故鄉,奉父命嫁與同邑徐姓。不久,徐病殁客中。會耿精忠於閩中起事,僞總兵徐尚朝寇浙東,將窺金華,六月至永康,使諜者宣言,謂以絳雪獻者免。邑紳聚謀,欲以絳雪紓難,絳雪遂行。至三十里坑,投崖而死。

這是詩鈔中所附年譜的大意。《徐烈婦詩鈔》是絳雪死了一百七十餘年之後,永康縣令吳廷康編的。其材料取自東陽王虎文處。年譜則爲俞樾所作。當時衛道之士,爲之立傳,題辭,作叙,寫傳奇,賦詩歌頌於這個集子上的有幾十個,可是絳雪一生卓絕驚人的生活和行爲,反而因此完全被埋没了。

士大夫們對絳雪所歌頌不止的有四事:一,"捐一身以全一邑";二,"既爲清時人,當爲清時鬼";三,"殉夫於地下";四,"工書畫,解音律,慧而多能,有林下之風"。尤其二、三兩點最關重要,謂爲"全忠""完節""非尋常貞烈可比"。

　　然而"衛道之士"的理論是有漏洞的：

　　其一：絳雪的從敵、明明是"紳民（"勢洶洶然"）議以氏獻賊以紓難"，却又要説她"改啼爲笑"，"慷慨而行"。

　　其二：紳士們都在紛紛避難，欲憑一個弱女子的姿容，以保身家財産之際，有什麽人跟在絳雪身邊，看見她投崖躍馬的呢？只有天曉得。士大夫們的筆下説是"絕壁之下，溪流迅急，不獲其屍"。不但"不獲其屍"，并且"其殉節時日，亦無考"。

　　其三："賊既使諜者"告訴永康人，謂"必得絳雪，可免屠戮"。結果"賊未得絳雪"，而"永康始終不染凶刃"，此中秘奥，與當時士大夫們的"名節""顔面"攸關，故正是爲編書者所"諱莫如深"之處。

　　然在漏洞之外，更有什麽蛛絲馬迹可尋没有呢？有的。絳雪詩鈔本，原藏在東陽王虎文家。王爲康熙時人，曾經撰過《金華征獻略》，"載女史九十余人，而獨不及絳雪"。爲什麽載了九十多個女人名字而"獨不及絳雪"呢？其原故决不在於他當時尚未見到絳雪的作品。陽湖楊妍讀了絳雪的詩以後，説得好：

　　　　方賊騎入永境時，當局者不爲禦寇計，而獻一女子以緩師期，事勢可知矣。夫取飲有人，殉節有地，而必欲求諸不測之淵，又或因所諱而缺之，是秉筆者之過也。

這是很老實的感慨！

　　換一句話説，若果傳了吴絳雪從敵的真情，便是暴露了當時守官紳士們的耻辱，這是使不得的。

　　那末我們來看一看絳雪寫的詩文！只有從她自己的作品裏，才最能看得見她的至性實情。

　　在絳雪的詩裏，我們看到她一生最懷念的只有一個人，那便是吴素聞。衛道之士們説素聞是絳雪最知己的女朋友，但我可判定她是絳雪的愛人。以當時禮教圍牆封鎖之嚴，士大夫們口誅筆伐之厲，以及絳雪所處環境之艱，事實上不容許她有一個公開的異性朋友的，於是在她筆下，素聞便變成了一個女朋友了。

絳雪南歸後，思念他很苦，常常在詩中提到他，吐露一些難言的惆悵。從她字裏行間，窺見這位"女友"的才藝，是很動人慕念的。倘若真是一位小姐，則非出身於望族大戶，決無那樣的造就。然而當時兩浙知名的文人，亦謂其"行事無可考"。連一篇作品都搜羅不到。海鹽陳其泰曾經數過嘉興尋訪其詩，亦一無所獲。我們若以素聞為絳雪的戀人看，再讀絳雪的詩，便有許多有趣的發現！

"紅窗幾載共修眉，愁說飛蓬欲別離。一刻可留還系戀，半生相好有誰知？沉沉細語驚殘留，黯黯消魂對冷厄。事不自由身是女，傷心重訂再來期！"這一首詩是絳雪"將從秀水至嵊縣別素聞"時寫的，此中最能看出他倆的戀情。在"事不自由身是女"七個字中，可以分明想得到她日常過的是什麼生活，心裏愛慕的是什麼天地。

她在《舊宮人》一詩裏寫道：

回首深宮淚暗彈，過江消息路漫漫。霓裳有譜春聲老，綺閣無人夜月寒。空悔雨雲離楚峽，不隨雞犬侍淮安。衣箱剩有君王賜，零落寒宵秉燭看！

這首詩寫在渡江南歸，已別素聞之後，題材的形式是哀悼流落江南的王氏宮人，實際卻在自傷身世。如果將"深宮""君王"等字眼換掉了，則詩裏所寄託的感情，便一目了然。

其餘如《王駙馬園林》中的"春來只有堂前燕，猶向妝樓故址飛"，《暮秋感懷》中的"故園又過茱萸節，幾度歸心不自由"；《明鏡詞》中的"緩緩歸來心暗喜"，都與素聞的戀愛有關。像這樣的詩句，在絳雪未嫁之前寫的《六宜樓稿》中，處處可見。

嫁後所作,另編一卷,叫做《綠華草稿》。"六宜"與"綠華",我想一定與"可憐咫尺西泠路,不見仙人萼綠華"一詩中所指的"萼綠華"三字有關,"六"與"綠"江南人口音相同,這兩字多分是素聞的真姓名的諧音,也許她特地題在詩稿上紀念他的。

在《綠華草稿》中不大寫到素聞。然而一題到素聞時,字句間的哀怨之情,又比未嫁時更深沉隱晦得多。對徐氏婚姻的不滿,則屢屢透露出來,有時與思念素聞的感情,交織在一起。

她同徐姓結婚以後的第一首詩中,就向不自由的婚姻制度提出抗議,說是"主盟在父母,與君兩不知"!後在送姐詩中又說:"兼營無善策,一往不由身。"

此種不自由的感情,常使她痛苦達於極點:"此日臨風徒悵望,何由吹我到君前","分明暮雨春汀上,十二年前倚舫聽"。這中間一言難盡之處,除了她自己,只有一個人知道。到寫《貧女行》一詩時,滿腔哀怨再也無法按捺了。她說:

> 世人徒誇黃金屋,誰識柴門女如玉;女貌嬌嬌芙蓉花,女心耿耿女貞木。鴉鬢不爭時世新,銅釵自憐容顏沃。年年代作他人衣,夜夜光約鄰家燭。前年陌上百花香,女伴相約踏春陽;今年女伴不相待,碧月金風玳瑁梁。只有貧女貧如故,韶華屈指芳期誤。菱花照影自徘徊,亭亭似怯曉風摧。鳳凰未肯將鴉逐,仙杏還期傍日栽。爭奈時人無特識,動從脂粉論顏色。坐使深閨老傾城,藐姑山高求不得。寄語天涯才子知,早歌金縷莫教遲!西子須逢浣紗日,王嬙須遇未嫁時。

在這首詩中,不但寫出了她臨風自惜的風姿和錯失佳時的悵惘,并且提出了她對婚姻問題的態度。至於"今年女伴不相待,碧月金風玳瑁梁"這兩句詩中所怨恨者為誰?在下文中可找得十分明白的注解:

自結縭以後，靡室焦勞，慨焉身任。菽水光陰，齋鹽歲月，歎人生之局促，慮來日之大難！加念曩時，花晨啜茗，月夕鬮題，邈如隔世。此情此景，何堪爲我"妹"述也。獨念絳帷聚首，與我"妹"膠漆相投，方謂同福共命，如吾二人者，何可須臾隔！詎料一別五載，云山遼絕，晤面殊難，而且茵溷分途，菀枯異路，今日望"妹"，幾若泥壤中望云霄矣，尚何言哉？

這是她給素聞的一封信。觀此便很了然：她抱怨素聞不肯等待她，誤了當年舊約。

她給素聞的信中，附了一個香囊，香囊上繡著一首回文詩：

> 倚風透玉鳩軟囀鶯曙
> 翠畫眉肌啼枝巵泛上
> 惟層春遲快詩成欲陂
> 絲如脂如意迷離迷離
> 潤深鳴細雪晚擁歸云
> 酥如黛如聲模糊模糊
> 梧擁寒軀寒壺提勸爐
> 碧破襦烏宿符姑小茗
> 引春喚乳燕剖驗泉新

這首詞，可以從縱橫交錯，左右迴旋有"長相思""浣溪紗""阮郎歸""畫堂春""巫山一段云"等二十多種讀法。這是回文詩詞中的絕唱！古來才子佳人所作回文詩詞，不知多少，然而大多是一種文字的游戲，爲通人所不取的。絳雪的回文詞，卻不能這樣看法。她在給素聞的信上説："托六出之名葩，表寸心之縈結。"這是在不容許一個世家小姐對她的戀人放膽互通情書的環境裏特殊產物。你不要以爲字面的辭意很晦澀，你若懂得讀法，便知道這是一首最神秘、最細密、最不容易被旁人窺破真情、最能對愛人傳達心事的抒情詩。絳雪的憂鬱，在這嘔盡心血的八十一個字中，達到了最深處。你看她把雪字放在中心，便有用意。

可是絳雪是不是一個濫用感情的人呢？不是的。她對她"主盟在父母"的丈夫，用情就很吝嗇，在《綠華草稿》中從未有過一首唱和詩。偶然提到她的丈夫的只有兩三首，談的都是些柴米油鹽的瑣事。她的丈夫死後，竟沒有一首"悼亡詩"寫下來。她還希望素聞做司馬相如呢。她説：

> 幼歲琴棋憐惜夢，持家井臼負茅辰。
> 當爐共隱臨邛市，歎息文君尚未貧。

另一面，在她詩中，可看到她是個性情豪邁、意氣縱橫的女丈夫。她很嚮往于北方高原的邊塞情調，在《送人北上》詩中説："雪高添嶽色，冰壯失河聲。"

她又非常傾慕木蘭："談兵未必深閨事，偏挽鄰娃説木蘭！"

她不但心儀木蘭，而且希望和男子一同從軍作戰。在《寒衣曲》裏有兩句氣魄場面都很雄壯的詩句："當時出來三千人，男女見敵不見身！"

一個縣教諭家中，出了這樣一位巾幗小姐，在婚姻大事上受到畢生難療的創傷之後，仍然保持着這樣的氣概，這是朱淑真、李易安之所不及。絳雪之所最難能可貴之處，也便是二百六十八年之後的今日，我們所由瞭解絳雪的出走和下落的主要關鍵所在。

在這裏，我對絳雪的出走原因及其結果的判斷，只有兩個：

一、倘若她是自願從"敵"的，則決不會自殺。

二、倘若她是自殺的，則一定被紳士們議獻於敵，決不是自願出走的。

　　兩者必居其一。前者的可能性尤大於後者。因爲絳雪當時所處的家庭，所過的生活，對她實在沒有什麼可以留戀的地方。她腦中時刻神往着的乃是另一個天地。

　　然而不論是自願從"敵"也好，或是被獻於"敵"而自殺也好，都與士大夫們所記述所歌頌的，有主要的區別。士大夫們的胡說八道，目的無非在於明釣忠清的臭名，暗保身家之實益，想在一個"弱女子"身上，兩全其美！如是而已。

　　因此，儘管他們怎樣替封建君王説教，即以今日新道德的見地來引"一代佳人"四字作形容辭，于吳絳雪還是當之而無愧的！

　　（注）我看到的只是吳廷康編的《徐烈婦詩鈔》。據説海鹽黃韻珊著有《桃溪雪》傳奇，商務印書館從前還有《吳絳雪彈詞》，今已絕版。我希望能夠看到更多的新材料，以佐證我之所見。

（1942 年 4 月 27—29 日）

上海古籍出版社《春天在雪裏》

捨身全邑的吳絳雪

胡行之

一、系出名門的少女

　　殺身成仁，捨生取義，這原是大丈夫的所難，而殺身要有代價，舍生還想全邑，計出兩全，籌之妥熟，以一弱女子而能有大丈夫的氣概，且不止消極的表示，又有積極的效果，更是難能而可貴的了。

　　古來昭君出使，西施誘吳，已算是美人報效于國的佳話，但一由深宮受壓，一賴國君自强，昭君出使，翻多惋惜之詞，西施治吳，亦屬過附美談。惟才藝雙全的吳絳雪，既能全節，又能保邑，無絲毫假借人力之處，愧殺當時的大臣有司多多，以我想來，且亦超出於西施，而於昭君更無論矣。

　　吳絳雪本名宗愛，永康游仙鄉之厚堂人。以其自題畫册曰絳雪，世遂以是知名。她父親名士騏，歲貢生由秀水任嵊縣教諭，母芝英應氏，也是永康望族，都以儒世其家。

吳教諭好學能文，所交多當時名人，如龔芝麓章汝銘等，都和吳教諭相好的。有一次龔太守設宴，吳教諭章汝銘都在座，章於筵上和太守鷓鴣天詞，一夕得十數首，次日吳教諭有詩贈章，詩有"詞人按板稱三影，文士濡毫擅八叉"之句，前系小序，用駢體，中有說："吟詩希逸，兒郎擅風月之名；泛水元真，奴婢悉漁樵之選"，全篇非常典麗，汝銘讚歎不置，後來詢問教諭，方知是他的少女（教諭本有三女，絳雪最少）代作，更爲佩服。即可知絳雪之才了。

二、色藝雙絕的孤鶩

絳雪性聰穎，少喜讀書，且善書畫，而容貌甚美，因年小才高，每隨父官之任，所以名氣也早揄揚了。

她之歡喜讀書與歡喜繪畫，可從其所刻小印推知。嘗繪梅一幅，其畫角押有"懶於針綫因貪畫，不惜精神愛讀書"之印。此畫後爲彭剛直玉麐所得，剛直有題詞一首云："生就容華畫不如，鶼鶼比翼最憐徐，我家藏有梅花在，押角圖章愛讀書。"她的畫工于花卉翎毛，着色山水亦佳（據圖繪寶鑒），其書則酷似董香光（據吳廷康語）。她讀書之餘，尤愛吟詩，《燃脂續録》謂其清詞麗句，目不暇賞。現在且摘些片光吉羽來給大家看看吧！

雪高添嶽色，冰壯失河聲。——《送人》

笙歌地覺春如海，鐙火人忘月在天。——《元夜》

夕照桑麻新鷺埭，春風桃李舊鱸堂。——《送外弟》

寒食煙新官柳綠，飼蠶天近女桑穠。——《春日漫興》

社燕將雛花漸落，晴鳩呼婦甚初紅。——《暮春》

我們看了這些詩，使得知是多麽清新豔麗了。她許配於同邑茂才徐明英（或云字孟華）。明英，縣之西城人，在康熙十二年，不幸客於外方而逝。這個色藝雙絕的少婦，便成了哀苦莫喻的孤嫠了。古人說紅顏薄命，真有這句話吧？絳雪既寡之後，嘗抱姊子爲繼，曾有詩云："子易陰陽柏，榮分姊妹花。"按《太平清話》，宋高宗時，高麗國進陰陽柏一株，僅二尺許，每歲左華則右實，右華則左實，所以即借用此故事。以"陰陽柏"對"姊妹花"真可謂絕調。她又有七律云："人誇似舅同無忌，我羨生兒讓莫愁。"按莫愁有二梁武帝歌云"河中之水向東流，洛陽女兒名莫愁，莫愁十三能織綺，十四采桑南陌頭，十五嫁爲盧家婦，十六生兒字阿侯。"這顯然與妓名莫愁者迴別。以之對宋書何無忌，自極爲典巧。

我們可知她雖死了丈夫，原極悲痛，但也以姊子作繼，且家有姑，安分以養以教，原是想做個賢媳與良母的啊！

三、百尺風波平地起

絳雪夫死之明年，即康熙十三年甲寅，耿精忠叛于閩，總兵徐尚朝，入寇浙東，陷處州，犯金華，聲勢很是兇猛。那時守者或降或逃，所以尚朝進兵很速。浙之將軍爲圖賴，巡撫爲田逢吉，總督爲李之芳，聞反報至，賴癱軟不能起，時稱"抬不動將軍"，逢吉頓足不止，稱"鐵腳巡撫"，芳聞變掀髯不已，稱"撚髯總督"，你看坐高位的都是這樣，其餘也就可想而知了。

尚朝兵由金華而迫近永康，且夕將入城，但宣言說，"我們之所以來此，想得一佳人吳絳雪，如能獻出她，即當還軍北去，不復侵擾；倘不如是，便要立刻破城，且將盡殺百姓。"原來尚朝嘗官浙東，因絳雪才名久噪，且容貌出衆，他早知悉，以是他到永康來時，即存此不良之心。這時永康全邑之人，都東竄西逃，紛紛避難，絳雪一弱女子，且系新寡，也就避亂而匿母家。至於縣之守備，以上峯尚如此無法，自然也一籌莫展，整個縣城，好像是危危如卵，其能否保守，關鍵似全在一弱女子身上。

有人有告絳雪以這個消息的，絳雪自念去亦死，不去亦死，與其不去而死，只盡一人之節，不如去而死，可保全縣人的生命財產。縣令既差人來商，也就漫應之，而不以爲意。於是安分守家的孤嫠，平地起了風波，遂當作身系一邑安危的丈夫了。

四、玉殞香消卅里坑

有司得到了絳雪有從徐請之意，喜得笑顏逐開，便先令人通消息于徐尚朝，尚朝也大喜，即戒將卒勿犯永康。於是絳雪一面泣告其母，以爲女生不肖，當此大難，惟有捨身以保一邑生命之意；一而且和有司商酌，説："我以救邑人之故，出此不得已之舉，但去後夫家之母無人服侍，須請地方設法，并求縣府善視。"縣令自然滿口答應。

這時尚朝也正式以禮來聘，因由絳雪假意之請求，謂出自良家，非可造次。尚朝爲慕絳雪之色貌，便無不應承。絳雪計議已定，暗中自縫復衣，立決不受賊污之志。尚朝即差遣二心腹老婢與數卒來迎於厚堂，自率將卒趨往金華，插營積道山以候。絳雪先本與尚朝約定，須拔兵離永康遠處，自可遣兵來迎，因是見尚朝果如約，她乃拜別家人揮淚坐輿而去。當這時見者無不下涕，縣中老幼相送者千餘人。

尚朝聞絳雪已來，非常欣喜，自服盛妝，率衆姬迎於金華，不意絳雪全爲緩兵之計，尚朝是蒙在鼓裏。絳雪初由轎昇之而行，及到卅里坑白窖峯下，見四圍都山，形勢極險，正是可捨身處所，遂叫換馬以行，及至深峻之地，俗名椒坑，故意與賊卒説，"你們可在此暫停，我將和老婢就椒坑取飲"，賊卒都不之疑。誰知在這裏，她行得最高處，拚命一躍，墮馬而死，於是這絕代才女，遂香消玉殞了。

死時年二十五，爲一六七四年之六月二十九日。（俞曲園編爲《吳絳雪年譜》，可參看。）二老婢及賊卒都瞠目没有辦法，也只得逃散而去。後來朝廷大兵開到，徐尚朝部也只得東竄西逃，惟當時縉云等被蹂躪不堪，而永康未及遭害，這是完全靠吳絳雪一人之緩兵計策，舍生以取義的啊！或説卅里坑下有潭，絳雪乃投潭內而死，後人在山上爲之立亭，亭外立一碑，題六字於上曰："吳絳雪投崖處"。

五、一死已留名不朽

絳雪綺年玉貌，弱質長才，她于九歲時即通音律，十餘歲即從父作詩，作而輒工，且代父與同年生唱和，這在前所述，已可見其一斑了。她著有《綠華草》及《六宜樓詩集》，她且制鏡囊一，繪己身與夫并坐其上，上題梔子同心織錦詞，回環諷咏，都可成章，而細細讀之，又得駢文一篇，語很哀豔，雖蘇蕙回文詩，恐不過是。絳雪與族妹素聞最相憐愛，她嘗題素聞山水，有"滿窗煙雨夢江南"之句，因是彭剛直題她的回文鏡囊有這樣的説："鏡箔回文詩繡來，鮑家小妹最憐才，祇今煙雨江南夢，杜宇聲聲喚不回。"

關於絳雪的殉節全邑事，吳廷康曾作叙略，乞名人爲之作傳，且播諸管弦而表彰之。但在康熙及道光的永康志，俱因諱而未載此事。惟與絳雪同時有卅里坑的項安山紀椒坑殉節事甚詳。其後因沈歸愚編《今詩別裁集評》，載有龔芝麓《題絳雪詩册》，謂爲："人品高潔，可知林下之風，不止閨房之秀。"且經彭剛直、俞曲園等之題咏，《兩浙輶軒錄》又采絳雪詩爲閨秀之冠，這絕代的藝人烈女，方大顯於世了。

絳雪詩本有王氏重刊本，後再經海鹽陳其泰校勘，序而重印之，名爲《徐烈婦吳絳雪詩集》，絳雪畫有絳雪畫册，《杏林春燕》小册及殘本流落人間，亦有被采入《圖繪寶鑒》中。絳雪雖死，其藝術及精神已足不朽了。現將龔芝麓之題絳雪畫册，俞曲園、彭剛直之題《徐烈婦詩集》，共錄其詩四首，爲殿于後，作爲紀念這個節烈的女才子！

（1）龔詩——"賣珠補屋意高閑，萬迭煙霞擁玉顏，想像亂峯晴云裏，自臨眉黛寫青山。"

（2）俞詩——"曾向秦台位鳳凰，紅顏碧葬更淒涼，春風寫入黃荃

筆,卅里坑邊土尚香。""綺年才調女相如,翰墨留題徧國初,一擲危崖
千古事,眉樓羞殺老尚書。"即指龔芝麓尚書。

（3）彭詩——"從容慷慨保全城,一女能當十萬兵,卅里坑前看撒
手,是何清潔與英明。"

1936 年《浙江青年（杭州）》第 2 卷第 3 期

吳　絳　雪

閔玉如

一、在一髮千鈞的時候

溫柔的新秋播下了驚異的恐慌。在這寧靜的永康古城,漫天的
蕭殺向南方挺進,把明媚的山水褪卸了本來的顏色,籠罩着一層灰暗
的低氣壓。

靖南王耿精忠的軍隊在城外紮下了綿延的營壘。他們期待着一
個確鑿的消息,預備攻城。刀出鞘了,在陽光裏發亮,有力的嘶號震
破了蒼穹。闔城居民,悲自己的生命將遭意外的屠戮,每一家都關上
了門,靜待這非常禍患的臨頭。

老鄉紳張相公的家裏,擠滿了許多的人,在每一個人的心中,都
懷着同一個目的,想把這彌天的禍災設法轉移,而使全城幾萬條垂危
的生命得告無恙。

空氣是異常的緊張。

"張相公,事情是不能再遲緩了。"趙達之慌得幾乎說不出話來。

"你聽,聽! 恐怕賊兵已經殺進了城……"

張相公因為年紀大一點,經驗也富足一點,雖然他的心裏也很着
急,但臉上還表示着從容。他側着耳朵,摸一摸髭須說:"還沒有攻進
城,放心! 我們在沒有辦法以前,先備一點酒肴慰勞他們——你看如
何?"他側過頭去,對着坐在左邊的趙達之。

"先生,賊兵是不要我們犒賞的,只望我們快些獻出徐家寡婦吳

絳雪啊!"趙達之要想哭出來。

全屋子的人都淪於這麼緊張的狀態中,想念到自己家人的生命將同歸於盡時,眼淚漸漸地流了出來。

"哭不是一件事體啊!"張相公的聲音很響亮。

"先生,"又一個人說:"你同徐家的交情很厚的,假如你去勸徐家的媳婦能深明大義,慨然地到耿精忠處,這就是救了我們全城千萬條的性命;而你的恩德也不在小處的。"

大家都沉默着。

張相公一肚子猶豫,決不定到底走那條路。若說真叫吳絳雪去跟耿精忠,那是太不近情理啦,況且,她的丈夫又死了不久,以暴力去卸褪她留着深重的慘痛紀念的一身白服,怎不會更引起她無限的傷慟呢? ——倘若不把吳絳雪獻去,恐怕連一條狗都會遭宰割……

"先生,這時候是不能再遲緩的了。"

"是的,列位! 要曉得徐家的媳婦并不是尋常的女子。白璧上染了一點汙,諸位,這是永遠不能磨滅的一點醜迹啊! 并且,我又不是一個不明禮義的人。"

"假如雪亮的刀加上了你的頸項時,張相公,你還得要同他講講禮義嗎? 縣官爲避免群衆的責難而無力應付,在深夜裏溜跑了,在這一髮千鈞的時候,不是大家商量一個辦法,我們一定要先拿你送出城去開刀……"趙達之的確惱怒了,他知道并不是這樣難解決的事情而要拖延;假如真的枉死於賊子的刀槍之下,又不同白天裏做個夢一樣啦。

"是的,先生若是不肯去,我們要硬迫吳絳雪出城,難道爲了她一個女子而斷送全城的性命!"坐在趙達之旁邊的一個人說。

張相公終於被迫走了。

街道上冷落得像寂寞的黃昏。狗子的眼睛裏裝滿了驚異的光,凝視着三四個行人。這是變異,從古以來所未有的突然的變異。誰都不能料到這次的災禍會得到怎樣的果。爲了一個美麗的孀婦而累得滿城居民都爬進了惶恐的風聲裏。

二、她終於被擁出了城

方岩山上斷絕了游人的足迹，寺院裏的洪鐘敲出了淒惋的喪音，吳絳雪懷着將失身于草寇的悲痛，偷偷地拂拭著眼角上的淚痕。

一群士紳帶着嚴重的警戒和小心的期望，在寒陋的一家望着寡婦吳絳雪。

這事迹并不是久遠，大慨只有一年多的光景：丈夫的死，門庭的冷落，孤獨生活於貧困的境遇中。憑著十個指頭才得不致緊束了裙帶來挨餓。但爲了淒清的景況，她也曾咬緊了牙根，想超脫一切無盡的煩惱的方法。

春帶來了一枝嫩綠的新柳掛上樓頭，她感到惱人的煩悶；秋來染紅了一片楓葉，她又在葉上找到了人生的虛空。花朝，月夜，鶯啼，雁飛的時節，都會激動她創痛的心靈。

然而她却在節操的忍耐中度過了所有的時間了。

這次，要犧牲自己的色相而給草寇作一時歡娛的苦楚實在會攫去她貞烈的魂魄。

"但靖南王耿精忠爲了我這麼一個弱女子，而派賊將徐尚朝將四城困圍，真是太放肆的行爲。可憐這些無辜的民衆，將爲我而受難了……"她默默地流着眼淚。

"假如我不去，怎能忍心看着全城的居民爲我而同遭屠戮呢！"她的意志開始成爲異樣的堅決。放出去棄一切而惟知拯救將被屠戮的全城民衆的偉大的俠氣。

"公公！婆婆！我是決定要去的了。"吳絳雪跪倒在公婆的膝前。

"是呵，你這賢明的姑娘！"張相公很高興，因爲他來的目的就想聽到她這麼一句話。

"雪兒，你真的去嗎？……"她的婆婆的眼角上湧出了如泉的眼淚。

"是的，我真的要去。假如我不去，全城的生命將為我而死了。并且，此時不再出城，賊兵攻進城來——婆婆，你聽！這不是賊兵討人的呼號？他們一進得城來，我不是仍落於賊兵之手？"

"炮聲是這麼緊，姑娘快走吧！"許多人是這樣催促她，希望她的去能夠平靜了千萬顆垂危的心。

"啊，雪兒，你真的要去了？……"她的公婆不能發聲了。

"決定要去了。公公婆婆，我是負擔著千萬顆性命的重任，此去雖給草寇為妾，但我是甘願的。丈夫雖然死了，他，他在地下也會明白我這次被迫而失身的苦衷，他決不願看着千萬人悲怨的死而要我保守著一個空虛的名節的。公公婆婆，你倆老也是明白這道理的，媳婦為解救草寇的威協，嚴重的禍災而失身，這是我們徐家的光榮，并不是羞恥的一件事。我去了……你倆老保重……"

"姑娘，走吧！"

從老年人的嗚咽中，群眾的讚歎聲裏，吳絳雪終於被擁出這家門，擁出了永康城。

三、你得答應我三個條件

賊營裏起了一陣燥急的歡笑，兩旁的衛士異常嚴密地站立着。徐尚朝的臉爬上了鬼樣的獰笑；因吳絳雪而升騰為高官的幻夢，潛伏在他的腦中。他歡喜極了。

"哈，姑娘，你是吳絳雪嗎？"

"是的，我就是。蒙將軍見召，不知為了何事？"她開始謹慎地回答。

"呵，姑娘，我愛聽你的說話，你請坐！姑娘，本將軍奉了大王的命，特來迎接姑娘的。你生得這麼美麗的臉孔，怎不教人愛煞！今後做了王妃，你是不能忘掉了我對你的好意呵，姑娘！"徐尚朝漸漸地貼近她的身。

"呀！將軍，規矩些！"

“我還歡喜你皮膚裏透出來的香味呵。我不願走開。”

營壘中失去了嚴肅的鎮靜,刺鼻的腥臭代替了溫柔的微馨的氣分。徐尚朝的眼裏,暴露着獸性的欲火,粗魯地摸着下巴。

“姑娘,我們的大王是怎樣的愛着你,愛着你這伶俐的姑娘!”

她微微地笑了。

“啊,你這迷人的笑,會攫去我的心!”

“將軍,請不要在閑話中錯失了時間。我既來此,你是明白我是能夠順從大王的人,但是,我有三個條件。”她説。

“姑娘,你説吧,我是會儘量答應姑娘的要求。”沉浸于朱顏玉貌裏的徐尚朝,忘掉了自己的形態,什麼都毫不計較的乾脆答應了。

“開頭,你先要保守你們的‘威信’,立刻拔營班師。因爲我們城裏的居民再也受不起驚惶的了。”

“這個? 姑娘! 我是有言在先,不勞你請求了。——你那第二條呢?”

“第二條嗎? 將軍! 我見了這麼兇悍的兵了,是會嚇破我的心啊! 請將軍多多保護,免得再受意外的驚惶。”她説着輕輕地一笑。

“是的,這我決不會使姑娘受到一點虛驚的,姑娘請寬放了你的心,我會異樣地嚴密的保護着你。”

“將軍,那第三件就是——”

“就是怎麼啊? 你説,姑娘!”

“就是我很愛著這美麗的風景喲! 一路上請將軍寬放我這無罪的平民。——將軍,我到了王府,不是就做王妃嗎?”她嗤的一笑,“到那時,我是決不會忘掉你對我的恩澤的!”她拍着他的肩。

“自然囉,姑娘,這三條我是都能答應你的;但,你千萬不能忘掉我呵。”

四、她對着深潭微微地一笑

閩行途中。

秋天的山上停留着的白云明净得像處子的心，原野裏的霜葉像胭脂般的紅。雁掠過長空留下了一塊黑色的影子。這時候吳絳雪被伴送着踏上征程。

懷着願粉身碎骨不甘給草寇蹂躪的吳絳雪的心，同鉛樣的沉重。秋光引不起她的興奮，榮華富貴奪不去她堅如鐵石的貞操。抑鬱與悲憤填滿了她的胸膛。今日的流離顛沛，是這剩餘的生涯爲歡樂云霧簇擁的開始呢，抑是飲泣客愁的過往的終結呢？她面上是没有洩露消息的平静。

她沉默地仰起頭來看着蕭條的山色，接着又低下了頭去。

車輪輾碎滿了落葉的路，發出索索的聲響和律動的鐵蹄聲，但在這聲響裏却蘊藏着一個人無限的深沉的悲哀。

"列位軍曹！前面是什麽地方？"

"前面是一座山崗！"大家都這樣的回答着。

"我愛看這山上的風景，夠美麗！來，讓我走下車來玩一會！"

她説着想跳下車子，但是給軍曹們阻住了。因爲他們奉令於幾日内一定要到達閩中的。若是差延了時日，他們就會受到很嚴厲的譴責。

"你們忘掉了將軍准我的三個條件嗎？"

"姑娘，那末讓你上山去玩一會；可是，你應該就回來，我們再好趕路。"軍曹們不能違拗，只好答應了。

她循着紆回的石級步上了山巔。岩石的隙裏爬起了一朵朵紫色的小花，鳥聽到人的脚步聲起了一陣騷動。她坐在一塊平滑的石上，凝視着碧朗的天空。

她的臉上露出了一絲苦笑。

這裏，聽不見聽慣了的翁姑的笑語，她看不見每天從清早直到傍晚所看慣了的故里的風物。鄰舍姊妹們的談笑，草坪上牧童的歌聲，一切已往的事迹都爬進了她的記憶裏，她覺到家鄉的可戀。但，猛憶着此去將失身于草寇的悲痛，她終於感傷而流淚了。

“唉!”她輕輕地一聲歎息。

揩幹了眼淚,她的精神稍稍振作了。

平躺在高過千丈的絕壁下的深潭,清澈的水可以看見底裏每顆沙礫。站在峭壁的絕頂上俯視,只覺到雄偉與險峻,她注視這深清的潭水。

“公公,婆婆,我是已經在這不能侍奉你倆老的異域的山巔了。在這高入云霄的峻嶺上,掠過一層尖銳的寒風,啊,我就想投到你倆的身邊。但,想到民眾的苦痛即是我自己的悲哀,我要拯救我們的同胞,不能再回到我的家鄉來見你們……在年終祭祀祖先的時候,你們應該告訴你們的兒子,説我是勝利了,請他放心吧……”她噓了一口氣。

“啊,草寇!”她的聲音較高了。“你們爲了我一個女子,爲了滿足權勢者的私欲,而遭禍於闔城的居民。如今,他們在恐慌後還未得到安寧,這是你們的勝利,你們的凱旋,驕傲在你們的臉上跳躍着。但,草寇! 你們真想要我的身體嗎? 哈哈!”她笑了,“你們用盡了你們所慣會用的手段,想我一定會屬於你們的,不過,你們的想像太傻了。啊! 草寇! 我是不能爲你而犧牲我的貞操,而遺臭於後世,讓你們在得意的驚訝裏,留得一點失望罷……”

死亡的火焰在她的胸中跳躍。

她對着潭水微微地一笑……

山谷中驚起了一陣迴響,深潭裏激動着螺旋形的波紋……

一九三三年十一月五日

1934 年《黄鐘》第 4 卷第 2 期

吳　絳　雪

黛　蕭

秋天挾着漫天的蕭殺,把這一個寧静的永康古城擲進了灰暗的低氣壓裏,蒼翠的群峰與明快的流瀉着的溪水,這時就像人們的心一样,窠上一層陰沉的悒鬱。

靖南王耿精忠的軍隊由南方挺進,如今已經在永康城外紮下了綿延的營壘。刀出了鞘,在陽光裏閃爍着,有力的嘶喊使數十里外的方岩山也感到了顫慄。這如臨大敵的緊張情形,預示着將有一陣猛烈的風暴襲來了。人家的大門都緊閉着,城池像死去了一樣地寂寞冷落。闔城的居民,同樣懷着一個小心的戒懼,等待正在發展中的一次變亂。

靖南王以極度的忍耐在期待着一個確切的消息,然後決定攻城抑是拔營班師。

老鄉紳張相公家裏,擠滿了蜜蜂似的一群人。他們都具有同一個願望,即是如何將這彌天的災禍設法消彌,使全城千萬生靈,免於塗炭。

空氣是緊張的。

"張相公,看情形是不能再延遲了!"趙達之惶急地说。

"你聽那聲音!恐怕賊兵已經殺進城來了。"另一個人尖起耳朵這樣叫着。

張相公是上了年紀的人,經驗叫他學會了臨事鎮靜的本領,心裏雖然跟別人一樣地着急,但臉上却依然是從容不迫的表情。他側着耳朵,摸一摸髭須说:"還沒有攻城。我們在沒有辦法以前,先備一點酒菜犒賞他們一下,你说如何?"他轉過臉去,徵求坐在他左邊的趙達之的意見。

"相公,耿精忠要的不是我們的犒賞,而是徐家的寡婦吳絳雪呀!"

"唔,這個我也知道。"

"那就好了,"趙達之點了點頭说,"你跟徐家的交情很深厚,假如你肯出面去勸徐家的媳婦能深明大義,慨然允諾到耿精忠處,這就是救了我們全城的性命；而你的恩德也不在小處的。"

　　這是叫張相公爲難的問題，使他跌進了猶豫的泥淖裏；若説真叫吳絳雪跟耿精忠去，這是不近情理的事；何況她的丈夫去世不久，屍骨未寒，以暴力去卸除她留著深重慘痛紀念的一身素服，怎不會更勾引起她的傷慟呢？——但如果不將吳絳雪獻去，怕連一條狗也不會逃出他們的鋒刃……

　　"相公，在這情況下，没有給我們猶豫的時間。"

　　"是的，"張相公略微移動了一下身體説，"但是徐家的媳婦并不是一個尋常女子，白璧上要染一點汙迹是容易的，但要洗刷掉却困難了。而且，我又不是個不明禮義的人。"

　　"你要講禮義，但耿精忠偏不跟你講呵！"趙達之似乎有些氣忿了。他以爲這并不是怎樣難以解決的問題而要拖延，如若真的枉死在賊人的鋒刃之下，不就像白天裏做了個惡夢。這樣想着的時候，他越加忍耐不住了，他説："相公，你總知道，縣官爲避免群衆的責難，深感無法應付而在昨天晚上溜走了，在這一髮千鈞的時候，不是大家商量一個好辦法，我們一定先把你送出城去！"

　　"是的，相公若是不肯到徐家去，我們就要硬叫吳絳雪出城。難道爲了她一個女人，而把大家的命都丟了嗎？"許多人的聲音這樣附和着。

　　在一陣極度的騷擾平息後，張相公被强迫着走了。

　　街道上冷落得像寂寞的黄昏，這變異的程度可以從狗們驚恐的眼光中看出來。一群士紳穿過街道，懷着嚴重的警戒與小心的期望，走進了吳絳雪的寒陋的家。

　　一年以前，丈夫的死，門庭的衰落，生活給孤獨拖進了貧困的境遇中，僅憑着十個指頭，艱苦地打發着一串寂寞的歲月。爲了這，吳絳雪也曾幾次咬緊牙關，想着超脱這煩惱的塵世的方法。

　　春天，她在嫩緑的柳枝上讀着一堆煩悶的字句，到秋來，又從紅葉上領悟了人生的變幻與虛空……然而她却在節操的忍耐中試過了所有的時間。

如今，將要犧牲自己的色相，而給草寇作爲一時歡娛的痛楚，使她的心顫慄了。

"耿精忠僅僅爲了我這一弱女子，而竟派賊將徐尚朝將四城圍困，真是一種放肆的行爲。可憐的是全城無辜的民衆，他們將爲我而受難了！"吳絳雪默默地拂拭着眼淚，這樣向自己説着，"假如我不去，怎忍心看著草寇們任性的殺戮……"

吳絳雪開始感到拯救將被屠戮的全城的生命，要重於一切虛浮的名節。她隨即轉過身去，在公婆的面前跪倒了。

"我是決定去了。"她這樣向公婆表示了自己的心意。

"對了，你這賢明的姑娘！"張相公很高興，因爲他來的目的，就是期望能聽到吳絳雪説出這樣一句話。

"雪兒，你真的去了？……"她的婆婆的眼角上，湧出了如泉的眼淚。

"真的去了！如果再有猶豫，全城的性命都要爲我而死了。而且，此時不出城，賊兵攻進城來——啊，婆婆你聽，這正是他們討人的聲音——他們一進城來，我不是仍舊落於賊兵之手嗎？"

"炮聲這樣緊了，姑娘快走吧！"許多人這樣催促着。

"啊！雪兒，那麼……"她的公婆都嗚咽了。

"公公婆婆，如今，我是負擔着千萬個性命的重任，"吳絳雪斂收了眼淚，站起來這樣説："此去給草寇爲妾，我是甘願的。丈夫雖然死了，他如有靈，在九泉之下也會諒解我這次被迫失節的苦衷，他決不願看着千萬人含恨而死，而硬要我保持一個空虛的名節的……你倆老是明白這個道理的。做媳婦的爲解救草寇的威迫，嚴重的災禍而失身，這是我們徐家的光榮，并不是恥辱。……我走了，保重……"

吳絳雪在老年人的嗚咽聲中，群衆的讚歎聲裏，被擁出了家，擁出了永康城。

　　賊營裏揭起了一陣瘋狂的歡呼,徐尚朝的臉上浮起了得意的神色;因爲吳絳雪而升騰爲高官的幻夢,深深的迷惑了他,他忘形地笑了。

　　"哈哈,姑娘! 你就是吳絳雪嗎?"

　　"我就是,"吳絳雪謹慎地回答,"蒙將軍見召,不知爲了什麼事?"

　　"呵,姑娘,我愛聽你的説話,就像鳥兒的歌唱,你請坐! 我是奉了耿大王的命特來迎接姑娘的。——你生得這樣美麗的臉孔,真叫人愛得想把你含在口裏才舒服。……今後做了王妃,可不能忘掉了我呵!"徐尚朝邊説着,邊慢慢地貼近吳絳雪的身邊去。

　　"將軍,規矩些!"

　　"呵! 我還歡喜聞你從皮膚裏透出來的肉香,它叫人沉醉了! ……"

　　營壘中失去了嚴肅的鎮静,徐尚朝的眼裏閃燦著獸性的欲火,他粗魯地摸着下巴。

　　"姑娘,我們的大王是怎樣地深愛着你呢!"

　　吳絳雪微微地笑了。

　　"啊! 你這迷人的笑,把我的心攫走了。"

　　"將軍,請不要在閑話中錯失了時間。我既然到這裏來了,你會明白我是順從你們大王的人。但是,我有三個條件,不知將軍能不能答應?"

　　"你説吧,我會儘量答應姑娘的要求的。"迷惑于朱顔玉貌裏的徐尚朝,這樣毫不躊躇地回答着。

　　"首先我要請求的,是要你維持你們的'威信'。"吳絳雪這樣開始説:"城裏的居民再也受不起驚恐了,請你立刻拔營班師。"

　　"這是我有言在先,不勞你請求了。"

　　"第二,我害怕看見那些兇悍的兵丁,請將軍多多保護,免得再受意外驚惶。"

"是的,這我會異樣地看護着你的,我的好姑娘,你放心!"徐尚朝笑了笑,"那麼第三件呢?"

"我很愛這樣美麗的秋天的風景,一路上請將軍寬放些! ——我到了王府,不是就做王妃了嗎?"吳絳雪輕輕地笑了一下:"到那時,我決不會忘了你的。"

"這三條我都答應你,可是你千萬不要忘記在大王面前給我徐尚朝說句好話呵!"

遠近的峯嶺上停留着白雲,潔净得像處子的心,原野裏的霜葉紅得猶似胭脂;寒雁掠過長空,留下一條黑色的影子,溪邊雪樣的蘆花叢裏,有麻雀在唧唧地叫着。這時候吳絳雪被伴送着走上去福建的旅途。

吳絳雪的心跟鉛一樣的沉重。明媚的秋色引不起她一些笑痕,榮華富貴奪不去她堅如鐵石的心。今日的踏上這條遥長而陌生的旅途,是這剩餘生涯爲歡樂的雲霧簇擁的開始呢,抑是飲泣客愁的過往的終結呢? 吳絳雪的臉上平静得找不出一絲消息。

她沉默地仰起頭來,看一眼四周的水光山色,但隨即又低下頭去。

輾輾的車輪,輾着落滿了紅葉的路,在這單調的音節中,蘊藏着一個人無限深沉的哀愁。

"前面是什麼地方?"吳絳雪這樣問圍在她四周的士兵。

"前面是一座山崗。"

"啊! 好美麗的景色。"吳絳雪把眼光落在不遠處的山崗上,這樣讚美着:"讓我走下車去玩一下。"

吳絳雪正想跳下車子,給士兵們阻住了,因爲他們奉令在幾日的限期內要趕到閩中的,路上不容再有耽擱。

"你們忘掉徐將軍答應我的三個條件嗎?"

"那麽請你去一去就來。"

吳絳雪循着迂回的石級步上了山巔。岩石的罅隙裏有紫色的小花開着,鳥兒們聽到脚步聲起了一陣騷動,隨即成群地飛走了,吳絳雪揀一塊平滑的石頭坐下了,凝視着深遠清碧的天空。她的臉上露出了一絲淡淡的苦笑。

這裏,她再也聽不到聽慣了的翁姑的笑語,看不到從早到晚看慣了的故鄉的風物,鄰里姊妹們的談笑,草坪上牧童的歌聲……一切過往的事物都在她的記憶中復活了,她開始覺到家鄉的可戀。但猛憶起此去將失身於草寇,她終於悲痛地落下了眼淚。

"唉!"輕輕地一聲歎息。

偶然使她看到了脚下那個清澈得可以照見水底砂石的深潭,好似獲得了什麼啓示,那樣驕傲而且矜持地站立着。

"草寇! 這是誰的勝利? 誰的凱旋呢?"吳絳雪這樣喃喃自語着:"可以驕傲的不是你耿精忠,也不是你徐尚朝,而是心靈永遠聖潔得像潭水似的人呵! ……"

她重又俯視着那一潭碧水,以及碧水中倒映着的藍天白云與自己的身影,那樣快樂地笑出聲來了。

……突然,山谷中驚起一陣迴響,深潭裏掀動着一層螺旋形的波紋……但不久一切又都歸於沉寂了。

1947 年《勝流》第 5 卷第 12 期

四、桃溪雪傳奇

桃溪雪卷上

〔清〕黄燮清 撰
〔清〕李光溥 評

【蝶戀花】桃花溪上東風冷，雪點飛來，不管花枝病。雪太無情花短命，雪花煉出冰花影。　　雪夢花魂誰喚醒，雪自欺花，花自娟娟靜。淚比花紅人雪净，美人小字原相稱。

閨　叙 第一齣

〔臺角設杏花一樹，旦上〕

【雙調　海棠春】桃溪流水明如練，閑照取愁蛾清淺，細語祝春風，莫慢吹花片。【眉】冉冉而來，冰奩照影。

〔坐介〕【本詩】"東風送暖入春衣，茗椀爐香伴掩扉，曉理瑤琴絃尚澀，醉臨禊帖格差肥。"奴家吳宗愛，小字絳雪，浙江永康人也。先父驥良公，下筆千言，藏書萬卷，未登科第，但舉明經，小用文章，更番秉鐸。歷任仙居、嘉善、嵊縣校官。奴家隨侍官齋，幼承庭訓，倚琴書爲性命，兼詩書之生涯。口傳伏氏殘經，妝臺解誦；手按中郎遺曲，翠袖工調。所嗟我夢傷心，小草止名獨活。差幸芙蓉連理，好花自結同心。官人徐明英，年少多才，蜚聲庠序。與奴家琴瑟靜好，黻佩偕綏。紙閣蘆簾，竊比孟光之韻；寶釵羅帳，豔增徐淑之姿。塵海因緣，如斯已足，這都不在話下。今日春光晴媚，官人所種杏花一樹，開得十分茂盛，已命小婢慶雲，略備酒餚，與官人一同賞玩。話猶未了，你看官人早出來也。

〔生上〕爲尋花夢先鶯起，試捲簾雲放燕飛。小生徐明英，表字孟華，少負清

130

才，未舒壯志，貧餘傲骨，富有閑愁。所喜荊妻吳氏，貌比王嬙，才逾蘇蕙，倡隨相得，形影交憐，真乃閨閣樂事。〔笑介〕莫說神仙，是鄉可以終老；何須富貴，夫婿不願封侯。〔顧旦介〕呀！説話之間，你看娘子曉妝已畢，早在那邊閑坐哩。〔作見介〕呀，娘子！〔旦〕官人請坐。〔生〕娘子起來恁早，獨坐在此，敢是又在那裏做詩麼？〔旦〕非也，只因今日春光明媚，官人所種杏花，開得十分茂盛，特備小酌，與官人消遣則箇。〔生〕生受娘子。〔看花介〕呀，果然好一樹杏花也！

【桂枝香】疏簾斜捲，輕紅吹面。共佳人聽雨高樓，抵名士尋花上苑。【眉】風流絕世。這花呵，態盈盈自憐，態盈盈自憐！恰襯你桃腮春淺，櫻唇露泫。【眉】極爲纏綿。娘子，我和你呵，消受這豔陽天。生爲蝴蝶甘同夢，死作鴛鴦不羨仙！【眉】言外已帶恨意。

〔貼携酒看上〕携來金谷酒，去醉玉樓人。酒肴在此！請官人、娘子賞花。〔生旦對坐，旦酌酒介〕

【前腔】村醪香濺，園蔬青翦，掃眉人伯仲書生，散花地神仙美眷。【眉】蘊藉可人。官人，我想同此良辰呵！對紅酣翠妍，對紅酣翠妍，有多少傷春庭院，惜春詩卷。〔生〕正是悲歡離合，易地不同殊，令人感慨係之也！〔旦〕拜情天，願花長壽人難老，願酒長生醉亦仙。【眉】反激。

〔生〕娘子蘊藉天生，才高咏絮，所著《六宜樓》詩稿，其間長篇短制，與貴族素聞妹妹唱和居多，瑜亮同時，花開姊妹，真乃一時佳話。〔旦〕奴家與素聞妹妹，誼等友朋，情逾骨肉，正復時時想念。昨已脩得詩柬一封，意欲邀彼來家盤桓數月，重續前歡，因乏便鱗，是以遷延未寄。〔生〕這箇不難，明日可遣蒼頭甄義賫書前去，如其惠然肯來，一則可以重整詩壇，二則卑人或因事遠游，亦可爲娘子作伴，豈不是好？只是娘子久不吟詩，際此看花雅集，何不以新什賞之？〔旦〕奴家得侍君子，三生有幸。蒙君繾綣，益我纏綿。新制《同心歌》一章，草稿初成，正須點定。〔出詩授生介〕〔生展玩介〕妙呀！看這書法已是精美絕倫，那詩不言可知了！〔誦讀介〕【本詩節錄】“兩家昔相好，早歲訂婚期。君在山之麓，妾在水之湄。一朝得相傍，歡樂免仳離。困頓共君守，艱難共君持。願君莫憂貧，抱甕敢辭疲。願君莫辭賤，荊布自堪支。物有同心繭，花有同心梔。同心復同心，永矢無猜疑。”妙呀！情詞質實，漢魏遺音，只是溫厚之中，却帶些激烈之氣，讀之翻增凄惋，却是爲何？〔旦〕心聲所發，亦不自知其故。〔生〕娘子，我與你青年伉儷，正在歡娛，詩中艱難永矢等語,何憂思之深也?〔旦〕咳,人生哀樂之來,本無定境。譬如天下太平的時節,文恬武嬉,相忘無事,一旦變生倉卒,雖智謀之士有不及預防者矣! 安不忘危,似亦無須深諱。【眉】大風發水,一粒粟現大千世界,是何神通。〔生竦立介〕呀,娘子高論達觀,令我頓觸時事,現今耿精忠雄踞閩中,兵強財富,陰謀叵測,反側堪虞,設有變端,舉兵北向,浙東必受其殃。我與你正不能無杞人之憂也!

【前腔】豬龍隱現,鯤鵬遷變,算將來東顧堪憂,問誰信南人不反。〔旦〕現聞朝廷用李公之芳督師兩浙,李公惠政在人,頌聲載道,精諳韜略,深得士心,倘遇非常,定能辦賊,當不至令其蔓延也。〔生〕娘子有所不知,川壅而潰,其傷必多,縱有隄防,已遭蹂躪。怕崑岡火然,怕崑岡火然,保不住桃源雞犬,畫樓鶯燕! 費憂煎,只愁感遇花同淚,竊恐傷時鬢易斑。【眉】正照全部。

〔淚介〕〔旦〕呀! 官人酒酣過激,忽忽傷心,莫非有些醉意了? 慶雲,可將杯盤撤去,待我扶官人進房去者。〔貼〕是,曉得。〔收酒餚背介〕好好的飲酒賦詩,不想中間有許多眼淚,教我好生難解。【眉】不會飲酒賦詩,烏從知之。正是"江郎何苦工言恨,洗馬無端但說愁。"〔下〕〔旦扶生作微醉介〕娘子,果然浙東有事,我和你如何是好?〔旦〕未來之事,官人無須過慮。便是妾身呵!

【前腔】平時成見,臨時應變,羞學那蔡文姬虎穴生還,卓文君蛾山春遠,際此夫妻團聚,且自開懷,毋滋鬱悶,竊恐杏花笑人也。〔生〕娘子深情雅趣,足使卑人破涕爲歡。〔旦〕官人且到房中和詩去。〔取詩扶生行介〕俏盈盈比肩,俏盈盈比肩,試看這芳華滿眼,膩人庭院。醉宜眠,只應綺語酬佳節,莫慢悲歌捐少年。【眉】烈影,點染處,語語關照。

〔生〕幸締金閨翰墨緣,

〔旦〕唱隨至樂勝神仙。

〔合〕齊眉願享承平福,鴻案相賓到百年。

〔同下〕

防　釁　第二齣

〔隊子、副淨、中軍引外上〕

【中品　繞紅樓】萬里風雲鬱，壯圖向南天。鵬翼高舒，壁劍秋鳴。帷燈月朗灑，墨注陰符。**【眉】**沉鬱。

〔坐介〕江海滔滔浪不平，籌邊樓上蜃煙橫。誓將肝膽酬知遇，豈但賡歌答聖明。下官李之芳，表字鄰園，山東武定人也。蒙天恩高厚，命爲兩浙督臣，屏藩作鎮，斧鉞臨邊。領陶侃之八州，望崇江左；立馬援之一柱，氣卓天南。慚無不世之勳，已極人臣之位。只是目下耿精忠重洋虎踞，邊境狼窺，夜郎有自大之心，粵吏無輸誠之念。反形未露，異志潛萌，非惟肘腋之憂，實是腹心之患。下官封疆重任，自宜先事預防。到任以來，屢飭各營將領，隨時操練以備不虞。今日天氣晴明，須索親自校閱一番。中軍！〔副淨〕有！〔外〕分付大小諸軍，齊往校場操演者！〔副淨傳令衆應同行介〕

【尾犯序】萬騎走平蕪，號令嚴明，隊伍安舒。弓挽扶桑，要洗兵蓬壺。鳴鼓，秋霜濺，刀橫鬼母。春雲展，旗開元武，天狼焰，星星殘照，羽扇爲驅除。**【眉】**精彩。〔外登臺高坐隊子分列介〕〔末小生老旦丑四將戎裝上〕大人在上，末將打恭。〔外〕列位少禮，本督自赴任以來，屢飭各營，用心訓練列位身戎行，自必武藝精純，足爲衆軍表率，就此操演一番者！〔將〕得令！〔以次遞操，復合操介〕〔操畢，站立介〕〔外〕各營兵馬帶領操演！〔將〕得令！〔雜扮弓箭長鎗籘牌鳥鎗兵四隊，將用四色旗引上，照常遞操合操，操畢各繳令介〕〔外〕好！奇正相生，進退有節，再得逐時嫻習，變化從心，破敵不難矣！衆將士站立兩旁，聽俺分付！〔衆應介〕

【番馬舞秋風】將略兵書，變化無方不可拘。第一要恩威并立，甘苦同嘗，患難相扶。男兒馬革誓捐軀，英雄劍血須酬主。試看營門柳扶疏，好共覓封侯路！

〔將卒〕大人鈞令，某等敢不恪遵！〔外〕平時所演，各樣陣圖，再爲擺習一番者。〔衆〕得令！〔隨意走陣介〕〔外〕中軍可將錦緞銀牌，分賞諸軍，各自回營休息。〔將卒〕謝大人賞！〔分下〕〔外下臺介〕就近各營將士，業經校演，明日須往各

處閱邊。中軍傳令，預備船隻伺候！〔副净應介〕〔隊子引外行介〕

【餘文】馬飛龍，兵成虎，可認得軍中一范無？早整備，毒矢强弓射鱷魚。【眉】伏後文。

〔外〕軍門坐鎮統兵符，半壁南天障海隅。

欲制强藩防跋扈，髑髏待斬血模糊。

〔同下〕

延　素 第三齣

〔末蒼髯上〕琵琶聲和玉參差，終古垂楊入恨詩。隔岸越山青可數，不知何處葬西施。【眉】寫景却有關合。

自家乃永康徐相公家中，蒼頭甄義便是。只因我家主母，與秀水吳素聞小姐，姊妹情深，多年暌隔，特修書札一封，命老奴前往投送，并要請素聞小姐到永康來。那小姐倒也灑落多情，見了書信，即時帶了丫鬟，收拾起程，一路從嘉興到了杭州，無非吟詩作畫，而且性耽游覽，要觀玩富春山色，命老奴備船，竟由大江而上。連日順風相送，已到蘭谿。相近轉港，且喜風恬浪静，不免請小姐出來，觀看山景則箇。小姐有請！〔小旦上，丑婢隨上〕〔小旦〕

【南宮過曲　懶畫眉】輕雲流夢過錢塘，排日烟鬟換曉妝。【眉】芙蓉出水，亭亭可憐。奴家吳素聞，與我家絳雪姊姊，同宗姊妹，文字心交，因她遠嫁永康，至今闊別，蒙姊姊掛念，遺書見招。奴想携舟訪友，乃是名士排場，女孩兒家不應學步，惟念人生難得，莫如知己。古人千里赴約，湯火不辭，何況衣帶盈盈，近在同省，豈可恝然退棄？兼且浮生若夢，聚散無常，後會何期，芳年易逝，非獨千秋事業，游移便是蹉跎。即此一面因緣，延擱必成追悔。【眉】至言至言，我輩類坐此病，安得美人時時提警耶？是以忻然命棹，擊楫渡江，只索走遭者。〔末〕小姐，你看水淺山深，灘危石峭，別是一篇畫本。〔小旦〕幽秀之中，另饒鬱烈，此間大有奇氣，真是畫所不到。畫眉聲裏指嚴江，舵轉金華港，好一似風送題詩一葦杭。

〔同下〕〔旦同貼上〕

【前腔】美人窈窕隔紅墻，離夢醒時月在樑。慶雲，前日命蒼頭寄書，請素聞小姐來家，怎生許久，還不見到。〔貼〕昨夜卜燈花，今晨聞雀噪，想是不日便到。〔旦〕相思渺渺水偏長，愁共春潮長。難道是魚雁沉浮字幾行？【眉】盪漾無際。

〔末上〕雲山過眼東西浙，巾幗同心大小喬。〔見旦介〕老奴叩頭。〔旦〕呀，蒼頭回來了？素聞小姐可曾同來？〔末〕轎子已到門首，老奴先來通報。〔旦〕喜也，慶雲，隨我出來迎接小姐。〔末〕待我照料行裝去。〔下〕〔小旦上丑隨上〕

【前腔】桃花軃上讀書堂，芳逕斜開對夕陽。〔作出轎旦迎見介〕呀，賢妹來了？〔小旦〕姊姊別來無恙？〔各福介〕〔小旦〕自從別路贈垂楊，事事添惆悵，〔旦、小旦合〕彼此江流九曲腸。【眉】娓娓如面談。

〔丑見旦介〕瑞月叩頭。〔旦〕慶雲，見過小姐。〔貼叩見小旦介〕〔小旦〕慶雲多年不見，如今長成了。〔丑看貼介〕我道姊姊，嫁了姊夫，原來還在這裏。〔貼啐介〕還要等你喜酒吃哩。〔旦〕不要頑皮，快同你妹子，將小姐箱籠安放上房去罷。〔貼應向丑介〕妹妹，快與你同去，還有說話問你哩。〔同下〕〔旦〕賢妹，記得從前，隨先嚴在禾中的時節，與賢妹琴書偎傍，晨夕追隨，彼此年少無愁，好生意興，賢妹可還記得麼？

【前腔】一般書畫兩紅妝，水閣風來筆硯香。【眉】雅韻欲流，令人且妒且艷。歲月如馳，良辰難再，此景不可復得矣！華年如夢太匆忙，忽忽成追想。〔小旦〕便是伯父去世亦已多年了，〔旦〕可不是呢？〔淚介〕灑不干別友思親淚幾行。【眉】一筆兩用。

賢妹的詩畫，久未一見，不知近來進境如何？〔小旦〕自與姊姊別後呵——

【前腔】傾脂湖畔餞離觴，自覺天寒翠袖涼，知音難覓硯臺荒。逐件都拋颺，紙價何須問洛陽。【眉】喁喁細語，如聞其聲。

聞得姊夫才學清超，與姊姊唱隨相得，閨房之福，亦復塵世所難。〔旦〕賢妹到此，正該請來相見。官人有請！〔生上〕

【前腔】掃眉才子艷成雙，慚愧書生錦繡腸。素聞妹妹已到，不免進去相見。〔與小旦相見介〕賢妹到此，有失遠迎。〔小旦〕姊夫萬福。〔生〕久傳詩畫姓名香，幸得飛瓊降。〔顧旦介〕娘子，你和令妹呵，不愧劉家姊妹行！【眉】面面俱到。

〔貼上〕漫把琴絲調舊譜，先將杯酒敘離情。請二位小姐，上房飲酒。〔旦攜小旦手同行介〕

【前腔】窮燈重理舊吟觴，碎句零篇要次第商。賢妹，〔小旦〕姊姊，〔合〕十年前後事偏長，急切無從講，【眉】久別聲口如畫。我與你今夜呵，還恐怕燭盡三條話未詳。

〔同下，貼、丑隨下〕〔生〕妙呀！如今娘子，有了素聞妹子作伴，不致閨房寂寞，小生也好出門哩！

【前腔】相如賣賦潤空囊，聊佐吟詩酒一觴。小生出去呵，江山游覽盡文章，磊落胸襟放，算只有輕別紅顔最斷腸。【眉】逗下。

〔生〕男兒七尺氣昂藏，蓬矢桑弧志四方。

尤喜閨中添艷友，封侯庶免憶蕭郎。

〔下〕

閩　變 第四齣

〔隊子引净戎裝上〕叱咤風雲膽氣粗，銀刀光射海南珠。孽龍不是池中物，曾挾雷霆擺陣圖。俺乃耿精忠是也！開府天南，擁兵海上，膠鬲以舊臣佐命，章邯乃異姓封王，暗藏孟獲之心，攻而弗克，試相淮陰之背，貴不可言。昔日分茅，忝列從龍之隊，今朝斬木，翻成養虎之傷。未老雄謀，希圖大事，際此人心甫定，天下粗安，酒杯未解兵權，鼎足暗窺神器。且喜閩撫劉秉政已願投降，閩督范承謨被俺幽禁。現擬揮戈北指，進犯浙東，只是未諳進兵形勢，必得一人習知浙省軍情，用作前驅，方保萬全無事。今有福省游擊徐尚朝，曾任處協中軍，熟知彼處虛實，現因獲罪囚禁，已着軍士將他劫解前來。如能聽俺指揮，大事濟矣！左右！〔衆〕有！〔净〕尚朝到來，即便帶見！〔衆應〕（副净枷鎖囚服，二卒引上）敢言縲絏非其罪，但遇波濤便欲飛。俺徐尚朝一介梟雄，百般困頓，未遂封侯之願，但知獄吏之尊，弄的我畫地爲牢，呼天有恨，好生憤憤。今奉耿王傳喚，未知兇吉如何？來此已是轅門，只索進見。〔卒報門介〕徐尚朝進！〔副净〕大王在上，罪弁叩頭。〔净〕將軍少禮。〔副净〕大王傳喚有何鈞令？〔净〕將軍，我看你一表人材，昂藏七尺，正該乘時努力立些蓋世功名，得箇封妻蔭子，不想上司賞罰混淆，以罪掩功，反把將軍囚禁，狼狽至此，好不可憐也呵！

【黄鍾過曲　畫眉序】你將略賽蕭曹。〔副净〕罪弁怎敢？〔净〕不用奇才已顛倒，況低頭犴狴，屈膝皋陶。〔副净〕事已如此，教罪弁也無計可施，真是有罪難逃，有冤難訴。〔净笑介〕將軍何言之懦也？做男兒虎卧龍跳，弄兵柄江翻海攪，人間富貴從吾好，何堪束縛長蛟？【眉】梟雄口氣。

〔副净〕蒙大王垂憫，使罪弁感激涕零！只是身陷囹圄，手無尺寸，望乞大王垂援則箇。〔净〕本藩欲圖大舉，有事浙東，將軍向爲處協中軍，習知形勢，如肯同心協助，爲我前驅，不惟縲絏無虞，即富貴不難力致。未識將軍意下如何？〔副净〕蒙大王收錄微才，加之拂拭，誓效犬馬以報再造之恩也！〔作勢唱介〕

【前腔】壯氣上干霄，感激馳驅把恩報。展蠆弧一隊，認取前茅。〔净〕左右，與徐將軍去了枷鎖，換上冠帶者。〔卒應取冠帶換介〕〔副净〕漫裝成食肉班超，先做箇知幾馮道，征袍戰血今番飽，請看褒鄂弓刀。

〔净〕既荷將軍俯允，先授總兵之職，俟所到有功，再行陞賞。今且留營調養，俟本藩分撥兵馬，擇日興師便了。軍士們！好生伺候將軍者。〔副净叩頭介〕謝大王恩典！〔净〕正是兩腋秋風添虎翼，一杯春水活鯨波。【眉】奇逸。〔引隊子下〕〔副净大笑介〕俺徐尚朝囚禁多時，不想尚有吐氣揚眉之日，好不快活人也呵！

【前腔】鷹翅勁扶搖，才脫金鞲已云表。幸囚寬堂阜，佐霸功高。想那處屬兵弁，都是舊時統轄，待俺暗中勾結，不難傳檄而下也。不愁他山險城牢，試看咱旗開馬到，天留殺運妖星照，賢愚劫數難逃。【眉】收處俱有綫索。

〔副净〕水枯渤澥困潛蛟，欲藉春霆上碧霄。

恣意鯨吞填慾壑，長驅翻攪浙江潮。

〔作得意狀跳舞下〕〔卒隨下〕

送 外 第五齣

〔旦上〕

【雙調　北新水令】甚東風吹長別離愁，悶沉沉銷魂時候，恨隨煙斷續，夢倩月勾留。問誰把萬情絲，都編做長亭柳？【眉】微妙凄婉，實過臨川。

奴家吳絳雪，只因夫壻徐郎，幕游遠出。奴家再四勸阻，他說是杜陵老叟，身客諸侯，宗愨少年，心存萬里。陶靖節饑驅出走，王仲宣作賦登樓。恥爲伏櫪之鳴，借覓吟詩之料。已命蒼頭收拾起程，奴家無計挽留，好生難別，十分放心不下。且待官人出來細細囑付一番者。

〔生行裝上〕

【南步步嬌】一擔琴書天涯走，最苦離筵酒。饑驅不自由，才領取別淚千鍾，清愁八斗。【眉】警煉。〔旦迎見介〕官人，你何苦定要出去？〔生〕娘子，小別不須憂，好夫妻忍把芳年負。【眉】慰語却是反照。

〔旦〕官人決計遠游，奴不敢以兒女私情，阻君壯志。只是你弱骨玲玶，長途寂寞，教奴家如何安放得下呵？

【北折桂令】念閨房静好无尤，鬭韻詩簾，選夢琴樓，便和你鎮日依依，終年脈脈，未盡綢繆。倚天寒，難禁翠袖，夢滄浪，不慣扁舟。弱身軀多病多愁，長路途何去何留，第一要密密書函，未可沉浮。【眉】一往情深，繭絲萬轉。

〔生〕娘子諄囑，卑人敬佩不忘，你在家中呵——

【南江兒水】書懶休臨帖，簾寒漫上鈎，眉梢莫向菱花皺，腰支莫爲楊花瘦，啼痕莫共梨花溜。俺與你呵，本是蘭花并秀，不到得雨散蘋花，總有團圓時候。【眉】大珠小珠落玉盤，反頓有力。

〔旦〕官人此去呵——

【北雁兒落帶得勝令】冷江湖，生憐聽雨舟；俏夢魂，莫上行雲岫。謾傷春，看花陌上游；謾思家，步月更闌走。萬重山，凄莽免登樓；九迴腸，壘魂須澆酒。怕吹燈，裯枕欠温柔；怕耽詩，衣帶成消瘦。回頭試問，你杏花開，歸來否？凝眸，只落得，淚珠兒，水共流。【眉】字字從肺腑中流出，至情奇彩，非真情種、真才子不能道一語。

〔大哭〕〔生哭扶旦，拭淚介〕娘子金玉之言，卑人時時在意。莫要過於悲切了。〔小旦上〕玉階新種將離草，繡閣空啼解語花。方才姊姊與姊夫話別，聽之好生凄楚。奴家前去送行，不免勸慰一番。〔見介〕呀，姊姊原來在此啼哭。〔生〕賢妹好生勸解則箇。〔小旦〕姊姊呵——

【南僥僥令】他欲別終須別，你言愁我亦愁，好教俺，淚眼旁觀難消受。姊夫呀，惟願你早歸家，莫逗留！【眉】閱者亦難消受。

〔貼携酒暗上〕〔生〕娘子且免愁煩，卑人此去不久就回，況有素聞妹子和你作伴，也好將就排遣。〔小旦〕奴家不久也要回去，還是姊夫早早歸來的好。〔旦〕官人當真要去，待奴家奉酒三杯，聊申別緒。〔生〕多謝娘子。〔淚介〕〔旦〕慶雲看酒。〔貼〕有酒。〔旦〕〔遞酒介〕第一杯願官人路途平順，第二杯願此去到處逢迎，第三杯願〔哽咽介〕身體平安恩情終始。【眉】此別千古，閱者亦為下淚。〔生旦同哭介〕〔小旦貼同淚介〕〔旦〕

【北收江南】呀！為甚的酸心一縷嗓咽喉，包孕着千悲萬恨言難透。念郎行原不為封侯，倒一似新婚賦別，沙場走。軟心腸暫留，硬心腸去休，早難道閨中少婦不知愁？【眉】手寫本文，神注全部。爪痕一印，運筆如飛。

〔末挑行李上〕春風知別苦，斜照送人忙。相公，天已過午，趁早出門，還要趕路呢！〔旦〕蒼頭，一路好生伺候官人，切勿大意！〔末〕老奴理會得，只顧放心，包管同去同來。〔生〕如今只得就此告別了！

【南園林好】娘子，你念行人無須過憂。〔別小旦介〕賢妹，你伴愁人無妨少留。便是卑人呵，不過是權時分手。〔看旦介〕你夢我到孤舟，我夢你向高樓。【眉】語語如話如畫，元人神境，恨信。

〔掩淚下〕〔末隨下〕〔旦〕哎喲，你看官人竟自去了也，兀的不痛殺奴家呵。〔大哭，小旦貼扶介〕姊姊不要苦壞了。

〔旦〕**【北沽美酒帶太平令】**恨啼鵑不肯留，恨啼鵑不肯留，任伊行賦浪游。從不見旅客征帆阻石尤，纜解纜便歸休，從今後是王孫草相思綠繡，怨女花淚點紅收，離魂影船唇馬首，望夫山眼底心頭。俺呵，守定這詩樓畫樓，都化做愁窗夢牖。【眉】全是古樂府神理，悽艷工緻。〔小旦〕姊夫不久歸家，望姊姊保重，不可過於傷心。〔旦〕呀！還恐怕傷心不够。【眉】一筆貫萬丈，是何神勇。

　　〔小旦〕慶雲，我與你扶了姊姊，裏邊安息去罷。〔扶旦行介〕姊姊呵！

　　【南尾聲】片時聚散尋常有，小妹與你是，權當萱花會解憂。【眉】如調鸚舌。姊姊和姊夫，不過無端小別，尚且如此悲傷，奴想天下用兵的時節，家室不能相保，那些死別生離的光景，其苦楚又當如何？〔合〕不知他值離亂的夫妻，悲腸摧斷否？【眉】現大光明，照見一切。

　　〔旦〕　悔教夫婿覓封侯，嫁得蕭郎好遠游。

　　〔小旦〕等是有家歸未得，烟波江上使人愁。

　　〔同扶旦下〕

約　降 第六齣

〔隊子引净、小净、丑、副净上〕

【仙吕入雙調　普賢歌】一聲鼙鼓響春霆，跳出滄溟跋浪鯨。靴踢紙花城，結連草木兵，肉食諸公還睡不醒？

〔副净〕俺總兵徐尚朝是也。〔丑〕俺軍師胡績是也。〔净〕俺前鋒葉應龍是也。〔小净〕俺前鋒徐有功是也。〔合〕請了。〔副净中坐，丑净小净左右各坐介〕〔副净〕俺蒙耿王釋囚録用，授以總兵之職，協同胡軍師兩前鋒，領兵攻打浙東。因俺曾爲處協中軍，與那些守城軍弁，半屬舊時相識。所過之處，勾連誘結，降了好些州縣。只有那座郡城，急切未下，未識列位有何高見？〔净、小净〕不須將軍過慮，諒這些小城池，兵微將寡，只消末將帶領本部兵馬，奮力攻打，一鼓可下。殺他個雞犬不留，豈不爽快！〔丑〕不消將軍虎力，我等自起兵以來，所到州縣，無不望風而靡，自下大兵壓境，閤郡驚惶，守備王自福懦弱無能，不久必有内變，請將軍靜以待之。〔二卒押老旦、小丑上〕〔老旦〕十萬虎狼天上落。〔小丑〕一雙魚雁敵中來。〔卒〕你這兩個大膽漢子！分明是個奸細，來此已是營門，不免報與將軍知道。〔見副净介〕伏路小軍，拏得兩個奸細在此。〔副净〕綁進來！〔卒押老旦小丑進介〕〔副净〕哇！何處囚徒，敢來送死，快快從實供來！〔老旦〕小人陳蘭花。〔小丑〕小人蕭瞎子。〔合〕我二人乃處州府守備王自福部下，兩個管隊的便是。只因俺主將，素仰將軍威名，有心歸順，欲把這座府城獻與將軍，權當進見之禮，先着某等前來納款，只望將軍呵——

【風入松】銜枚夜斫蔡州營，試認取降幡片影。聽連珠砲響三更靜，少不得開門延請。〔副净〕莫非其中有詐？休得訛言掉舌。〔老旦小丑〕將軍如其不信，可將我二人權禁後營，且待破城之日，再行發放。現有主將密書可證，請將軍細看則箇。這蠟丸書觀之自明。〔遞書介〕機緣巧，詭計賽陳平。

〔副净看書喜介〕軍師神算果不出所料也！

【前腔】笑尋常無事養官兵，翻做了區區内應。賦長歌整備天山定，用不着干戈厮併。**【眉】**可嘆！看出馬三通鼓聲，真兒戲，談笑便功成。

陳蘭花，你且留在營中，聽候差遣，事成之後自有重賞。〔老旦〕叩謝將軍。〔副淨〕蕭瞎子，你可回覆王守備，書中所約，彼此依計而行，不得有誤。〔小丑〕小人理會得。〔副淨〕軍士們，好生帶他出去。〔二卒〕得令。〔老旦〕輕輕遞書札。〔小丑〕薄薄送人情。〔同二卒分下〕〔副淨〕二位前鋒，暗暗傳令各營，整頓兵馬，擇日取城。〔淨、小淨〕得令。〔副淨〕眾軍士聽俺分付者。〔眾應介〕〔副淨〕

【前腔】你殘雲風捲闖孤城，發聲喊，山搖谷應。把銀鎗，舞碎梨花影。血浸得，游魂酩酊。得了城池，那些金銀玉帛任從搶掠，權當區區犒賞，如有美貌婦人，須要拏來，供俺自家受用。〔眾應介〕〔副淨〕中軍帳無情有情，西施網收箇玉娉婷。【眉】關合正文。

〔副淨〕不用干戈免戰爭。〔丑〕　只須築座受降城。

〔淨〕　承平坐食天家餉。〔小淨〕寇至翻爲內應人。

〔引眾繞場下〕

題　箏 第七齣

〔貼上〕曉妝匆促鬢斜籠。〔丑上〕拋却窗前學繡工。〔貼〕容易清明時節近。〔丑〕落花門巷紙鳶風。〔貼〕喂，妹子，你看淑氣融融，和風習習，好箇困人天氣。終日陪着小姐們悶守閨房，把這春光竟孤負了。因此私下偷閑扎得風箏幾箇，和你到園中去放他上天，大家灑落一回，豈不是好？〔丑〕這箇頑兒，到有些意興。姊姊，你快去把風箏取來，待妹子到門首去，邀了隔壁張柳娘，對門李花兒，一同去放，索性熱鬧熱鬧，你道可好？〔貼〕如此你喚他去，我取了風箏便來。〔虛下〕〔丑向內叫介〕柳姊姊花妹妹在家麼？〔老旦净內應介〕在家裏呢！瑞月妹妹呼喚，有何見教？〔丑〕我們是箇欠亨的老實貨，請免通文。甚麼見教不見教，要同你們放風箏去。〔老旦净上〕來了來了，風箏在那裏？〔丑〕好急性兒！你看慶雲姊姊手中的不是？〔貼取風箏上〕〔老旦净〕果然好精巧的風箏！〔貼〕姊妹們都齊了。〔各遞風箏介〕每人一箇，大家放去！〔丑〕姊姊這些風箏，都是扎的人物，可有甚麼故事？〔貼〕我這箇是昭君和番，你那箇是貂蟬拜月，他們兩箇是西施采蓮、楊妃醉酒。〔老旦〕恰好是沉魚落雁、閉月羞花四美人，有趣有趣。〔净〕世上那些公的，都喜歡美人，你們一般兒是母的，怎生也喜歡美人起來？都像你們這些混帳念頭，難道區區這副尊容，天下竟没人賞鑒的了？兀的不苦煞我也！【眉】承恩不在貌，天下事豈有一定？〔哭介〕〔丑〕姊姊不用啼哭，我看古來那些美人，也没有甚麼好處，就像這風箏上四箇故事，後來結局都是可憐，倒不如我們兩箇癡癡蠢蠢，人也没甚喜歡，天也不來計較，【眉】看破渾沌。將來隨便嫁箇老公，落得無愁無悶過他一生，算來比美人強多哩！〔貼〕這癡丫頭雖是傻話，倒也有些道理，我們就把這風箏上的美人，編他幾只鮮花調兒，一路唱，一路放將起來如何？〔衆〕如此大家來阿！〔且放且唱介〕

【小調】西施去采蓮，西施去采蓮。蓮花呀楚楚，相對俏紅顏。聘出了箇苧蘿村，花放了長洲苑。平不了箇伍胥潮，鹿走了姑蘇殿。

【前調】昭君去和番，昭君去和番。琵琶呀哀怨，彈出了雁門關，生別了箇漢官家，夢逐着黃沙斷。死葬了個老匈奴，恨結着青蕪滿。

【前調】好一箇貂蟬，好一箇貂蟬。黃昏呀拜月，妒煞了玉嬋娟。嫁了那箇呂温侯，一對兒神仙眷，破了那箇白門樓，一霎裏恩情斷。

【前調】好一箇玉環,好一箇玉環,侍兒呀扶起,賜浴到温泉,没證據的鵲橋仙,不管你漁陽變,最凄惨的馬嵬坡,剛剩得梨花怨。【眉】四曲涉筆成趣,妙在處處印合,高棋總無閒着。

〔同繞場舞下〕〔旦、小旦上〕

【商調引子　風馬兒】〔旦〕夢裏檀郎不當真,醒來何處尋君。〔小旦〕昨宵微雨醉花魂,不如歸去杜宇漸催春。【眉】凄商微動。

〔菩薩蠻〕〔旦〕垂楊芳草傷心碧。〔小旦〕玉臺鸞鳳嗟飄泊。〔旦〕離緒剪難分。〔小旦〕一絲花外雲。〔旦〕小庭人悄悄。〔小旦〕静坐焚香好。〔旦〕心字結成愁。〔小旦〕纏綿無盡頭。〔旦〕賢妹,官人出門以後,不覺半載有餘,來書總寄當歸,去夢誰能續斷?杏花有約,忽忽經年,楊柳無情,依依惜别。這一腔鬱悶,教人怎生安放得下?〔小旦〕姊姊,我想姊夫也是箇多情種子,自然不久回來,且自寬懷安居以待。〔旦〕賢妹呵——

【金絡索】我青銷鏡裏雲,紅洗匲中粉,一日思量,一日成消損。〔小旦〕春光明媚,何妨游目騁懷。〔旦〕浮生幾度,春去如塵,流水三分夢七分。【眉】棄家遠游,樂而忘返者真别有肺腸。〔小旦〕這幾日姊夫,又該有書信到哩。〔旦〕便算是,游魚江上能傳信;保不定,片石山頭欲化魂;茫茫恨,似蘼蕪經雨一番新。〔小旦〕還是借詩畫消遣則箇。〔旦〕寫將來,都是愁根;畫將來,都是啼痕,勾不盡傷心本。【眉】誰人意中無一是處?誰能如此透發?

〔貼携風箏上〕焚香坐處人如玉,拾翠歸來汗欲珠。小姐和娘子都在這裏悶坐,如此春光何不出去散蕩一回?〔旦〕半日不見你從那裏回來?〔貼〕剛才和姊妹們在後園放風箏頑耍。〔小旦〕好呀,姊姊在此納悶,你們倒去快活,手中還帶着箇風箏,難道放的不够?〔貼笑介〕小婢看這風箏雖是扎的齊整,只少了幾箇字兒,終欠雅致,要求娘子和小姐,添上幾句新詩,豈不更好?〔小旦〕這癡丫頭,倒會想方兒作弄人,待我看是甚麼故事。〔接風箏介〕原來是箇明妃出塞圖,這翦裁倒也精巧,題目倒還新鮮。姊姊你看這風箏呵——

【前腔】游絲蕩夕曛,片影開朝暈。一紙玲瓏,絕妙丹青本。【眉】寫風箏如畫。想姊姊這般才貌,蓋世無雙,若與明妃同時,正不知誰瑜誰亮,生難見古人見今人，真箇是生長明妃尚有村。【眉】粘合無痕。姊姊久不作詩，何不將就題上幾句？好教你畫圖替寫春風恨，只算是環佩重招夜月魂，賡清韻，把從前窠臼盡翻新。就是姊姊的詩篇，人間都已傳誦，只沒有傳到天上，如今正好叫他帶去哩！一條絲送上青雲，一篇詩寄與天門，怕上界輶軒問。【眉】奇想天開，百思不到。

〔旦〕既是賢妹雅興，待愚姊做箇原唱，以爲拋磚之引。〔貼喜介〕這才有趣，待慶雲磨起墨來。〔小旦置風箏桌上介〕姊姊不須起稿，就請題在上面。〔旦〕賢妹，我想明妃一代佳人，身埋異域，好不可憐也呵！〔旦題旦唱介〕

【前腔】身蒙萬里塵，曲譜千秋憤。你彈碎琵琶去向青天問，可笑當時那些將帥，難道竟無一人可以破敵？必待女子和戎，邊烽照暮雲，甚官軍、大纛高牙避戰氛？明妃呀，明妃，我爲你胭脂和淚書長恨，誰信道枕蓆平戎借美人。【眉】此曲正籠全部，哀響遠結。〔作寫畢介〕詩已脫稿，請賢妹點定。〔小旦看介〕姊姊真捷才也。〔念介〕〔本詩錄四首之一〕"自悔無金與畫工，紫臺一去類翩鴻。人情大抵多翻覆，只合高寒傍月宮。"妙呀，纏綿淒宛，感生言外，何憂思之深也？〔旦〕悲紅粉，狼烟堆裏葬羅裙。月荒荒一騎秋魂，草茫茫一垛秋墳，鑄錯了鴛鴦印。

〔丑急上〕忙將流寇信，報與美人知。小姐們，禍事到了。〔旦、小旦驚〕甚麼事大驚小怪？〔丑〕方才送張柳娘、李花兒到門首去，只聽見街坊上人紛紛傳說，甚麼耿王造反，差一箇姓徐的將官，殺到浙東溫處地面，破了好些州縣，連那座處州府城，已都送與賊手，看來此間也保不住，小姐怎生主見？〔旦小旦〕哎喲，這便如何是好？！

【前腔】憑空起陣雲，忽地來邊信，萬緒倉皇急切難安頓。〔小旦〕事在危急，姊姊不如同了妹子，逃往嘉興去罷。鴛湖且泛春，避秦氛，尋取桃花好問津。〔旦〕先人廬墓所在，爲姊的誓當死守家門，況官人遠出未歸，亦須等他回來，再圖長策。此間危地，妹子不宜久留，即當雇船送你回去，只望你干戈早脫魚龍陣，只怕我金粉難留蛺蝶裙。〔同掩泣介〕〔旦〕妹子，快和你收拾箱籠去罷。〔攜小旦手介〕我與你今後呵，〔合〕腸迴可似風箏綫，斷去無根，未分離已是傷神,便生離已是消魂,況後會難憑準。【眉】筆外有筆,真是靈光四照。

〔旦小旦下〕〔貼〕喂!好妹子,千萬央求你家小姐,若是回去,帶挈我們一同逃難才好。〔丑〕這都是你不好,甚麼昭君和番不和番,如今果然反來了,且看你做箇昭君。〔取風箏介〕喏喏喏,這就是你的小照,明兒我送你和番去!〔貼啐介〕你去罷!〔丑〕你喜歡美人,這就是美人的榜樣,你去你去……〔諢下〕

〔貼〕讖寫明妃一綫春,戰雲莽莽起風塵。

〔合〕漢庭料得無飛將,只合平戎借美人。

遣　援 第八齣

〔末戎裝上〕五花寶馬七星刀。〔小生掛須戎裝上〕同向春風掛戰袍。〔末〕絕塞功名思衛霍。〔小生〕中軍籌劃仗蕭曹。〔末〕俺衢州鎮總兵李榮是也。〔小生〕俺副將陳世凱是也。〔合〕請了！〔末〕我等奉總督李大人之命，檄調前來，不知有何將令，只索轅門伺候！〔暫下〕〔隊子中軍引外上〕

【仙呂入雙調　二犯江兒水】 妖氛如瘴，掃不盡妖氛如瘴。籌邊樓上望，算瘡夷滿地，慚愧封疆，爲憂時愁鬢蒼。下官李之芳，今因耿逆倡亂，徐尚朝兵犯浙東，溫、處州皆相繼失陷，已檄調總兵李榮、副將陳世凱，帶兵前來，相幾援剿，敢待到也？〔末上〕鳶肩飛食肉。〔小生上〕馬革誓捐軀。〔同進見介〕大人在上，末將打恭。〔外〕二位將軍少禮。〔末小生〕大人鈞令，有何差遣？〔外〕賊將徐尚朝舉兵犯浙，屢陷城池，目下敵勢方張，大兵未集。特邀公等前來協同援剿，以防滋蔓。凤知二公忠勇，須索努力一行者。整備射天狼，男兒氣激昂，用箭須長，擒賊須王，褒公鄂公鬚戟張。**【眉】** 蒼健。付你令箭二枝，即日領兵赴援，須要小心。〔末小生〕得令。〔外〕眼望捷旌旗，耳聽好消息，分付掩門。〔下〕〔隊子中軍隨下〕〔小生〕賊兵勢大，將軍當以何策破之？〔末〕那徐尚朝犯浙江以來，未逢勁敵，將驕兵惰，視若無人。若我等并力向前，其鋒必挫。〔小生〕將軍所見極是，定當決一死戰。〔同向內介〕衆將官，各各嚴裝飽食，隨俺出征者。〔內哄應介〕〔末、小生〕英雄一雙，試看取英雄一雙。龍城飛將，試看取龍城飛將。要顯的老南雷百倍強！

〔下。副淨、淨、小淨戎裝領兵上〕

【前腔】 沿途劫搶，一處處沿途劫搶，骷髏隨意葬，有愁蕪恨草，替你收藏，舊河山新戰場。〔副淨〕俺徐尚朝，奉耿王之命，攻打浙東，誘降了好些州縣，以軍功昇授都督，現聞李總督差了總兵李榮、副將陳世凱前來迎戰，左右誰與俺擒此二將？〔淨小淨〕末將願往。〔副淨〕須要在意，俺統大兵隨後接應便了。〔衆合〕戰鼓急漁陽，旌旗蔽日光，水泛扶桑，火焰崑岡。殺得他神號鬼啼聞上蒼！**【眉】** 怒濤出峽。〔同下〕〔末、小生各領兵上〕前面已是賊營，衆軍士奮勇殺向前去。〔衆喊殺，淨、小淨領兵上，迎戰介〕〔淨、小淨戰敗，末、小生追下〕〔副净領兵上〕前面喊殺連天,不知勝敗如何。〔净、小净逃上,見副净介〕哎唷唷,了不得! 來將兇勇,不能取勝。〔副净〕有俺大兵在此,待他追來和你混戰一場便了!〔末、小生追上〕〔净、小净接戰,末殺净,小生殺小净介〕〔副净引兵混戰敗下〕〔末、小生追下〕〔副净引敗兵急上〕敗了敗了! 用兵半年,未逢勁敵,不想今朝碰着兩箇魔王,傷我兩員大將,只索退守老營,與軍師商議,且待添兵益將,再圖進取,衆將們快走快走!〔同奔下〕〔末小生引兵上〕賊已遠遁,其勢尚盛,未可窮追,就此收兵回營去者。兵雄士强,一箇箇兵雄士强。鐃歌聲響,一箇箇鐃歌聲響,待救取衆生靈,脱虎狼。

〔末〕無知小丑忽跳梁,〔小生〕嵎負公然恃暴强。

〔合〕釜底游魂終獻馘,會看弧矢射天狼。

〔下〕

別　素 第九齣

〔旦引貼上〕

【北中呂　粉蝶兒】春斷驪歌，萬重愁亂山堆垜，玉臺人已悵離多。不情風、催夢雨，更攪散素心花朵，恨茫茫瀉淚成河，急煎煎送行如火。**【眉】**曲折盡致。

奴家自從夫壻遠游，已是迴腸百結。虧了素聞妹子，閨房相伴，權度愁年。不意寇焰猖狂，鄰封告警，這裏永康地面，本無城池可守，且係金處要道，危在旦夕。奴家生爲徐氏婦，死爲徐氏鬼，斷難輕去其家。只是素聞妹子，客居在此，豈可同遭不測。正待打點，送伊回去，恰好他家中差人來接，**【眉】**隨手脫卸，何等簡捷。今日整備送行。你看素妹淚眼盈盈，早則出來也。〔小旦引丑上〕

【南泣顏回】隨意畫雙蛾，兩點愁痕煙鎖。吟詩留別，邊聲忽入悲歌。溪橋細柳送行人，一任花顛簸。莽分開紅粉連枝，怕回看赤眉戰火。**【眉】**亦深細亦悲壯，寫得面面有情。

姊姊，妹子今日回家，任姊姊獨居危地，其實放心不下。不如同去，暫時躲避的爲是。〔丑〕好呀，大小姐同去，熱鬧熱鬧。等這幾箇毛賊退了，依舊同來，豈不是好？〔貼〕娘子，你看左近人家，都要整備逃難，不要太拘執了！〔旦〕你們那裏知道，賢妹你只顧放心前去。設有不測，爲姊的自有主張，無須過慮。

【北石榴花】難爲你，意拳拳，相約泛烟波。爭奈是，夫壻渺關河。俺這裏，生生死死且由他，浮生原是寄瘦骨，尚堪磨。但願你，順風吹。但願你，順風吹。行裝水陸都停妥，平安信息早來問我。若是官人回來，同舟奉訪也未可知。只待的阮郎歸，只待的阮郎歸，或買箇桃源舸。但未識，將來身世竟如何？**【眉】**一片白描，琵琶神境。

〔淚介〕〔小旦同泣介〕姊姊，奴與你耳鬢厮磨，愛逾骨肉，今日亂離分手，後會何時？兀的不痛殺人也呵——

【南泣顏回】歡娛歲月易蹉跎，不是分離還可，伯勞西去，東飛燕子如何。未來已往一椿椿，事向心頭過，有情人知己無多，可憐人別恨偏磨。**【眉】**情如轉環，百感駢集。千古至言，千古恨事。

〔旦〕萬緒茫茫，一時從何説起，倒不如早些分手，也免的掛肚牽腸。瑞月，你小姐的衣服箱櫳可曾交付停妥？〔丑〕已交付我家來人，安放停妥了。〔旦〕如此備轎伺候。〔丑〕轎子即刻就到。〔小旦〕姊姊，妹子去後，倘或寇焰日深，兵火之中，難分玉石，姊姊務須見機而作，切勿勾留！〔旦〕賢妹，瓦全玉碎，事有前因，泰山鴻毛，思之已熟，想今後呵——

【北上小樓】 倘遇着星星的昆明火，便做箇飄飄的天上蛾。**【眉】** 烈影。注定俺長恨如河，苦運如荼，薄命如羅。只留些剩墨零香，只留些剩墨零香，殘詩碎錦，斷腸功課，問身後誰人憐我？！**【眉】** 黯然可憐，讀之令人酸鼻。

〔大哭，衆同哭介〕〔小旦〕事不至此，姊姊且免傷心，再圖良會。〔旦〕賢妹此行，無可爲贈，只有迴文鏡箔一方，是奴親手所織，名曰《同心梔子圖》。其間詩句，縱橫往復讀之，皆可成文。從前原是寄懷賢妹而作，只因鱗鴻無便，留至如今，物雖不珍，聊申別意。〔出鏡箔遞小旦介〕燈頭簾底，如念舊人，將此展玩一番。〔嗚咽介〕就算我姊妹相見之時了。**【眉】** 猿聲出峽。〔小旦展箔介〕姊姊才逾蘇蕙，贈比隨珠，自當懷袖珍藏，爲異日相逢之券，看這鏡箔呵——

【南撲燈蛾】 羨迴文聰明絶世無，問同心團圓甚時可。情切切一絲循環引，意綿綿繭衣絨唾，影輝輝芳心共照，碧沉沉鏡水莫生波，灩生生妝臺展玩，思迢迢，推開明月憶嫦娥。**【眉】** 假物言情，語語雙關，刻劃無迹。

〔副凈老家人上〕邊愁生畫角，離夢隔蒼山。〔見小旦介〕僕夫候久，請小姐早些起程罷。〔旦〕賢妹，現值用兵之時，一路早行早歇，務須格外謹慎，勿再流連，就此送行哩！〔小旦〕姊姊，再四催逼，只得告辭了！〔同泣拜介〕〔丑〕姊姊，我那箇風筝你替我收着，明年還要來放哩！〔貼〕虧你硬心腸，丟着我們真箇去了！〔同丑哭介〕〔旦〕

【南尾聲】 從今單剩凄涼我！〔小旦〕我九曲腸如織錦梭。**【眉】** 巧映。〔作出門上轎介〕妹子去也！〔旦〕前途珍重！〔合〕還只怕滿地烽烟音信左！**【眉】** 隨收隨逗，全部一貫。

〔旦〕強斟別酒唱驪歌，淚眼相看喚奈何？

縱使此生重捧袂，不知何日靖干戈？

〔旦引貼，小旦引丑、副凈，各掩淚分下〕

旅　病 第十齣

〔小丑上〕〔如夢令〕房屋時時打掃,酒飯般般公道,迎送往來人,各樣形容討俏。休笑休笑,見了銀錢便好。【眉】滔滔皆是。自家,招商店中一箇小二便是。前幾日有箇姓徐的秀才,帶了箇老家人來此安歇,不想忽然病了,不能趕路。連日未見輕鬆,今朝天氣晴和,且喚那老頭兒,扶他出來,也好散蕩散蕩。〔向內介〕喂!老人家,這般好天,也該請你相公外邊來散散心兒,終日睡在房中,可不悶壞了。〔末內應介〕店家說得是,待我慢慢地扶他出來。你有買賣,不消在此照顧。〔小丑〕如此你小心些,正是易看春色老,難遣旅人愁。〔下〕〔末扶生病裝上〕相公看子細。〔生〕

【南呂過曲　一江風】夢飄零,不許絲魂定,非睡還非醒。【眉】病態可想。〔伏案坐介〕我徐明英,自與娘子分手出門,幸多說項之人,權作依劉之計,棲身蓮幕,不覺經年。近聞耿精忠倡亂閩中,連兵犯浙,前與娘子戲言,曾經慮及此變,因而急急打點回家,【眉】回顧有情。不想行至中途,陡然患病,狼狽萬分,只得暫留客店將養。無奈數日以來,漸加沉重,這便如何是好?〔末〕相公畢竟是何病原?〔生〕咳,旅游人一半風霜一半是傷心症。【眉】真境。〔末〕相公呵,憐伊太瘦生,憐伊太瘦生。但寬懷,病自輕,切不可無事尋悲哽!【眉】至言。

〔生〕蒼頭,我娘子寄來的那些詩札,你隨便取一封來,【眉】補筆。待我展閱一番。〔末〕相公病體還該靜養些兒,等好了再看罷。〔生〕我心中煩悶,借此消遣,你快去取來。〔末取書付介〕相公,詩札在此。〔生展看介〕這是首五言律句。〔念介本詩〕"落葉颼颼裹,秋燈怯影單。此時瞻遠道,愈覺路漫漫。風雪貂裘敝,關山馬足寒。朦朧憐淡月,兩地但同看。"〔淚介〕你看情真語摯,無限悲腸,使人讀之酸鼻。哎喲,娘子呵!

【前腔】你字零星,淚共脂痕凝,只望我歸期定,悔當初不合輕離,苦了你紅顏命。〔末〕相公何必悲傷,等病好些便可回家了。綿綿兩地情,綿綿兩地情,盼團圓月漸盈,不到得鸞飄鳳泊、萍和梗。【眉】反頓。

〔生〕蒼頭,我昨夜三更忽得一夢。〔末〕夢見些甚麼來?〔生〕我夢到家中,正和娘子看那樓前的杏花。忽然一陣狂風，把這杏樹無端吹折，【眉】隨手挽合，亦幻亦真。想我正在病中，得此惡兆，多分是凶多吉少？〔末〕自古道日有所思，夜有所夢，這是相公繫念家中所致，不足爲準。〔生〕蒼頭，你那裏知道呵——

【繡帶兒】這瓊林種，是年時管領當初，親手栽成，倚妝樓點染東風，似我伉儷娉婷。【眉】餘波綺旎。今乃憑空摧折，顯係不祥之兆，分明五更斷送春夢影，活現出銷魂情景。〔泣介〕〔末〕相公休得傷感，事迷茫何曾有憑？或者要倚雲開，是登科先證？【眉】慰藉語，天然雅切，口角如生。

〔外、小生、難民上〕〔外〕願爲太平犬。〔小生〕莫作亂離人。一路奔波，好生勞頓，這裏有座客店，權且投宿，明日再行。〔外〕説得有理，一同進去。〔叫介〕店家有麼？〔小丑上〕來了來了，今朝生意好，又有客人到，二位客官何來？〔外、小生〕我們是處州逃難來的，特來投宿。〔小丑〕上房俱已住滿，只有一間堆柴草的小屋子，不便有屈。〔外、小生〕我們落難之人，將就些也就罷了。〔小丑〕既如此，待我去打掃乾净，方好進去。〔外、小生〕快些快些。〔小丑應下〕〔生〕呀，蒼頭，你聽外邊人語嘈囃，都是同鄉聲口，他説處州逃難來的，好生惶惑，你快去請他進來問箇明白。〔末應出見介〕二位客官，可是處州來的？〔外、小生〕正是。〔末〕如此我們也算鄉親了，俺家主是個永康縣秀才，病在裏邊，方才聞得諸位言語，有話動問，特來相請。〔外〕既是同鄉，就見見何妨。〔末〕勞動了。〔外、小生〕好説。〔隨末見生介〕客官問訊了。〔生〕賤軀抱病，恕不奉揖，敢問府居何處，因甚逃難至此？〔外、小生〕鄉親你還不知麼？現在耿逆造反，遣徐尚朝攻打浙東溫、處一帶，失陷無數州縣，連這處州府城都已送掉。賊兵到處劫掠，百姓大半逃亡。我們都是處州人氏，只得棄家而上。〔生驚立，復倒坐，末扶住介〕〔生〕哎喲，有、有、有這等事？這還了得！那些守城將士何在？〔外、小生〕你還説腐話哩！【眉】言外慨然。

【前腔】承平日，看駿馬高車馳騁，誰知無益蒼生。遇烽烟未戰先逃，賊來但有空城。【眉】閒者足戒。〔生〕我那永康地面可能保得住麼？〔外、小生〕我們逃的時節，貴縣尚然無恙，只是賊焰方張，大勢必不能保，刀兵疾，風掃葉，來勢猛。便直到金華不定。【眉】意到筆隨。〔生驚哭介〕不、不好了，唬死我也！〔小丑内叫介〕請二位客人，這裏安歇。〔外、小生〕行路辛苦，且將養則箇，少停再談罷。〔拱手急下〕〔生〕蒼頭，聽他説來，我家斷然不保！【大哭介】哎喲，不知娘子如何結果？兀的不痛殺我也！倉猝裏漁陽鼓聲，怕做了石濠村的夫妻行徑。【眉】緊注下文。

〔哭暈介〕〔末扶生叫介〕呵呀，相公醒來，身體要緊！〔生開眼斜視，作欷歔介〕蒼頭，我這夢兒真箇要應驗了！咳！這、這都是自家不謹，平白地撇了娘子出門，如今遇着亂離，彼此不能相顧，〔哭介〕都分是不能相見的了。〔末淚介〕〔生〕

【三學士】我一寸肝腸百寸迸，天涯憔悴殘生。【眉】悲咽。那日娘子送我出門，百般難舍，不想竟成長別。只怕我捐軀先向泉臺等，料得你同穴還尋地下盟。我那娘子呵，活着分離身後并，千秋恨換取萬古情。【眉】沉痛。

〔末〕相公不必過慟，或者傳聞太過，也未可知。

【尾聲】謾傷情，聊安命，還是扶到房中去養息養息，且待病好再作道理。〔生〕怕連枝花影各飄零。〔合〕怎能得倒瀉銀河洗甲兵。【眉】逗下《霧捷》。

〔生〕茂陵多病馬長卿，落魄江湖悔此行。

　　　回首烽烟遮故國，白頭吟罷若爲情。

桃溪雪卷下

慟 訃 第十一齣

〔旦引貼上〕

【越調過曲　小桃紅】冰奩如月照相思，灑不盡無聊淚也。我畫樓孤憑。玉郎歸信尚無期，愁命運各樣酸淒。**【眉】**來脈淒遠。我吳絳雪自與素妹話別，日日想望官人回家，誰知一月以來，竟無音信。目下溫處各屬，俱遭兵亂，這永康朝夕不保。想官人與我那樣恩愛，難道竟把奴家丟掉不成？〔淚介〕看看這，陣雲飛、羽書馳，亂離人知道生和死也，問誰來勉强留伊，難道是杜鵑聲偏不向客中啼？**【眉】**淋漓宛轉。

〔貼〕娘子，你昨夜睡夢之中，忽然喜笑，醒後依然嗟嘆，却是爲何？〔旦〕咳，那是癡夢接到官人書信，説道即日回家，與我商量退兵之策，保全闔邑生民，你想好笑不好笑？〔貼〕官人去後，音信不斷，近日必然聽見浙東寇信，已經料理回家，所以連信都沒有了。

【下山虎】匆匆行李，星夜奔馳，定作還家計。魚沉雁遲，待面訴衷腸，何煩書紙？**【眉】**娓娓入情，純是化境。〔旦〕慶雲，我這幾日來，心驚肉跳，坐卧難安，教人好生惶惑。〔貼〕這是娘子憂愁所致，別無他故。你心病還將心藥醫。娘子不要納悶，且和你門首去望望，或是官人今日回來，也説不定。兩處愁誰與寄，一處愁他未知。〔同旦行介〕芳草門前地，當初餞離。〔合〕但願你綠送歸鞍慰所思。**【眉】**寫思婦情景語語可憐，閱至此安得不哭。

〔同下〕〔末急行上〕走呀！

【五韻美】兩登程，單回里，悲腸糾葛無從理，看故園山點點，恨中起。**【眉】**自《送外》至本齣起，六字該括，真有千鈞之力。天有不測風雲，人有旦夕禍福。我家相公在中途得病，指望他漸漸痊好同轉家門，誰知醫藥無靈。〔頓足哭介〕哎喲竟爾不起！老奴只得將後事料理完畢，須索趲回家中，報與娘子知道！〔行介〕我那相公呵，你歸來夢裏，怕驛路迷茫難記，顔年夭，廣數奇，何不把無用衰奴替他一死！【眉】沉痛至此。來此已是家門，待我扣他幾下。〔扣門介〕裏面有人麼？〔旦引貼上〕這不是官人去的路麼？【眉】一字一淚。

【五般宜】前日個送行踪院花亂飛，今日個尋去迹樹鴉亂啼。〔末又扣介〕快些開門！〔旦〕呀，誰？到此剥啄響朱扉？外邊何人扣門快去看來！〔貼〕待我開門看去，莫不是千喜萬喜那人歸矣？葳蕤未啓先來問你。【眉】人情活現。是那個敲門？〔末〕是我蒼頭回來了！〔貼開門喜介〕果然回來了！這真是想不到的機緣巧，相逢行旅至。【眉】盡力頓足。

呀，相公在那裏？〔末〕呀主母在那裏？【眉】兩面張皇，情景逼肖。〔貼〕那裏站的不是麼？〔末見，叩頭介〕主母在上，老奴萬死！〔旦〕蒼頭來了，爲何如此慌張？相公怎生不見？〔末〕哎喲，主母不、不好了！〔旦貼驚介〕便怎麼了？快快説來！〔末〕相公出門後，從前的事家信中自然明白。【眉】補筆即是省筆。〔旦〕這就不用説了，後來便怎麼？〔末〕後來相公聞得浙東寇警，就和老奴急急打點回來。

【山麻楷】忙檢點歸鄉里，恨不得插翅飛行，火急星馳。〔旦、貼〕這就是了！〔末〕不料行至中途，忽然患病，好生狼狽！〔旦〕就該尋個寓所，將養才是。〔末〕難醫，可憐他沈郎逐漸腰支細，那病勢正在沉重，不想剛剛來了一起處州的難民，説是此間各處，俱遭兵劫，這永康地面斷然不保。我相公一聞此信，又驚又痛，好生憂急，那病就越發危篤了，竟撒了人間身世，天涯主僕、夢裏夫妻！

〔哭介〕可憐病不上數日，竟、竟是歸天去了！〔旦驚慟介〕哎喲，痛死我也！〔哭暈，貼泣扶介〕娘子蘇醒！〔末搔首無措介〕不不不好了！這便如何是好？主母你是死不得的，快快醒來罷！〔旦哭介〕哎喲，我的官人呵！〔低唱介〕

【黑麻令】俺與你魂依夢依，誰信道生離死離，盼不到星期月期，只指望舉案相莊，翻做了眉齊恨齊。罷罷罷，人生到此，還有何望？不如舍却殘生，了此苦命！〔欲撞死，貼哭扶介〕娘子不可如此！〔末〕哎喲，主母啊！相公身後，奉祀無人，況且靈柩尚未歸葬，還求主母保重，摒擋大事才是，切不可造次輕生。〔旦〕説甚麼無兒有兒，不能夠聞伊見伊，便從今哭倒長城，還怕有神啼鬼啼！【眉】淚泉涌地，悲音激天。

相公靈柩現在何處？〔末〕還在店中安放。〔旦哽咽介〕明日將我衣飾折變，作爲路費，你可速速前去扶歸安葬。〔末〕老奴理會得。〔旦〕蒼頭呵——

【江神子】你不肯同他活着歸，還望你死後扶持。剩下的斷腸零墨殘詩并淚痕，洗過的舊征衣。都要細細檢點不可遺失，要各件當生還料理。**【眉】**言外有怨，意愈形婉，痛至情至，字字腸斷。

〔同哭〕〔末泣應介〕老奴——領命，明日就去便了。〔貼扶旦介〕娘子，我扶你裏邊去坐。〔旦哭介〕我那官人呵——

【尾聲】絲魂飄漾知何地，待剪紙招他來祭。〔同哭介〕〔旦〕且守着未破的危城，權時等待你。**【眉】**緊接下折。

〔旦〕何堪忍死强支持，留得芳魂細一絲。

但願鴛鴦能共穴，秋墳同唱鮑家詩。

〔同泣下〕

寇 逼 第十二齣

〔卒子、丑引副净上〕

【越調過曲 水底魚兒】陷陣摧鋒,區區第一功。凌煙閣上,將來畫喜容,將來畫喜容。

俺徐尚朝,自從浙東進兵以來,所過城池,摧陷無數,叵耐這李總兵,遣將李榮、陳世凱,前來救援,與他決戰,倒反折了一陣,傷我兩員大將,現在集兵五萬,再整軍威。一面遣蕭瞎子攻打縉雲,陳蘭花攻打宣平;一面請馮公輔帶兵協助,等他到來,共議進兵之策。〔丑〕今日袖占一課,乃是猛虎出林,馮將軍敢就來也!〔卒子引净上〕

【前腔】合戰連攻,兵來草木風。兩蛟共穴,波濤起萬重,波濤起萬重。

俺馮公輔,耿王授爲總兵之職,命與徐尚朝合兵進取。來此已是營門,軍士們通報。〔卒禀介〕馮將軍到!〔副净〕快請相見。〔同丑迎,見净,照常施禮畢〕〔副净中坐,丑、净東西坐介〕〔净〕現聞朝廷調遣大兵,前來征剿,未識將軍怎生迎敵?〔副净〕將軍有何高見?〔净〕末將一介武夫,還請軍師從長計議。〔丑〕竊聞用兵之道,先占地勢爲上,此間離金華府城不遠,距城一舍,有座積道山,拾級六百五,折行三十七,乃是天生險隘。若得移營山上,周圍環以木城,安置礌石,列兵屯札,退可以守寨栅,進可以取府城。好在登高視下,敵之虛實了然,雖有雄兵,急切難近,此以守代戰,以逸代勞之計,未識二位將軍,以爲何如?〔副净〕軍師所見極是,且待蕭瞎子、陳蘭花回來,着他引兵前導,一同進兵便了。〔小丑、老旦上〕

【前腔】畫鼓三通,沿城戰火紅,無分玉石,消磨一網中,消磨一網中。

〔入見介〕某等聞都督將令,攻陷縉雲、宣平,特來繳令。〔副净〕記功候賞,你們所掠金銀婦女共有多少?〔小丑、老旦〕金銀倒還有些,那婦女都已逃光,剩下的俱是老丑不中用的,故而沒有擒來。〔副净〕這都是你們屠戮太過,致令望風先逃,得了空城,也是沒趣。如今定下軍令,所到之處若能供獻美人,便不許妄殺百姓。一則是騙他幾個婦女,二則也是收拾人心的方法。**【眉】**聯絡有情。與我傳令各營,違者軍法從事!〔老旦、小丑〕得令!〔副净〕現擬移營積道山上,不知從那條路進兵?〔老旦、小丑〕永康是個要道,不若順勢先取永康,然後次第進發。〔副净〕如此就命你二人,進兵前導,一同拔寨起行者。〔衆哄應,各引介〕〔合〕

【前腔】疾捲長虹,營移萬馬風。桃花溪上誰人劫數中?誰人劫數中?【眉】逐漸逼入。

〔副净〕美人能獻便和戎,〔丑〕收拾人心勝戰功。

〔丑〕　寇盜誰云不淫掠,〔合〕垂涎先取浙西東。

〔同繞場吶喊下〕

紳　哄 第十三齣

〔外、小生、貼、小旦、雜扮男婦急奔上〕哎喲不好了，快逃命呵！〔合〕

【中呂　四邊靜】脚根無綫隨風旋，不敢回頭戀。【眉】活畫急迫之狀。各樣盡丟開，殘生且逃免。〔外〕我等都是永康縣中的百姓，可恨賊將徐尚朝領兵數萬，蜂擁而來，唬得我們家室不能相保，好不可憐！〔衆〕聞得李總督，時時遣將救援，爲何賊勢這等猖狂？〔外〕現在溫、處各路俱有賊兵，官軍顧此失彼，總得朝廷大兵合剿方能撲滅，【眉】隨補隨伏，具見筆法。我們只得暫時躲避爲是。〔衆〕如此快走呵！〔合〕淚兒花濺，命兒草賤，死別亦尋常，生還再相見！【眉】死別反言尋常，純是杜詩筆意。

〔同奔下〕〔末補服，雜門子隨上〕

【前腔】河陽本是栽花縣，甚方兒可防變？兵喫太平糧，官守刑錢卷。【眉】州縣情形，盡此二語。下官永康縣令是也！寇兵突至，合境張惶，那些城守兵丁，本是糧浮於額，亦且寡不敵多。下官死固當然，可憐百姓何辜，同遭荼毒，因此思量無計。只得邀請地方紳士共議退兵之策。〔嘆介〕咳！文臣武弁，恩深報淺，無策撫瘡痍，沾巾淚空泫。【眉】居官者安可無是心，安得從有是心。

左右，紳士到來，即便通報。〔雜〕是。〔净、副净、丑、小净袍掛搖扇擺蹌上〕【眉】描摹入情，映帶六月。

【前腔】從來見慣官場面，儀貌無須演，頂帶想頭銜，姓名看京片。〔副净〕俺趙得璜。〔净〕俺錢有神。〔丑〕俺孫小侯。〔小净〕俺李伯清。〔副净〕我等俱是本地數一數二的紳士，不但永康縣裏推尊，兼且百家姓上高座，今日縣中請我們議事，來此已是宅門。〔叫介〕門上有人麼？〔雜〕是那個？〔衆各出帖介〕名帖在此，相煩通報。〔雜〕請少待。〔轉稟介〕啓太爺，衆紳士拜會。〔末〕説我出迎。〔雜〕太爺出迎！〔末接見副等，打恭作趨蹌介〕〔照常施禮畢〕〔末〕列位請坐。〔衆〕不敢，老父台請。〔末〕休得過謙，坐了好講話。〔衆〕如此告坐了。〔分賓主坐介〕〔衆〕父台呵，多時不見，好生記念，屢欲問臺安，非公不至偃。【眉】脫口如生，元人手筆。

〔末〕無事不敢有勞，只因賊兵犯境，勢甚危急。特請諸公到此，共籌良策，以救蒼生，不知有何見教。〔副淨〕區區的老祖宗在宋朝做了皇帝何等威風，【眉】奇想。後來遇了金兵，與他厮戰不過，畢竟講和了方罷。據學生看來，到底守家祖成法，以和爲上。〔淨〕請教怎生和法？〔副淨〕

【前腔】營門納款把將軍見，叩請開方便。牛酒犒諸軍，殺掠庶幾免。〔淨搖手介〕不中用。〔副淨〕怎見得？〔淨〕送些禮物，就想退兵，那裏這等容易。〔副淨〕據你怎麽説？〔淨〕區區這個賤姓，世上無人不喜俺老祖宗，當初做了吳越王，連死過的劉伶也改了個金姓，無非是艷羨敝姓，就是附庸半邊也好，如今若要講和，必須多送錢財方才有濟。母錢成串，子錢休算，君不見有錢笑口開，無錢英氣短。【眉】可笑可慨，千古一轍。

〔丑搖頭介〕非也，公等長人志氣，滅盡威風，學生的老祖宗行者公，【眉】愈出愈奇。他從水簾洞出來，仗着一條棍棒，就是那些天兵，也要和他厮殺一場，諒這幾個毛賊，有何本領，值得那樣懼怕？

【前腔】毫毛拔去虛空變，跑馬雲中戰。這五萬賊頭顧，看來草一半。【眉】行文至此真有筆歌墨舞之樂。〔小淨〕孫兄是主戰。〔丑〕主戰。〔小淨〕請。〔丑〕請那裏？〔小淨〕請戰去。〔丑〕點兵來。〔小淨〕兵有百餘名。〔丑〕將呢？〔小淨〕將無兩三個。〔丑怕介〕這是學生的性命要緊。〔末〕李兄高見如何？〔小淨〕學生的老祖宗是個唐明皇，【眉】看他漸漸引入一片化機。他年少時節好不英明，後來寵了楊玉環，天下大事一概不管，幾乎把兩京都丟了。如今看那徐尚朝也是個好色之徒，他定下一個軍令，説是所到之處如能獻出美人，免其屠戮。何不將計就計，送些美人與他，倒可救得一方之厄。父台呵，不須一箭，只消一件，婦人在軍中，兵氣自然散。

〔末〕此計從權應變，還可免强而行。只不知那裏尋取美人？〔副淨〕這倒不消愁得，現有一個才貌兼全，説出來是無人不知的，乃本縣秀才徐明英之妻，姓吳，小字絳雪，現在新寡。若得此人獻去，必然濟事。〔淨丑拍手介〕果然不差！真是有一無二的美人。我們也正想着他哩！〔小淨〕只是聞得此人，性情有些古怪。他孀居以來，屢屢尋死覓活，只怕未必樂從，還得添上幾個二三等的婦人同去才是。〔副淨〕這個不難，我們明日備上轎子，一同到他家中，若是允從便罷，倘或堅執不允，我們人多手多，捆也捆他出來，不怕他插翅飛去。〔末〕此事其實於心不忍，如今要救取一方百姓，只得權從聽議。事不宜遲，就請諸公作速前去。〔眾〕如此，某等告辭了。〔末送介〕請。〔眾打恭別介〕父台請。〔同出介〕〔末〕忍將紅粉投魑魅，欲把蒼生脫虎狼。〔引雜下〕〔副淨〕天色已晚，我等各自回家，明日一早同往徐家便了。〔眾〕正該如此。〔合〕

【前腔】桃花休把東風怨，命薄知難免。辛苦賊中來，省識畫圖面。〔小淨〕這樣妙策若是退得賊兵，我們還該得保舉哩！〔合〕奇才應變，須叨恩典。請看眾鄉紳，賢於師十萬。

〔副淨〕昭君昔且去和番，〔淨〕　事急全虧例可援。

〔丑〕　寇退尚期叨議叙，〔小淨〕官紳朋比妙難言。

〔作得意態同下〕

迫　和 第十四齣

〔旦素服上〕

【三疊引】癡魂已化形猶在，各樣教人没奈，一死忍須臾，因旅櫬歸遲稍待。**【眉】**遥接。

奴家與官人那樣恩情，不合放他遠出，只道韶年正永，後會方長。〔悲介〕哎喲，萬不料一送登程，竟成死別。現因後事未畢，尚滯殘生。前日打發蒼頭，扶柩歸葬。此時還不見到來，咳，這些流淚光陰，斷腸世界，教人怎生活着呵——

【三仙橋】已斷同心寶帶，話團圓不能再，誰知死後，尚程途阻礙。況賊兵正勢大，倘若是殉烽煙，等你歸得我未必在，更誰與葬屍骸，又無兒可交代。前日雖與翠香二姊，乞得一子立爲夫嗣，只是尚在襁褓，知他將來能否成立。〔哭介〕我那官人呵，俺與你好夫妻，今生運乖，便到了冷泉臺，還要把傷心淚灑，一般是可憐人，只恐怕吳絳雪苦命的連害。**【眉】**愈温厚愈沉痛，是《離騷》《小雅》之遺。

〔場上設枯樹〕〔旦〕庭前有株杏樹，是官人親手所種。從前花開的時節，對着他賦詩飲酒好生歡暢，自官人出門以後，奴家時常撫玩，只當見了官人一般，**【眉】**酸語耳不忍聞。如今物在人亡，此樹更應珍惜，不免到庭中去一看。〔見枯樹驚介〕呀，連這杏樹都忽然枯死，教人好痛心也！〔悲介〕

【前腔】一枝春曾受兒夫灌溉，也想着從前恩愛，知道你雨中魂江南不歸，倚墙頭怕蝶蜂浪採，把情根痛楚壞，逐漸的成憔悴，憔悴得枝枯葉改，料定你從此不須開，隨郎到夜臺，慚愧我紅顔尚在。**【眉】**是花是人？是血是淚？淋漓頓挫，奇文至文。曲至此，聖矣。〔大哭介〕杏花呀杏花，你結子便酸懷，猶剩個萌芽替代，只要得栽培起，總是你親生，不似我吳絳雪別移來的支派。**【眉】**是三百篇①，是古樂府，安得不拍案叫絶。

〔貼急上〕忙將意外事，報與可憐人。娘子不好了，外邊來了一起鄉紳，説是本縣太爺着他前來，有要事面見娘子。慶雲攔阻不住，一哄都進來了。〔旦驚介〕這

————————

① 篇，原作“萬”，據文義校改。

是什麼緣故？好生奇怪。〔副净、净、丑、小净全上〕走呀，行行去去，去去行行。這裏是上房門，一同進去。大嫂奉揖了。〔旦〕列位何來，這等倉猝？〔衆〕賊兵壓境，無策可退，我等奉本縣太爺之命，要請大嫂出去，救取合邑生靈！〔旦〕呀，這是那裏説起？

【前腔】恁道是滿眼的蜂屯蟻寨，不忍見生靈被害。臨危制變，做男兒大事須擔戴。**【眉】**鬚眉着眼。我是個女流，有甚用處？不過是未亡人將死耐。〔丑〕老實説罷，只爲你才貌出群，一時無兩，賊將徐尚朝，指名要你，若把大嫂獻了出去，他便禁止殺掠。〔衆〕故爾我等同來奉屈，須索走遭。〔貼驚哭介〕這事如何使得？〔衆〕不要你多嘴，還請大嫂三思。〔旦冷笑介〕原來是這個擺佈。笑群公衮衮臨陣無將才，認了個匪寇的婚姻，教人將難解。〔净、副净〕大嫂若然不去，那賊將何難行兇劫搶，倒反苦了一方百姓。〔小净、丑〕是呀，還得看他百姓分上才好。〔旦〕便不去也没人將奴遮蓋，罷罷，既是爲了一人，殃及百姓，我就拚着這條苦命，挺身前去何妨？〔衆〕好呀！大嫂此去，是合境感戴的。〔貼哭介〕娘子這是斷斷去不得的！〔旦〕便去不妨，我自有道理，你在家中聽信便了。〔貼大哭介〕〔衆〕大嫂既肯前去，事在危急，門前備有轎馬，只索同行。〔貼牽旦衣哭介〕娘子不去的好。〔旦〕事已如此，不必留戀，有一句話囑咐你須要記着。〔貼哭應介〕〔旦〕我夫婿骸骨倘歸來，要築個鴛鴦冢待。**【眉】**悲婉至此，不堪卒讀。〔衆〕大嫂我們快走罷。〔貼牽旦衣不放介〕〔旦欲行回顧介〕慶雲呵，做了你紙鳶兒斷綫去的明妃，算畢了吳絳雪一世的業債。**【眉】**千丈游絲隨風迴繞。

〔衆推貼倒地，擁旦下〕〔貼哭叫介〕哎喲，我那娘子呵——

【風帖兒】平地風波將人陷害，萬古千秋把恨淚灑。我想娘子此去，決然守正不污，**【眉】**伏下文綫索，正見平日操持。眼見得送了性命。你看這庭前枯杏，便是先機之兆了，可憐人命花枝同日壞。娘子呵，你何處將屍解，等今宵夢裏來。

〔貼〕暴蝶强蜂驀地來，繽紛眼見好花開。

　　　芳魂料已操成算，今夜尋郎到夜臺。

〔哭下〕

墜 崖 第十五齣

〔淨上〕新式花枝插兩旁，東涂西抹學時妝。〔老旦上〕今朝青鳥傳軍令，昨夜紅鸞照戰場。【眉】奇趣。俺李花兒。〔淨〕俺張柳娘，我二人同在本地後塘衕居住，都是徐家的近鄰。今日徐家嫂子，前去和戎，好個知縣太爺，要把這美人計，救取一方百姓，不想連我這兩品都挑選上了，【眉】自知甚明，尚有我輩登科之愧。也陪着徐嫂子一同前往，難道我們也算個美人不成？〔老旦〕看你面似榴花，眉如桃葉，盡堪充得一頭。〔淨〕就是你腰柳十圍，翹蓮六寸，不可妄自菲薄。〔老旦〕休得混說，你看徐嫂子早策馬來也。〔雜二卒引旦策馬上〕

【北黃鐘　醉花陰】百折千磨事完了，苦塵寰從今休到。【眉】身世了然。〔淨老旦迎見介〕嫂子來了，我們一同前去好不熱鬧哩！〔旦〕你待往森羅殿、奈何橋，去尋他快活消遙，怎知俺孤飛鶴向雲表。【眉】烈志已定。〔淨老旦〕想是你騎馬辛苦，故而要想飛去哩？〔雜〕前面有個驛亭，且去下馬歇息則個。〔旦〕可知俺苦命不堅牢，還有甚好流連怕丟掉。

〔作下馬坐介〕〔儀從引小生末扮文武官上〕

【南畫眉序】敵壘影芳郊，地僻無城戰兵少，嘆干戈力薄粉黛功高。〔見旦介〕美人前往和戎，我們特來送別。幸留下望夫山怨女殘魂，還望你背水陣將軍捷報。君不見玉門關外生青草，終有個後人憑弔。【眉】強作慰語，淒婉欲絕。

〔旦〕列位呵！

【北喜遷鶯】不煩你旁觀嗟悼，也不用別語嘮叨，煎也波熬，有涯生今番可了。〔末小生〕敵將見了美人，必不忍憑空加害。〔旦〕禁聲！怎道是留戀絲魂未肯銷，怎知俺腳跟兒立的牢，不是那望風驚倒。〔末、小生〕美人此去，可有甚言語囑咐？〔旦〕奴有甚言語呵，但願你亂離時正氣休搖，但願你太平時元氣重調。【眉】千古忠臣循吏盡此二語，豈得以詞章目之。

〔末、小生〕前途保重，我們回去也。〔引儀從下〕〔外、丑、小旦、貼扮男婦百姓上〕

【南畫眉序】何必守城濠，有了佳人便堪保。【眉】言外慨然。〔外〕

我等都是本地居民，賊兵殺來，眼見人亡家破，幸得徐家娘子前去和戎，可免刀兵之劫，這是合邑的恩人，大家同去叩送則個。〔衆〕正該如此，前路不遠，快趕一步。〔合〕望垂楊影裏，憔瘦纖腰。〔同見旦泣介〕我那恩人呵，難爲伊胭脂淚灑向蒼生，只怕你環佩魂歸來朱鳥，一人苦楚全家好，還望你他生壽考！【眉】哀感頑艷，其聲動心。

〔同泣介〕〔旦淚介〕列位不用傷感，念奴家呵！

【北出隊子】生就這傷心容貌，難爲你路旁人也將清淚拋。不能够金山戰鼓手中敲，强逼做銅爵春深鎖二喬。【眉】點染生色。〔同哭介〕〔雜〕不要哭了，恐怕主帥等久，快快上馬走罷。〔净〕哭他怎的？到那裏做了個壓寨夫人，還該笑呢！〔老旦〕你休要緊，我們扶了嫂子上馬罷。〔旦上馬欲行介〕列位請自回去。〔外衆〕我們還該送幾步哩。〔旦〕列位這等難别，可憐我骨肉無人送一遭。【眉】醒筆却是補筆，可謂無思不到。

〔策馬下〕〔衆隨下兵從引副净上〕

【南滴溜子】烟塵裏，烟塵裏，榴花艷照。營門外，營門外，鵲聲晴報，恁時蛾眉纔到。俺徐尚朝兵抵永康，官民驚恐，許以美人吴絳雪獻出議和，已命軍士備馬迎取，敢待來也。權將鐵騎收，待看玉人笑。且整備歡筵，把軍士宴犒。【眉】亦是反跌法。

〔雜引旦上〕〔净、老旦隨上〕〔雜〕前面已是營門，趲行一步者。〔旦〕

【北刮地風】哎喲！猛見恁旗展驚風帥字飄。沸悲腸，萬斛秋潮。看陰森不是人間道，慘愁雲羅刹弓刀。【眉】氣如潮涌。〔雜〕到了，請下馬稍待，俺先去通報。〔净老旦扶旦下馬〕〔雜稟介〕啓爺，吴美人到了。〔副净〕着他進見。〔雜傳介〕進來見了將軍！〔旦見副净背立垂淚介〕〔副净看旦驚喜介〕嘖嘖嘖，真個絶世美人，分明神仙下降。只是因何愁眉淚眼？難道有些害怕不成？〔旦〕奴若害怕便不來也。【眉】此種科白極難着筆，妙在無一唐突語。〔副净〕既不害怕，有何悲苦？〔旦〕將軍呵，只爲你破城池、金帛齊鈔，破墳塋、屍骸盡暴，破人家、男婦難逃。看着這戰血飛、怨氣騰，好教俺難尋歡笑。【眉】九天之云下垂，四海之水皆立。〔副净〕原來爲此，如今美人到了，自應禁止殺掠。你可歡歡喜喜與俺成就好事則個。〔旦〕若要奴家從順，須待全師出境，不犯秋毫，離了這永康地面,方可擇吉成禮。〔副净〕這却爲何?〔旦〕保定這故園山,雷霆不許燒,也見的女和戎爲功非小。【眉】慷慨從容,煞有關係,非溝瀆之諒可比。

〔副净〕這有何難?待俺傳令即刻移兵便了!

【南滴滴金】卷長蛇疾走金華道,總不使民間雞犬擾。衆將官分付大小各營,速即拔寨起行,往金華積道山進發,一路不得擾害,違者定按軍法!〔衆哄應介〕得令!〔副净〕擁旌旗只算迎花轎,試聽俺擊征鼙,吹畫角,權當是壽筵開黎園腔調。【眉】忽雜諧語,真是破涕爲笑。美人,俺統大兵前進,你和兩個女伴隨後緩緩而來。軍士們須要緊緊跟隨,小心擁護,提防墜馬要緊。〔二雜〕是。〔副净〕美人,俺先去也!少不得永康人平安保,全仗你菩薩楊枝,把昆明焰銷。【眉】醒正意。

〔引兵從繞場下〕〔二雜〕大兵已去,就請上馬趲行。〔副净、老旦扶旦上馬行介〕〔旦〕

【北四門子】猛可的貔貅萬帳同移竈,挽回你海上奔濤。試看我,亂軍中一現驚鴻爪,弋人羅何處撈?【眉】獨來獨往,旁若無人。〔二雜〕前面便是山路,馬上須要小心。〔旦〕説甚麼山漸高,路漸遥,借取這大王風,吹奴登碧宵。憑着俺主見牢,心膽豪,訴煩冤,九閽須叫。【眉】聲振大宅。

〔同下〕〔雲童引生仙裝上〕

【前鮑老催】浮生夢勞,區區歲月湯火熬,區區氣節山嶽高。【眉】大衆着眼。俺徐明英是也。前生原是蓬萊山中,掌營杏花的仙吏,只因那日有個翠水散仙前來游玩,見了杏花盛開,要折取瓶中供養,就覊了一枝相贈,西王母聞知大怒,道是情同私授,迹涉嫌疑,立將俺二人謫貶人間,作爲夫婦,受種種苦惱。我今劫滿歸真,娘子吳氏千磨百折,合在永康三十里坑墜崖而亡。西王母憐他素志不移,命俺前去接引,同返瑤池。今乃康熙十三年甲寅六月某日,是俺永康庠生徐明英妻吳宗愛殉節之時,【眉】大書特書。則索駕雲前往者。〔衆舞雲行介〕〔生〕待招你苦魂兒,莫流連歸來好。歡朱顔黃土知多少,剩精靈不共骷髏槁,心頭血人間照。【眉】異樣精彩。

〔同下〕〔二雜常馬引旦上,旦、老旦隨上〕〔旦〕

【北水仙子】俺俺俺，俺歸路遥，指指指，指鄉樹濛濛青漸了。〔二雜〕山路漸高，待俺們帶住馬頭，慢慢地上去。〔旦〕上上上，上天梯馬背雲高。〔登高處介〕望望望，望遠曲鵑魂月弔。〔作回望介〕我家門已是望不見了。把把把，把兒郎怨魄招，待待待，待和你同騎黃鶴，恨恨恨，恨姊妹薔薇一半凋。痛痛痛，痛夫妻蘭蕙同時槁，等等等，等覓個乾净土去收梢！【眉】面面都到。

〔欲墜，衆扶住介〕〔雜〕高山立馬，要站穩些的。〔旦〕天氣炎蒸，胸中好生煩燥，幾乎暈下馬來。軍士們，快與我取些茶湯，飲了再走罷。〔二雜〕這裏人烟稀少，却向那裏尋取？〔旦〕若沒有茶湯，斷斷不能走路的了。〔雜〕既如此待，我們分頭尋取。〔向净老旦介〕你二人好生陪伴，不可行動，我們去去就來。〔下〕〔净、老旦〕嫂子，想我們婦人家從沒有軍營裏去頑耍，今晚到那裏見識見識也好，勸你開懷些罷。

【南雙聲子】容顏好，容顏好，須隨意尋歡樂。憂傷老，憂傷老，莫隨處尋煩惱。家鄉杳，家鄉杳，軍營鬧，軍營鬧，且穿他羅綺吃着脂膏。

〔生引雲童暗上〕〔旦〕你們自去受用，怎知俺吳宗愛呵！〔净〕便怎麼呢？〔旦〕

【北尾煞】我劫盡風輪望空笑，〔净〕原該笑的。〔旦〕則待向懸崖撒手逍遥！〔老旦〕落得逍遥。〔旦指介〕你看那邊飛起一片彩雲來了。〔老旦净各望介〕在哪裏在哪裏？〔旦〕我若是再遷延，還等恁時了？【眉】勒得住，結得響，神龍下海，氣足神完。

咳呀，罷罷！〔作投崖死介〕〔生引雲童擁旦下〕〔净〕哎喲不好了！徐嫂子失脚掉下去了！我們快快救他才好。〔老旦〕呀呸，你看這萬丈懸崖，早已跌成肉塊，怎生救得，這便如何是了？〔各驚慌介〕〔二雜携茶上〕不是延年酒，聊充續命湯。美人在那裏？〔净老旦〕美人墜崖死了！〔雜慌介〕這還了得，我們怎生回復將軍？少不得問你兩人要命！〔净〕他自沒福死了，如今我們兩個將就代了他罷。〔雜〕胡說，還不快走！〔净、老旦〕美人墜馬倒。〔二雜〕丑人翻虎跳。〔净、老旦〕把我伴將軍。〔二雜〕無奈他不要。〔净、老旦〕若還沒交卸。〔二雜〕四人命不保。〔净、老旦〕不如逃去做夫妻。〔合〕恰恰配得兩雙好。【眉】一篇正氣歌以游戲作起結，亦文章疏密相間法。〔同〕〔譚下〕

〔净〕懸崖萬丈墜妖嬈，〔老旦〕壓寨夫人無福消。

〔雜〕但恐吾曹難復命，〔合〕　不如賣馬各分逃。

收　骨 第十六齣

〔末上〕

【仙吕　醉扶歸】紙錢風裏魂歸去，蒼涼不似舊村墟，亂後家園有還無，到門越越添疑懼。**【眉】**山川猶昔，人民已非。老奴奉了主母之命，接取相公靈柩，一路回來，聽見沿途傳説，賊兵已陷永康，進屯積道山上。又説什麼獻了一個吳美人與賊將議和，教俺好生疑惑，爲此先將相公靈柩暫寄鄉村古廟，獨自急急奔回探望我家消息。來此已是後塘衚，怎生靜悄悄的？**【眉】**所謂道路傳聞，將信將疑也。不免扣門進去。〔敲介〕快些開門。〔貼上應介〕來了。美人長别杏花枯。〔淚介〕庭前盡是傷心路。**【眉】**是遙接。

〔開門見介〕哎呀你回來了？可曉得娘子信息麼？〔末驚介〕嗯，便怎麼樣？〔貼〕原來你還不知？是從你出門之後，不數日賊兵突至，可恨那些紳士，無計退敵，要想送女和親。那日忽然備了轎馬，蜂擁來家，不由分説，竟……〔咽住介〕〔末〕竟怎麼呢？〔貼〕竟將娘子逼送賊營去了！〔末驚哭介〕哎呀！我那主母，苦死你也。後來便怎樣？〔貼〕我娘子是個女中丈夫，怎肯從賊？！〔末〕是阿！〔貼〕

【醉羅歌】他是梅花枝干無柔懦，任他冰雪煉肌膚。那時行至三十里坑，〔哭介〕竟是墜崖而死，輕雲一片委山隅，瓊瑤碎作珊蝴樹。**【眉】**奇艷。〔末大哭介〕哎喲痛死我也！可憐你生爲怨婦，大孤小孤；死爲烈婦，仙乎鬼乎。早難道人間氣節要裙釵補！**【眉】**奇艷，音激絃外。如今這副屍骸可曾收取？〔貼〕兵亂之際，教俺女孩兒家，怎生去得，正要等你回來一同前往。〔末〕天氣炎蒸，再遲不得。我們快去收殮才是！〔合〕零星骨，忙收取，比着那沙場馬革更歔歔！

〔同下〕〔老旦、丑村婦上〕高山一片月，美人千古心，清光永不滅，照徹萬壑陰。**【眉】**古峭。〔老旦〕我們是這三十里坑村居婦女便是，前日賊兵殺來，把個美人吳絳雪獻去和親，那美人到了這裏，哄着軍士問我們要茶吃，他便墜崖而死，好個烈轟轟的性兒，真是可悲可敬！**【眉】**人具善根，直道未泯。如今這個屍骨，尚在懸崖之下，我們仰賴貞魂，不遭兵劫，也該替他照顧照顧。姐兒你擎着拂子，我帶把扇兒，不許蒼蠅蚊蟲欺負了他，要驅逐才好。**【眉】**點逗六月，涉筆皆奇。〔丑〕媽媽説的不錯,待我上前,你隨後來,不要害怕。〔走到驚介〕嗳唷唷,嚇死我也!〔逃介〕〔老旦〕這丫頭怎生大驚小怪?〔丑〕你看他臉兒就像活的一般,只怕會得跳起來呢!〔老旦〕這是他真氣不散,所以歷久如生。〔丑〕原來如此,我們就在他身旁席地而坐罷。〔同坐地一拂一扇介〕〔末、貼上〕

【醉羅袍】悲風颯颯來平楚,夕烟莽莽起愁蕪。青山寂寞鬼揶揄,哀蟬凄斷無情樹。【眉】陰深凄莽,魂欲出歌。〔末〕此間已是三十里坑,不知死在何處?〔貼〕前面有兩個婦人坐着,問他一聲便知端的。〔問介〕借問二位,前日有個殉難的女屍,可會見否?〔老旦、丑〕這躺着的不是麼?〔末、貼驚認介〕哎呀,果然不錯!〔同哭拜介〕你珍珠淚盡江枯海枯,琉璃雲散神扶鬼扶。【眉】精彩照灼。〔貼〕你看這容貌一些不改。〔合〕是天生容貌將伊誤!

〔老旦、丑〕且慢些哭,請問那位死的,是你們甚麼人?〔末、貼〕是我家主母,請問你二人爲何守在此間?〔老旦、丑〕只因他是個烈婦,死的可憐,這屍骨無人收管,恐防作踐,所以時常在此守護着。〔末、貼哭介〕哎喲,難得二位如此用心,真是感激不盡!〔老旦〕現在天時炎熱,急宜收殮才是。〔末〕我們倉猝前來,不曾帶得棺木,如何是好?〔老旦〕這到不難,老身家中有現存壽具,盡可借用,只是身上都是些血迹,還得抬到屋子裏去,洗抹乾净方可盛殮。〔貼〕這屋子從那裏借去?〔老旦〕也罷,我家間壁有所空房子,那主人逃難未歸,命我看管,索性抬到那裏收殮,豈不是好?【眉】隨手掩映。〔末、貼同泣拜介〕媽媽如此周旋,怎生補報?〔老旦扶介〕你們不可如此,從來忠臣孝子義士烈女就同神明一般,天下無人不該敬重的,【眉】佛口婆心,大衆聽者。這點點兒值得甚麼?況你主人呵!

【羅袍歌】一片天王净土,讓蘭芳桂烈,磅薄扶輿,他玉容依舊水仙癯,這金身不壞山靈護。【眉】筆大如椽,亦渾亦警。姐兒,我同你抬着屍骸,先往那邊料理,你二位隨後便來罷。〔丑〕看仔細些來阿。〔同老旦扛屍下〕〔貼〕這樣好人,真是難得,想是娘子真魂所感也未可知。只是官人靈柩現在何處?〔末〕因急欲回家看望,暫寄鄉村古寺。〔貼〕娘子遺命,要與官人合葬,如今收拾停妥,須得安放一處才是。〔末〕正該如此。〔同泣介〕你鴛鴦共穴,前言不誣,鴛鴦共命,他生不虛,聽秋墳鬼唱同心句。【眉】兜裏凄緊。〔貼〕娘子的遺詩剩畫,是他一生心血,還得送與素聞小姐,不可令其淹没。〔末〕這是要緊的。〔同嘆介〕咳，今人稿後世書，星星文采照寰區，才人筆，正氣扶，千秋憑弔未應無。

〔貼〕千尋峭壁此捐軀，〔末〕天護貞魂骨不枯。

〔合〕遺稿不教零落盡，他年待表女相如。

〔同下〕

玩　圖 第十七齣

〔小旦引丑上〕

【南昌　于飛樂】嫩凉生殘暑，戀看湖上藕花，紅透風吹處。暗香籠袖院無人。簾有夢，爲誰消瘦。是離情乍逗，待抛開心中自有。**【眉】**一縷情絲，深入骨髓。

奴家吳素聞，從那日聞變回家，與姊姊匆匆分袂，音書阻滯，渺若天涯。前日警報到來，說賊兵進犯金華，從永康假道，不知姊姊怎生下落，姊夫可曾回來？教奴家坐卧難安，十分放心不下，已着家人飛棹前去探問消息，就便迎接來家，**【眉】**補筆入情。只是許久還不見到，好生驚愕。瑞月，你在外邊守候，若是永康信到，速來通報者。〔丑應下〕〔小旦〕

【梁州新郎】心兒難按，眉兒易皺，誰寄相思紅豆，蛾眉一樣，其間也種離愁。謾憶花前并坐，月下聯吟，此樂安能又？片帆歸去也，木蘭舟。從此黃昏獨倚樓。便是奴家別後，也曾寄過兩次書械，怎生連回信都沒有接着？兵戈裏平安否？便羽書亦有人行走，難道是鴈鴻漏？**【眉】**纏綿曲折，無限低徊。

記得姊姊臨別之時，贈我回文鏡箔同心梔子圖一方，不免取來展玩，遣我離思，多少是好。〔出圖展玩介〕你看這圖呵——

【前腔】花開六出，珠量一斗，大小盤中都有。侯文蘇錦，奇才伯仲千秋。任你縱橫讀去，顛倒看來，璣運青天走。紅蠶眠乍起，蟲絲抽，裛出纏綿萬縷愁。些兒意，誰參究，是迴腸組織文心繡，持贈我淚痕透。**【眉】**靈絲獨槖，是咏迴文絶唱。

〔丑引貼上〕姊姊這裏來呀。〔貼〕

【針綫箱】步倉皇欲前翻後，猛相見悲難啓口。**【眉】**傳神之筆。〔見小旦哭拜介〕哎呀小姐，你撇的人好苦也。〔小旦驚介〕慶雲，你來了？你爲何這等光景，你娘子怎的不見？〔貼〕我家娘子呵，自從與你來分手，一曲離鸞先奏。**【眉】**數"你"字，極寫心慌口亂情狀。〔小旦驚介〕嗯，你相公便怎麼樣？〔貼〕已在客中病故了。〔小旦哭介〕姊姊你好苦命也！〔貼〕那時娘子正在悲傷欲絶，誰想福無雙至，禍不單行，賊將徐尚朝，突然領兵犯境。〔小旦〕我姊姊便怎生來？〔貼〕可憐我娘子呵，強逼他玉門關外生和寇，竟做了金谷園中死墜樓，已在永康三十里坑投崖殉節，歸烏有，還待你紅顏白馬慟哭西州。【眉】工麗悲艷，不愧錦繡人才。

〔小旦驚哭介〕哎呀，兀的不痛死我也！〔暈倒。貼、丑扶介〕小姐蘇醒！〔小旦醒，低唱介〕

【東甌蓮】他先去，我獨留。栀子同心一半丟，蒼天不許嬋娟壽。還積趲冰霜湊。【眉】奇警。我遣家人放船來接，可曾遇見？〔貼〕這裏船來，我娘子已經被難。方才收殮停妥，慶雲急欲面見小姐，就匆匆收拾，同着來人到此。〔小旦〕姊姊生前筆墨你可曾帶來？〔貼〕都已帶在船中，正欲求小姐評選一番，留點名兒，也不枉他爲人一世。〔淚介〕〔小旦〕難爲你一船書畫爲伊收，喚不起杜鵑魂剩，驚鴻爪影雪中留。【眉】可悲可喜，千古文章著述正恐枉爲人耳。

慶雲，你就在這裏權且住下，等那賊寇平定，和你同到永康，我還得親自祭奠一番。〔貼〕多謝小姐。〔小旦取鏡箔介〕咳，不想這圖兒竟成絕筆了！〔淚介〕

【尾聲】你傷心各樣煎熬透，從今生死兩悠悠。姊姊阿，怎能够重返仙人白玉樓。

〔小旦〕睹物思人淚暗流，匆匆一別竟千秋。

瑤池阿母修宮殿，定請嬋娟記玉樓。

〔同下〕

霧　捷 第十八齣

〔內放黃煙。二雜仙裝，一手持劍，一手執葫蘆。引二神獸上，跳舞一回〕〔外神裝上〕

【中呂　漁家傲】騰騰的風馬雲車向蜃煙，濛濛的霖雨蒼生，春回大千。我神乃金華積道山山靈是也。此間劫運將銷，賊氛垂敗，現因徐尚朝屯兵五萬，據險負嵎，官軍急難摧陷。方今聖主當陽，百靈效順，小神奉西王母之命，帶同仙人李祖和、劉雄鳴，并崑崙、元圃兩處神獸，興作大霧，將賊營迷障，使他不知虛實，協助王師破敵，拯救生靈。大眾們可將霧氣向積道山放去者。〔雜應，舞劍作法，葫蘆放煙，二獸口噴黃煙繞場走介〕〔眾合〕七里昏沉三里暗，泰岳當之無見。好教怎欲守的醉眼難開，欲戰的裹足不前，這才是毒瘴妖氛報應年。

〔同跳舞下〕〔末、小生、生、老旦戎裝各持兵器上〕

【舞霓裳】不斬樓蘭誓不還，揮祖鞭，請從車騎勒燕然，畫凌煙。〔末〕俺李榮。〔小生〕俺陳世凱。〔生〕俺副都統鄂申。〔老旦〕俺鄉勇領隊傅宏基。〔末〕列位請了。〔眾〕請了。〔各坐介〕〔末〕耿精忠倡亂南閩，徐尚朝連兵東浙，我等督軍援剿，尚未掃除。目下康親王躬承廟算，統領滿漢大軍，安民戢暴，自必蕆此朝食，以快天心。叵奈賊營負固憑高，屯札積道山上，木城四匝，鎗礮重重，我兵艱於仰攻，未能猝下。今日大霧迷天，對面不見，王爺傳令，着我等出其不意，乘機合剿。只是南北兩山，須分兩路進兵，方免漏網。傅將軍熟悉本地形勢，高見如何？〔老旦〕列公率領大兵，可專辦南山之賊。其北山一帶，待末將率領鄉勇，攀崖而上，但看山後火起，列位即從前路殺入，使他腹背受攻，必然不戰自亂，可獲全勝。〔末〕正合機宜。就此督兵前進者。〔內吶喊，卒子四隊分紅白藍黃四色旗同上，繞場行介〕〔合〕層陰積地風雲變，訝將軍鼙鼓降從天。只聽的敲金戞鐵馬蹄翻，看日閃旌旗隱現，蚩尤陣，霹靂飛來亂山捲。【眉】確是霧裏行兵。

〔同下〕〔卒子引丑、淨、副淨上〕

【山花子】登高守險誰來戰，中軍坐鎮平安。〔副淨〕軍師妙計，屯札此山，敵兵一動，高處已先望見，鎗礮兼施，怎生近得，真是穩如盤石，倚若泰山。〔丑〕現有大兵在前，還宜小心防備。〔副淨〕北山有王自福督同蕭瞎子、陳蘭花等領兵守御，這裏南山有我等大軍在此，不怕官兵飛上山來。〔內放黃煙，外引二雜兩獸上〕〔照前放煙繞場下〕〔副淨〕好生奇怪，今日大霧彌漫，此時越發弄得天昏地黑，連對面都認不清楚了，眼兒中不見蒼生，頭兒上可有青天？【眉】寫霧景言外有筆。〔內喊"殺"，一卒急上介〕報報報……不好了！北山火起，不知多少官軍飛奔山寨，王將軍和蕭瞎子、陳蘭花俱被殺死，速請分兵救援。【眉】北山一路用虛寫法。〔副淨大驚介〕哎喲，這還了得，你們爲何不施放鎗礮？〔卒〕官兵冒霧而來，等得看見，已上木城，故而抵禦不迭。〔副淨〕馮將軍快領本部兵馬，前往助戰。〔淨〕得令！〔跳舞下〕〔末、小生、生引兵上喊"殺"介〕〔副淨、丑急引兵迎戰，各敗下〕〔末、小生、生追下〕〔老旦、淨上，合戰，淨敗下。老旦追下〕〔外二雜、二獸上，立高處放煙〕〔副淨引兵上〕。【眉】絕妙排場。敗了敗了，現在南北俱是官軍，大家性命要緊，奮勇殺上前去。〔淨領兵奔上〕〔副淨、淨自相混戰，副淨敗下。淨追下。兵自相殺害，混戰下〕〔丑上，逃下〕〔末、小生、生、老旦引兵繞場追下〕〔外等從高處下介〕山上賊營已破，可將大霧收起，待官軍獻馘奏凱者。〔眾應收煙介〕〔合〕一霎時收雲散煙，似淮西恢復雪中山，崑崙奪來元夜關，兵氣全消日鏡高懸。

〔淨追副淨上，各架住兵器作看見介〕呀呸，殺了半天，原來是自家人。〔各收兵器張望介〕呀喲，苦也！昏闇之中，我們營寨盡皆殘破，兵卒殺得七零八落，屍積如山，快快逃命罷。〔末、生、老旦引兵上，戰擒副淨、淨介〕〔末〕山寨已破，元惡就擒，降者免死。〔內哄應介〕某等願降。〔小生擒丑上〕末將擒得僞軍師胡績在此。〔末〕一并綁送王爺帳下，聽候發落，就此奏凱收兵者。〔合〕

【餘文】天山已定將軍箭，壯士長歌奏凱還。〔末〕想這一番兵火之中，正不知有多少烈魄忠魂同遭此劫，不獨是風雨沙場戰血斑。【眉】手揮目送，神龍戲珠。

〔末〕征夫解甲慶生還，〔小生〕斬盡樓蘭戰血斑。

〔生〕日照紅旗新報捷，〔老旦〕凱歌聽唱大刀環。

〔同繞場下〕

弔　烈 第十九齣

〔丑、貼隨小旦上〕

【雙調　夜行船】詩徑重來春事盡。腸斷處，草綠無人，蝶舞殘魂，鵑啼舊恨，影事淒涼難問。**【眉】**冷艷至此，臨川下拜。

奴家吳素聞，自從絳雪姊姊殉節以來，珠淚難乾，絲腸寸結。目下寇氛殄滅，道路清平，遂和慶雲買棹永康，躬親祭奠。早起已着蒼頭備辦祭禮去了，且待到來，不免招魂一哭，以泄悲懷。〔嘆介〕咳，你看風景依然，故人安在？撫今追昔，那一件不增傷感也呵！**【眉】**黯然魂銷。

【仙呂入雙調　風雲會四朝元】樓荒金粉，我愁生西北雲。闌干無恙，只倚闌人殞，猛思量，聲暗吞。記前游似夢，記前游似夢，江上移船，花裏尋君，倚月盟心，臨風鬪韵，轉眼無憑準。**【眉】**追叙前情，隨手結束，局陣極緊。〔貼〕小姐此來，不但舊人難覓，便是庭前這枝杏樹，都已枯死了。〔小旦〕春化做水和塵，樹也多情，甘爲嬋娟殉。桃溪莫問津，重來舊游盡，任當時漁父，尋尋覓覓，亂山愁悶。

〔末持祭禮上〕山川浩氣留香冢，生死交情有美人，**【眉】**杰句。祭禮在此。〔遞貼介，即下〕〔貼〕我們替小姐陳設起來。〔丑〕請小姐上香。〔小旦上香介〕姊夫懷才不遇，姊姊被難完貞，恨事有雙，傷心無二，好痛人也！〔哭拜介〕

【前腔】旅游消損，天涯落魄人，配紅顏薄命，共悲同憤。待呼天，天豈聞？念盈盈伉儷，念盈盈伉儷，誰料你瓊樹枝埋，玉鏡臺昏，荀令香銷，蘇娘淚盡，一例歌長恨。魂騎鶴上青雲，世界傷心，莫再回頭認。〔奠酒介〕淒涼奠一尊，聊申舊時悃，知道你虛空見否，冥冥杳杳，九泉難問。**【眉】**淋漓頓挫，直欲搔首而問青天。

〔痛哭，貼掩淚扶介〕事已如此，小姐不可過慟，還須保重則個。〔小旦〕慶雲，你那個明妃出塞的風箏，從前哄着小姐題詩，不想竟成讖語。〔貼淚介〕這是萬萬想不到的。

〔小旦〕**【前腔】**琵琶幽恨，千秋兩美人，銷他狼焰，讓伊蟬鬢，紙鳶飛，何處魂。**【眉】**層層收挽。如今王師雨降，賊寇煙消。姊姊烈魄貞魂，亦可九泉稍慰矣。看櫬槍掃蕩，看櫬槍掃蕩，也償得熱血蒼崖，冷月黃昏，艷骨青憐，戰場紅粉，勘破你傷心陣。【眉】驚才絕艷，字字起棱。〔貼〕祭奠已畢，替小姐焚帛哩。〔焚帛撤祭介〕〔內細樂，生旦仙裝上，向小旦點頭，灑淚即下〕〔小旦〕你聽空中似有音樂之聲，敢是仙靈來享也？聞清吹隔微雲，或者是跨鳳雙飛，劫盡交仙運。你蓬萊證夙因，我浮生尚勞頓，願莊周化蝶，飄飄渺渺待伊援引。【眉】誠貫金石，可以仙矣。

〔貼〕我想娘子，這一番艱貞苦節，可惜無人奏請旌表，豈非恨事？【眉】醒筆。〔小旦〕古來忠孝義烈之人，臨難不搖，止發於性之自然，何嘗有一點名心來呀？【眉】眼高於頂。

【前腔】赴湯臨刃，從容了此身，是性天激發，各完其分。幾曾見為虛名立死根，便披肝瀝血，便披肝瀝血，不過是臣報君恩，子報親恩。原不要當世咨嗟，後人憐憫。【眉】探源之論。將筆墨把骷髏潤人，自有本來真，不死初心，便是無遺恨。【眉】一字句壁立如山。你娘子呵，正氣在乾坤，維持世間運，慚愧煞花封鸞誥，庸庸碌碌世間脂粉！【眉】俯視一切。

慶雲，我姊姊無後，以姊子為嗣，現在襁褓，待他過門，須要小心看管。〔貼〕小姐分付，謹志不忘。〔小旦〕你喚蒼頭收拾行裝，奴明日便回秀水去也。〔貼〕請小姐再留幾日罷。〔小旦〕多留一日，止益傷心，不如捨你去了罷。【眉】字字有淚。

【尾聲】嘆嬋娟一去無從問，只剩幾點淚。替你代舒悲恨，便譜作離騷，還愁怨不盡！【眉】收束有力。

〔旦〕紓患全貞大節存，我來青冢為招魂。

美人多被紅顏誤，不獨明妃自有村。

〔同下〕

仙 證 第二十齣

〔雜旦二仙女引老旦仙裝上〕

【仙呂入雙調 忒忒令】下瑶臺輕雲乍移，扶彩仗鳳凰銜尾。海枯石爛，笑浮生容易。〔坐介〕五云樓閣起玲瓏，下界清愁上界空，除是有情修得到，長生原要與人同。【眉】婆心如揭。俺西池王母是也，前因蓬島山中，有個掌管杏花的仙吏，將杏花偷折贈翠水散仙，以此因緣，謫降永康地面，作爲夫婦，使他閱歷些刀兵烽火，生死悲歡。且喜本性不移，塵緣已了，靈光一點，先後還山。現值杏花盛開，仍命二人同游仙界，一洗凡間苦惱。也見我仙家慎重名節，未嘗無情於人世哩。【眉】三教同源。可憐你兒女夢太淒迷，有涯生無窮淚，傷心誰似你？

〔雜旦〕耿逆擾亂以來，浙東一帶，與仙姑同時死難者，不知尚有幾人？〔老旦〕文臣有温處道陳丹赤、云和訓導謝廷謨、宣平縣尉陸士榮，武將有温鎮游擊魏萬侯、温州城守楊春芳、樂清城守蘇木代、百總崔堯龍，皆盡忠死事。烈女有松陽項繼彝之妻葉氏、毛杰之妻劉氏、景寧陳浩然之女桂姑，【眉】帶表諸忠烈，是史家類叙法。皆守節捐軀，其有湮没未彰之人，已令各處土神，按名查記，即着仙吏仙姑，分頭導引前來，同赴杏花盛會，敢就到也。〔生仙裝引外、末、小生忠魂上〕

【沉醉東風】血光中骷髏夜啼，借春風將伊扶起。試聽取步虛詞，向空中游戲，要淘汰人間冤氣。【眉】空其所有，始是真實境界。〔生〕奉娘娘仙旨，接引各處忠魂，前來參見。〔合〕紫雲乍飛，赤鯨共騎，脱除苦海，仗仙靈護持。

〔老旦〕列位忠貞自矢，患難不渝，這一番擔戴，真乃可悲可喜也！

【佳慶子】你官無大小同一體，但守住河山誓不離，算定人生有死，拚一個苦魂兒，做一個好男兒。【眉】贊語斬釘截鐵。

〔旦仙裝，引小旦、貼女魂上〕

【尹令】夢來各人遭際，醒來各人料理，死來各人志氣。各樣煎磨，博得個一笑青雲手共携。【眉】感發善心，純是風人之旨。

〔旦〕奉娘娘仙旨，導引各處貞魂，前來參見。〔老旦〕看你們愁眉鎖月，弱骨飄煙,這一片塵海風波,虧你恁般禁受也!

【品令】不曾見花封紫封,貧賤有誰知,却看破真身幻身,危難苦支持。纖腰玉體,撐得住河山氣。冰霜百煉,凍出梅心香味,吹向人天,少不得化作祥雲萬道飛。【眉】一筆千鈞,寫得有聲有色。

駕起雲頭,同往蓬萊山中,賞玩杏花去者!〔眾〕領仙旨!〔同行介〕〔場上設山一座,杏花數株〕〔眾合〕

【豆葉黃】向清虛碧落,飛舞寫天機;乍掃除雨慘風凄,仍現出花明日麗。爲人苦你,爲仙愛伊,休再問,斷腸前事,休再問,斷腸前事。還你個雪融春轉,一路芳菲。【眉】一路凄風若雨,忽現瑞日祥雲,是五色補天手段。

〔生旦〕已到蓬山,請娘娘開宴賞花!〔老旦〕大眾列坐兩邊者。〔内細樂仙女送酒,老旦中坐,生旦各引忠魂烈女分兩邊坐介〕〔合〕

【玉交枝】人天歡喜,便山深春來未遲。〔老旦〕看這一片杏花,開的恁般爛漫。〔問生旦介〕你二人在永康時候,也曾種過此花,如今安在? 江南二月東風膩,鬬紅情可還能記?【眉】掣尾應首,長山之蛇。〔生旦各鳴咽介〕影曇幻蓮休再提,愁苗恨蕊因他起,種凡花芬芳幾枝,做凡人團圓幾時?【眉】語重心長,低徊欲絕。

〔同掩淚介〕〔老旦笑介〕癡兒,還苦些甚麼來? 俺有仙體瓊漿,可以解脫煩惱,【眉】安得此酒,遍酌有情。你二人各領一巵,與眾英魂分飲此酒,從今長離苦劫,永結仙因。〔眾起謝介〕願娘娘仙壽無疆!〔同飲酒介〕

【玉胞肚】愁終歡始,灌醍醐春生一巵,女和男各盡當爲,卸皮囊脫却塵羈。〔老旦〕眾靈歡悦,就命你二人護送昇天! 再行回山供職。〔生旦〕領仙旨,靈光閃爍照雲梯,碧海青天任所之。【眉】至此了悟一切。

〔引眾靈分下〕〔雜旦〕敢問娘娘,世上庸碌之人,往往坐享厚福,越是那些忠臣義士,才子佳人,偏有許多磨折。畢竟好人難做,還是天地之大,也有些妒忌之心? 此恨茫茫古今同,慨尚求指示,以豁迷途。【眉】真大疑團,屈子所以作《天問》也。〔老旦〕你那裏知道,只因運會遷流,性天日薄,若無砥柱,誰障狂瀾? 正欲借彼奇蹤,支撐正氣,惟恐人心欲死,并非造化不仁也!【眉】雖想當然,却是至理。

【川撥棹】人心靡，問誰堪世運維，待將他頑懦提撕，待將他頑懦提撕，借英魂從中轉移，是天心鄭重之，要人心慨慕之！【眉】真是代聖賢立言，豈是填詞家數。

就此回山去者！

【前腔】【換頭】世上榮華轉瞬非，正氣文章永不移。便神仙飄緲難知，便神仙飄緲難知，護靈根還勞主持，譜秦娥簫一枝，畫湘妃筆一枝。【眉】自負語。

【尾聲】誌乘未載投崖事，把寂寞鵑魂閑喚起，愁煞你三月桃花雪滿溪。【眉】結出作書之旨，末句點睛飛去。

〔老旦〕萬樹桃花開滿溪，貞魂雅合此中栖。

　　　　一抔鴛冢碑三尺，留與千秋待品題。

〔同下〕

歌哭文章動鬼神，靈弦聲咽大江濱。

星河激盪嬋娟魄，冰雪陶鎔造化春。

香冢百年留净土，落花千點舞愁磷。

離騷本具傷心淚，灑向空山弔美人。

《桃溪雪》原序

黄宪清

予友吴康甫贰尹，至诚君子也，嗜善好古，久而不衰。宦迹所至，必与邑人士稽考名胜及前贤遗迹之所在。凡忠孝义烈之未经表著者，必阐扬其隐，以为世风。廉俸所入，恒以是罄，初未尝介于怀，且甚以为乐焉。道光丙午春，予遇诸湖上，询其近况，曰："贫而已。"语甚略，而语烈妇吴绛雪事甚详，且嘱予制曲以传之。阅两月，康甫以事至吾盐，复手录绛雪始末示予。嗣后凡三至盐，至必及绛雪事。绛雪者，永康才媛也。耿藩之乱，伪总兵徐尚朝犯浙，道永康，知绛雪有美名，求之。邑人谋以之纾难焉。绛雪知不免，而迫于众，不得死，遂慷慨行。既绐敌出境而投崖以殉。康甫丞永康，为梓其遗集，并廉得死烈事，惧其久而泯也，故亟为予言。予既感康甫之诚，而尘劳役役，难于构思。残冬短晷，朔风号林，予适病瘵，偃卧一室，支离委顿，众缘不交，由定生静，由静生感，意常郁勃，若怦怦有所动，而康甫复寓书相敦促，遂纵笔为之。日成一阕，不一月而稿成。时方严寒，冰雪之气，流注纸墨，苍激哀亮，不知涕之何从也，名之曰《桃溪雪》。"桃溪"其地，"雪"其名也。"雪"喻其洁，"桃"则伤其薄命也。而予窃有异者：予与康甫别且八载矣，胡然有西湖之遇，胡然而康甫一岁四至盐，又胡然而予忽瘵之病之焉。回忆一百七十余年以来，何时何地何人不可以传绛雪，而必于一岁之中迴旋曲折，以迫成吾《桃溪雪》一书也。其康甫至诚之所动与，抑山川正气久郁必彰，而烈女之灵，实有以左右之与？是皆不可知矣。嗟嗟，从容尽节，士大夫所难也，而顾得之弱女子乎！阐发奇伟，以维持气运，缙绅先生之事也，而顾得之一丞乎！然则予之文不足传，而绛雪赴难之烈，与康甫嗜善好古之诚，则固足以传吾文矣。

道光丁未季春，韵珊黄宪清书于拙宜园之倚晴楼。

云鹤仙馆本《桃溪雪传奇》

《桃溪雪傳奇》叙

周　緝

耿逆之亂，浙民之罹寇虐者連數郡，蔓及永康。邑女子吳絳雪者，以智計欵賊，永康之難以紓。絳雪死之事，具黃太守霽青所爲傳中，其宗人韻珊孝廉復取而演爲《桃溪雪傳奇》，於以慰貞魂而揚芬烈。既脱稿，持以示余，且屬爲之序。余維傳奇者詞之餘，于文章爲小道。士之游戲筆墨者，往往因寄所託，假優孟之衣冠，以陶寫其性靈，而激發其志氣。指端樓閣，幻化無端，未可據爲典要，其大旨要以正人心而扶世教爲本然。而載記所述，事多可風，轉非賢愚所共喻。間有一二見諸雜劇者，則鄉曲婦孺，莫不口耳習熟，而與爲悲涕，與爲歡愉，感歎流連，有不知其然而然者。無他，貞孝義烈之性，人心所同具，無以感之則不動，觸其機則勃發而不能以自已。百聞不如一見，詩書之陳説，固不若優伶抵掌之收效爲倍捷也。夷考南北曲雜劇，創自元人，由明迄今，代有作者。其始古意猶存，未嘗不一軌於正。迨其後新聲日競，妖冶之態，登諸氍毹，靡曼之音，叶諸簫管。蓋自《會真》《還魂》諸劇出，而燕溺淫僻之風遍於海宇。人心幾何其不熄，世教焉得而不衰？此迂曲之儒所由發憤太息，欲盡取其書投之水火而卒莫之挽者，則以無人焉正其本而清其源故也。此吾所爲不能無望于黃子也。夫黃子之爲斯劇也，義正而辭醇，筆曲而善達，即其情文之相生，華而不縟，穠而不纖，視清容先生《紅雪樓》諸傳奇，其才有過之無不及。然吾微窺其志，則有不盡於是者。蓋其筆墨之流露，必本於情性之正，而申以禮義之防。要使觀之者尋其軌範，而油然以思，悠然自得，于以相懲相勸，一本無邪之思，移其所爲奸聲亂色者蕩然胥出于正。本端斯則善，源澄而流清，靡靡之風可不戢而自禁。是固黃子正人心而扶世教之素志，抑亦其才之所優爲者也，而吾能無望之也哉？黃子所爲傳奇不一種，久梓行於世，爲學士陳碩士先生所咨賞。而《鴛鴦鏡》《凌波影》二種，尤其作書本志之所存，雖繼有所著，其大旨要不出此。《桃溪雪》亦其一也。吾故推其本而備論之，以告世之有志於風俗者，慎無以傳奇爲小道而忽之也。

　　　　道光二十七年歲次丁未菊秋九月，吳門竹荓周緒書。

　　　　　　　　　　　　　　道光丁未版《拙宜園樂府》

《桃溪雪》序

胡　珵

　　茹痛千秋，誠感陨圯城之淚；解紛一諾，高蹤齊蹈海之風。委荃蕙于荊榛，國殤哀怨；庇枌榆以松柏，里社生全。其精靈如清楓嶺之題壁留名，其貞毅如皋亭山之撒沙退敵。其沉幾觀變如王凝妻陷賊而不污，其臨難無辭如趙高婦懷刀而自衛。具斯義俠，足愧鬚眉；不謂英奇，乃鍾巾幗。爰有步搖插舌，柔翰濡毫，以銅琶鐵撥之音，寫石爛海枯之志。四聲腸斷，恍聆逸調於青藤；一串喉圓，歌出無瑕之白璧。任天上拈花帝女，聞亦傷心（《帝女花傳奇》亦韻珊所作），有殿前喋血宮娥，引爲同譜（《鐵冠圖傳奇》終於費宮人刺虎一出），此《桃溪雪傳奇》之所由作也。

　　烈婦姓吳，名宗愛，字絳雪，浙之永康人。彩鸞仙子，偶謫塵寰；香茗詩才，偏傳綺閣。秉姿穠粹，藉望清華。平陽掌內之珠，雍伯驪懷中之玉。問唐家閨秀，光威裒序，恰聯三比；宋氏女嵲，英昭憲□①，齒居最稚。方其擁燭成吟，吹簫得侶，仿璿璣于蘇蕙，寄粉鏡于秦嘉。丹青描没骨之圖，房闥有掃眉之友，可謂容華絕世，福慧雙修矣！無何毀容當盛髻之年，獨活對卷葹之草，方抱終天之冰蘗，遽來滿地之風煙。登臺者指索羅敷，圍宅者交連孫秀。觸棺長慟，死別難逢。縮地無方，生還未卜。棄屍軀於鯨餌，磨豔質於豭牙。躑躅而行，伶俜何倚。人生若此，慘忍言歟？然而經不通權，家國無兩全之

-----

① 原刻漏字。

理；聖能達節，剛柔有互用之時。使烈婦矢泛柏誓言，守下堂傅訓。靡笄自矢，握玦難開。身屬乎夏侯，屍還乎陰氏。詎不輝如曒日，嚼比秋霜；而乃投袂請行，據鞍自若。效木蘭之代戍，佐魏絳以和戎。窺其意，蓋有不得已者三。論其才，洵有不可及者二。揆時度勢，請略言之。當夫懷光凶狡，僕固梟雄，甌江既撤夫藩籬，婺郡遂遭其蹂躪，貌彈丸之小邑，乘破竹之長風。維時閫外將軍，尚堅壁壘，浙西弩手，未叩船舷，即欲籌細柳之防，乞賀蘭之旅，蠟丸奚達，燕幕堪危。恐骸析孤城，烹及睢陽之妾；亦烽沉列堡，沖艱苟灌之圍。於焉效少伯之行成，致先施而紓難。執篋人往，陽橋暫緩師期；賂磬謀成，淄水漸收餘燼。苟燃眉之可拯，雖粉骨以何傷？此其不得已者一也。況乎居近鄶鄉，孰非桑梓？文成展謀，未妥樲楸。憐在襁之孤雛，螟蛉甫負；仗牽蘿之弱婢，邛蠠相依。倘寇氛相逼於近圻，民勢竟成其內潰，則覆巢之下，翼恐難完；焦土之餘，劫何可算？縱異日魂歸環佩，碧月當空；奈此時膏染郊原，青磷遍地。欲救滿城之化鶴，莫如孤注以旋盧。豈似文姬，尚貪金贖；已離合浦，何望珠還。此其不得已者二也。更有慮者，華元之劫質已成，鄭忽之師昏潛約。欲葳蕤之自保，恐肘腋之難防。若墨昆侖預伏于重垣，沙叱利竟馳於內寢，則輕駒款段，馱出佳人，雌兔迷離，隨行火伴。指白水而沉淵莫及，託朱絲而畢命何由？與其倉猝以捐軀，不若從容而定計。一抔碧葬，裹革皮留；萬片紅飛，飄茵果悟。不賴皇娲[①]之補恨，悔成精衛之銜冤。此其不得已者三也。

今夫芊氏享軍，而荊師退舍；齊侯歸女，而吳子弭兵。曲逆畫謀，而平城解甲；太和遣嫁，而回鶻來庭。胥隱忍以就功名，舍容而存姑息。茲則師皆鷹奮，海俟螢澆。苟不突夫圈熊，遂足殲夫柙虎。惟烈婦胸操成算，膝等偽降，厭之以所求，要之以出境。然後指殽函而收

---

①　皇娲：原作"笙娲"，據文意改。

骨，净土猶香，甘崖石之捨身，佛光恒滿。袝合韓憑之塚，歸尋杜宇之家。譬司農倒印追兵，暫濟奉天之急；儼紀信乘車誑楚，克援隆準于危。借箸工籌，握旄匪屈，忠臣策士，合軌同符，此智之不可及也。若夫閉目而拒默啜，賢明者助高叡成仁；裂眥而罵姚萇，激烈者使符登雪恥。或斷髮以明志，或匿刃而剚讎。類爲史乘之所稱，究與民功而無補。而烈婦嫠忘恤緯，憒敵同袍，身是飛仙，衆呼活佛。玩黃祖如傀儡，以紅粉執干戈。莒紡單絢，終縈請代；娥臺隻柱，禹砥能平！何物老奴？久已目無宣武；漂零晚嫁，傷哉忍負明誠？覬負風欲仆之身，具叱馭長驅之力。萬家保障，恃彼蛾眉；九拒勳勞，完其雉堞。伊誰所賜？父老能言。此勇之不可及也。

嗟乎！顧愷圖中，詎無賢媛；班昭傳裏，不乏名姝。求其危事而能安，詭遇而得正。曠觀前史，罕與比倫。始知從父從夫，尚爲庸德；謀軍謀國，乃是奇才。宜乎香火祠堂，玉顏永奉；笙匏絲竹，璈奏偕宜。安到神弦，聽步虛之法曲；唱來村嫗，任搬演於歌塲。吳君康甫暨黃子韻珊，志在闡幽，義存導俗。大雅之才兼小雅，翻成絶妙新詞；文人之筆肖天人，都是霏空麗藻。試讀珠璣滿帙，東南行摹樂府之篇；如刊金石成書，六一翁表婦人之集。是爲序。

咸豐紀元歲次辛亥夏六月既望仁和琅圌胡珵撰。

雲鶴仙館本《桃溪雪傳奇》

《桃溪雪》後序

關 鐩

參天黛色，木號女貞；滿地紅心，草名獨活。摹神肖物，女子易工；殺身成仁，深閨罕覯。謝道韞詩名太盛，奇節不傳；曹大家國史能修，俠腸未著。濺蛾眉之碧血，補麟史于金閨。兩間未有之奇，千古全歸之局。雖摩尼易失，寶在人心；而太璞終完，灰珍浩劫已。國家康熙初，有絳雪女史吳宗愛者，永康閨彥，姑射仙姿，岐鳳遺詳，彩鸞舊族，碧玉初分之字，清溪最小之行。煥玉生芽，三雙種成雍伯；明珠在櫝，十五未嫁王昌。盛鬒豐容，中郎有女；傳經問字，伏生無兒。樓住六宜，虹檐月上；人驚三豔，雁影風來。分調《白苧》之歌，集補《綠華》之草。當其隨行攜李，小住稠桑，蛾術家傳，鱣堂春永。結伴泛傾脂之水，尋芳問禦兒之橋。往來羅剎江中，應接山陰道上。南國多言情之作，東征有紀游之章。一肩秦月燕雲，千里吳頭越尾。《關睢》鐘鼓，樂在房中；我馬玄黃，憂深塞外。鴛鴦錯采，自舒善色善心；螟蠃書香，且結空花空果。況復琴參賀若，管協伶倫，北苑丹青，南朝金碧，豔奪雙花錦地，神摹萬歲通天。左惠芳繡遜其嬌，蘇若蘭手輸其巧。美人玉貌，同貽七出菱花；閨侶瑤情，巧結《同心梔子》。不數淑貞紅粉，集有《斷腸》；羞吟清照黃花，身慚晚節。然而獨傳韻事，恒悔幽光，生義難兼，古今同慨。當徐尚朝之入寇，正濟道山之殉身。黑白探丸，東西搜堡，鼓鼙動地，戈甲連天。幫源逞方臘之強，會稽集孫恩之眾。時有粉榆詭計，桑梓庸謀，謂紅顏尚可和戎，非白戰所能殺賊。計定美人之局，懺成出塞之詩，而女則慷慨從行，從容赴義。共姜但以死誓，文姬焉望生還？旋於疏網之時，遂作墜淵之隉。迄今年逾二百，已失傳聞；界滿三千，不彰勝迹。佳人黃土，小劫紅羊，永沒孤芳，胡可勝道！所幸吳君康甫，攝篆是邦，乘輶式廬，披荊拾豔，得遺珠兩卷。滄海回波；有彩筆五花，中天復旦。傳搜《列女》，星燃劉向之藜；序補《新詩》，夜起徐陵之草。從此海內爭傳三絕，閨中自有千秋矣。間嘗考《寶鑒》之圖，披《燃脂》之錄，搜香摘豔，戛玉鏘金，繪聲繪影之奇，一字一珠之秀，不過網羅散佚，收拾芳華，詎知樓臺本七寶莊嚴，錦繡皆萬花散落。芙蓉承露，圓收珠影千重；瓔璐垂云，奇現金身丈六。況乎神仙眷屬，家近藍橋；山水清華，地連寶婺。奇葩現瑞，不爭秋白春紅；仙籟鳴空，何有巴歈越唱也哉！

咸豐三年修禊日，錢塘女史關鍈秋芙撰。

雲鶴仙館本《桃溪雪傳奇》

補《桃溪雪傳奇》下場詩跋

許奉恩

海鹽黃韵珊孝廉,所撰《桃溪雪》院本,筆墨精妙,竟欲與孔雲亭《桃花扇》抗衡。大抵奇文非奇人奇事,難臻其極。《桃花扇》一書,實因時際艱屯、事多盤錯,雲亭偶然得之,用以抽秘騁妍,一暢發其名士美人離合悲歡、牢落無聊之氣。諺云:作文必得好題。誠哉是言也。今《桃溪雪》既得好題,而文實能雅與題稱。然非康甫二尹表揚幽隱,幾使奇節湮没不彰。於以嘆天下古今奇人奇事,正復不少,特恐無好義如二尹者留意采訪,亦徒聽其與庸夫村豎同歸澌滅而已耳,不亦重可痛惜乎哉?余讀此書,既欽二尹之善於能表揚,又喜得黃君奇文以傳於世,詞句科白,直無毫髮遺憾,而見者往往多以齣末觖下場詩爲嗛。爰不揣譾陋,爲補足之。每齣一遵詞之原韵,蓋壹踵①《桃花扇》例也。續貂之誚,在所不免,識者亮之。

咸豐七年歲次丁亥秋九月,桐城叔平許奉恩并跋於湧金門之子城巷。

雲鶴仙館本《桃溪雪傳奇》

《桃溪雪傳奇》跋

吳廷康

嗟乎!伊古以來,深山幽谷,窮巷竇門,捨生取義之人,名湮没而不稱者,可勝道哉!或喪亂之際,睹志無人;或歲月既深,記載尠據。又或流傳失實,所聞異辭,則且疑其迹而諱其事。然而義烈之操,堅貞之志,其精靈常自存於天地之間,終使後之人得以諮訪故老,搜采逸文,爲之表章稱述,傳信千秋,則名之因湮没而愈顯者,非偶然也。

余生平游迹所經,輒訪求古今忠孝義烈遺迹,爲之題墓立石,以

---

① 踵:原作“種”,據文意改。

補志乘之所未及。道光二十三年，官永康丞，希其俗樸民醇，敦尚志節，曾採訪苦節窮嫠未邀褒獎者，請於大府，彙而旌之。嗣聞康熙間有徐烈婦吳絳雪事，邑志家乘皆未載，心竊傷焉。因訪得其殉難始末，屬海鹽黃韻珊孝廉譜《桃溪雪》樂府。既梓行矣，後復廣諮博詢，知縣城西由義巷尾徐氏故宅，縣東北四十五里後塘衖爲烈婦母家，至今吳氏聚族而居。余皆親歷其地，父老尚有能言烈婦事者。

項里謨明經家傳其先世所紀云：“烈婦初聞邑人之議，急趨母家，謀所以自全，而賊兵自縉雲踵至，索烈婦勢洶洶，闔族具雞黍啖賊，先詭諾以緩其虐。時當六月，衆方冒暑麕集，亦暫寢息。五更復具供張，索益力，族不能匿，乃出烈婦。賊遽喜以偕行，至義烏縣界三十里坑椒川溪口路亭下，始以智計捐軀，即葬其地。”此殆所謂傳聞異辭者耶？要之烈婦死志早決，其稍緩須臾者，徒欲使賊兵不蹂躪鄉里耳，而無識者乃從而疑之，遂從而諱之。嗚呼！此邑志所以無徵，而家乘所以失傳也。

余過三十里坑，求烈婦墓不可得，俯仰憑弔，感慨繫之。於是郵乞海昌許辛木農部爲之傳，弁諸樂府之首，再付梓人，跋廣其傳，而烈婦之名益彰，豈非正氣不可磨滅，有以自存於天地間哉！梓既成，爰識數語於後。

咸豐二年歲在壬子仲春之月中澣，桐城吳廷康跋於浙江省垣寓齋。

雲鶴仙館本《桃溪雪傳奇》

《桃溪雪》題詞

孫恩保

一溪春水洗鉛華，流恨茫茫未有涯。自是仙源塵不到，東風開遍白桃花。

雪魄淒涼散碧磷，化爲明月照紅塵。不知烽火流離日，赴難從容有幾人？

絲竹中年感慨多，冰池滌筆劃霜娥。文章悲喜關風教，此是人間正氣歌。

黃九詞名海外傳（韻珊前製《帝女花》曲，日本人咸購誦之），更看雅樂奏鈞天。分明一掬離騷淚，付與湘妃廿五弦。

道光丁未版《拙宜園樂府》

《桃溪雪》題詞

吳承勳

寄與傷心譜，難辭淚萬行。煩冤屬宗袞，憑弔付詞場。夜半火珠色，秋深銅劍鋩。可憐緯餘恨，舉世已全忘。

道光丁未版《拙宜園樂府》

念　奴　嬌

王逢辰

冰壺注水，寫淒涼眉黛，楚弦哀裂。小影素娥憐獨處，想像前生明月。心上秋生，耳邊火發，慘澹琵琶別。家山回首，杜鵑花外啼血。

堪笑袞袞羣公，談兵兒戲，應變真無策。却借紅顏銷白刃，不管綠珠飛屑。化石魂歸，成煙夢杳，鸞舞蓬山雪。長歌當哭，大江同此嗚咽。

道光丁未版《拙宜園樂府》

《桃溪雪》題詞十二首

彭玉麟

一雙佳偶荷天成，女貌郎才遂此生。著有綠華詩稿在，春花秋月最怡情。絳雪著有《六宜樓稿》并《綠華草》等集。

生就容華畫不如，鶼鶼比翼最憐徐。我家藏有梅花在，押角圖章愛讀書。予家藏有絳雪畫梅一幅，有小印曰："懶於針綫因貪畫，不惜精神愛讀書。"可想見其丰采矣！

　　底事蕭郎愛遠游，杏花春雨感離愁。傷心暫別成長別，深鎖香閨燕子樓。

　　仙郎赴召杏花枯，血淚頻教染繡襦。鼙鼓攖城軍事急，退兵無策倩羅敷。

　　從容慷慨保全城，一女能當十萬兵。卅里坑前看撒手，是何清潔與英明。

　　鏡箱回文詩繡來，鮑家小妹最憐才。只今煙雨江南夢，杜宇聲聲喚不回。絳雪繡有回文詩帕，不亞蘇蕙《璿璣圖》。與族妹素聞家相鄰，愛題素聞山水，有"滿城煙雨夢江南"之句。

　　絕代才華正妙年，好從錦瑟數芳弦。傷心玉碎珠沉處，夜夜山頭泣杜鵑。俞蔭甫太史編《絳雪年譜》至殉烈時，年二十五。

　　天道茫茫問不真，難將孽障證前因。桃花溪水今嗚咽，總爲和戎獻美人。

　　斷綫風箏語可哀，堅操節烈赴泉臺。徐郎塚似韓憑塚，應有鴛鴦共化哉。

　　黃九詞壇最擅名，玉簫細按譜新聲；杏花亂落飛紅雨，無限淒涼離別情。

　　天遣龍眠老叟來，《六宜樓稿》未掩埋；許多綠慘紅愁句，寫出班香宋豔才。

　　一曲桃溪雪又新，桃花舊扇已成陳；怪他造化渾無賴，慣把紅顏誤美人。

南嶽山樵雪琴

雲鶴仙館本《桃溪雪傳奇》

題《桃溪雪傳奇》

梁谿　秦緗業澹如

兒夫何苦遠離鄉，孤負同心歌一章。枯到庭前紅杏樹，人間那有返魂香。

漢家失計在和親，欲把峨眉靖戰塵。此去懸崖真撒手，桃花慚愧號夫人。

黃九才名動一時，譜成豪竹間哀絲。表揚賴有龍暝叟，頭白重刊幼婦詞。是書爲海鹽黃韻甫作，而實自桐城吳康甫發之，今板已毀，康甫將謀重刻。

鏡箔猶留織錦文，遺編未付劫灰焚。煙嵐一幅江南句，絹素何由覓素聞。

絳雪題素聞山水有"滿窗煙雨夢江南"句，今絳雪畫幅猶有存者，而素聞不可得矣。

雲鶴仙館本《桃溪雪傳奇》

題黃韻珊孝廉《桃溪雪傳奇》後

德清　俞樾蔭甫

曾向秦台泣鳳凰，孝廉曾作《帝花女傳奇》。紅顏碧葬更淒涼。春風寫入黃荃筆，卅里坑邊土尚香。

綺年才調女相如，翰墨留題徧國初。一擲危崖千古事，眉樓羞煞老尚書。龔芝麓尚書有《題絳雪畫冊》詩。

記昔看山到永嘉，永康城外屢停車。來遲未遇哦松客，誰與城西訪杏花。吳康甫大令作永康丞，訪知城西由義巷即絳雪故居，余兩至永嘉，距康甫作丞時二十餘年矣。

離合悲歡任意編，傳奇體例想當然。我今更定瑤華譜，續得佳人命一年。傳奇事實與本集不甚合，院本體裁也。余編次絳雪年譜，寄康甫大令刻之。本集之前，較陳琴齋考定絳雪死年二十四者，又多一年也。

雲鶴仙館本《桃溪雪傳奇》

《桃溪雪》題詞 己未年作於故鄣

陳　偉

石霞山色連云起，間氣獨鐘奇女子。清才絶貌世無雙，兼聞軼事傳鄉里。家住桃溪第幾橋，鱣堂隨宦正垂髫。劉氏一門皆穎慧，鮑家小妹最妍嬌。自小璇閨擅三絶，按曲霓裳識初拍。一篇巧制代庭闈，萬口喧稱滿吳越。吳宗有女名素聞，相聞相愛惜離群。到眼梅花添別恨，同心栀子衍回文。天上石麟締嘉耦，食貧巧試羹湯手。鴻案雖齊德曜眉，鹿車不共少君走。薄命紅顔自古多，望夫山下奈愁何？可憐宛轉青鸞舞，變作淒涼黃鵠歌。才見秦嘉別徐淑，忽過高樓聞朝哭。嫠室蘭燈獨自明，墓門麥飯無人續。難得宜男姊妹花，榮分玉樹養瓊芽。盛會依然作湯餅，芳年從此屏鉛華。文姬才調文君豔，天爲蛾眉開生面。茹蘖飲冰未始奇，斷臂焚身亦何怨。由來失計是和親，漫説傾城屬美人。忍將哀感鳳凰調，去逐縱橫豺虎塵。蛾眉一騎向何處，三十里坑芳草暮。下視寒潭徹底清，撒手懸崖是歸路。桃花流水自悠悠，明月清風幾度秋。碧玉難尋他日井，緑珠曾墜舊時樓。珠沉玉碎總如此，千古傷心同一死。如何峻節貫冰霜，更有奇功庇桑梓。此事銷沉二百年，翻令篇什早流傳。不是好奇搜志乘，争知遺烈照江天。我今但讀桃溪曲，憑弔不見桃溪屋。碧血春山化杜鵑，年年啼上女貞木。

雲鶴仙館本《桃溪雪傳奇》

《桃溪雪》題詞并序

陳鍾英

咸豐己未，鍾英承乏故鄣吳廷康參軍以事見過，出示《絳雪詩集》及《桃溪雪傳奇》，時庭闈就養在鄣，皆有題。次年即遭兵燹，零落十餘年，今爲鮮民，再晤吳君武林道，將重梓是編，仍征題咏，并言絳雪父隨宦滬上，生絳雪，母出應氏芝英莊，窗間有絳雪《畫杏林春燕圖》，猶及見之。屬爲入詩，根觸往事，揮涕不已，因録先親遺墨致吳君，并附數詩於後。同治甲戌十一月下浣書。

蓼莪隨廢亦徒然，往事何堪憶昔年。爲有先親遺墨在，更教和淚寫新篇。

絕世容華絕世才，一吟黃鵠不勝哀。滬川亦有明妃井，不逐琵琶過紫台。

卅里坑前花似雪，六宜樓外月如霜。須臾忍死全桑梓，玉碎珠沉倍斷腸。

環佩何年化鶴歸，春風二月自芳菲。杏林圖畫飄零盡，應氏堂前燕尚飛。

雲鶴仙館本《桃溪雪傳奇》

《桃溪雪》題詞 己未年作於故郵

張　蘭

蒸華容貌柏舟哀，鼙鼓聲聲馬上催。欲弔驚鴻何處是，空留翩影在瑤台。

去國和戎讖已成，冰心一片最分明。祇今惟有霜天月，照見寒潭分外清。

桃花豔麗雪精神，彩筆爭題當寫真。一代傾城好顏色，論才猶勝墜樓人。

一曲新詞唱落暉，人間豔說五銖衣。誰知碧血羅襟上，化作秋螢夜夜飛。

雲鶴仙館本《桃溪雪傳奇》

題黃孝廉韻珊《桃溪雪傳奇》後

孫瑛漁笙

昔傳《帝女花》，海外才名重黃九；今見《桃溪雪》，詞壇讋服齊俛首。冰甌滌筆寫霜娥，知是君身才八斗。忠義感激扶綱常，離合悲歡歎童叟。巴人不識陽春曲，盡道此曲天上有。頹然醉夢聽鈞樂，八琅之琁帝左右。霓裳羽衣舞瓊筵，九重春色仙桃酒。淒如激鵾弦，蟪蛄鳴林皐；圓如隋侯珍，大小珠盤走。幽如離騷抒哀怨，瀟湘帝子驂蚴蟉。又如秦女鳳凰台，吹參差兮佼人懰。紅顔碧葬弔忠魂，丈夫鬚眉亦可醜。佩環空歸夜月明，杜鵑喊血春光久。世事夔蚿影須臾，惟有忠孝名堪壽。君才掞天表節烈，立言如是真不朽。卅里坑前桃花潭，潭水千尺深而黝。片片飛雪舞桃花，落英繽紛水清瀏。

雲鶴仙館本《桃溪雪傳奇》

《桃溪雪》樂府

錢國珍

吳康甫先生屬題《桃溪雪》樂府，爰分齣各系五古一章以應，并序。

按《桃溪雪》爲永康烈婦吳絳雪作也。康甫昔佐治永康，詢悉生員徐明英之妻吳氏，於康熙十三年六月，耿藩叛時賊兵逼永康，官紳議以吳氏獻賊將徐尚朝爲緩兵計。吳氏新寡，迫於衆議，慨然就道。行至三十里坑，乘間墜崖死。既保鄉里，又全志節，非才智兼備者不能洵足傳矣！惜志乘未載，康甫特丐黃韻珊孝廉譜是冊以表之，又刊其《六宜樓》《綠華草》遺詩，以廣其傳，甚盛舉焉，因屬珍分題記事。

閨　叙

紅杏倚云栽，并坐玩春色。願作護花仙，芳菲常愛惜。手制同心歌，情戀雙飛翼。恐遭風雨狂，合歡難再得。

防　釁

浪激海濤飛，氛起南風惡。偉哉李西平，坐鎮芙蓉幕。虎旅練雄師，龍韜運方略。未雨先綢繆，營門夜吹角。

延　素

生成姊妹花，種就相思草。纏綿情不斷，離愁惄如搗。既怨別時多，又恐會時少。作伴在深閨，時續吟花稿。

閩　變

强藩太鴟張，降將甘受餌。如虎猛添翼，如犬馴帖耳。烏合效前驅，豕突拔堅壘。頓使風鶴驚，流民遍鄉里。

送　外

丈夫志四方，匪必爲封侯。臨歧重惜別，欲留不能留。陌上折楊柳，腸斷送行舟。但願早歸來，毋令怨白頭。

約　降

岩岩栝州城，山高灘亦險。虎豹能當關，專閫職無忝。奈何漏戎機，納款效卑諂。坐失桃花隘，貽禍誠非淺。

題　箏

明妃昔和戎，萬里嫁單于。忍死終辱國，青塚草已枯。春風翦紙飛，出塞題新圖。自顧憐紅顏，薄命將何如。

遣　援

匼匝陣云屯，桴鼓軍威振。迅馳霹靂車，大展魚龍陣。小丑敢跳樑，火急援師進。一戰遏凶鋒，不辱將軍令。

別　素

朝朝驚烽火，去去送行云。淚眼難爲別，驪歌不忍聞。臨行何所贈，錦字織回文。同心如此鏡，清光兩地分。

旅　病

方嗟行路難，況是新婚別。愁雨復愁風，中途病疲茶。離亂聞鄉音，家室悔輕擊。誰乞續命湯，哀哉旅魂絕。

慟　訃

子規聲已斷，鴻雁信已沉。昨宵驚噩夢，今日聞哀音。破鏡難再圓，斷釵難再尋。空上磨笄山，淒淒哭蕈砧。

寇　逼

昨據栝蒼城，今度縉雲嶺。戰馬紛縱橫，時聽軍聲警。紛紛永康民，遄逃各馳騁。哀此嫠婦居，獨立弔形影。

紳　哄

強敵肆憑陵，退師苦無策。誰爲獻計人，搜羅到巾幗。婑嫷如王嬙，共羨傾城色。藉爲餌敵謀，可以安反側。

迫　和

昔日杏花盛，杯酒歌團圞。今日杏花枯，手值傷凋殘。寡鵠守孤幃，欲飛無羽翰。豈獨不能飛，迫之嫁呼韓。

墜　崖

捨身救梓里，靦面登雕鞍。矢志終不移，撒手懸崖間。清流鳴澗底，白日燭雲端。堂堂奇女子，節烈永不刊。

收　骨

青青溪上柏，皎皎溪中月。烈烈美人魂，瑩瑩美人骨。玉貌遺人間，驂鸞赴仙闕。一抔香塚青，芳草年年發。

霧捷

天兵有神助，忽冒蚩尤霧。元黄龍戰野，鱗甲若飛絮。鼓振驅奔猿，網密獲狡兔。大將慶功成，詰朝馳露布。

玩圖

惜別意纏綿，贈我回文句。字字和淚珠，絲絲織愁縷。何時明鏡圓，并影鏡中顧。永懷素心人，莫訴相思苦。

弔烈

舊徑尋芳蹤，花落無人問。身拚珠玉傾，命爲干戈殉。淒涼燕子樓，一例歌長恨。洗盞弔幽魂，無計消愁悶。

仙證

前身翠水仙，暫墮人間世。笑摘杏花枝，因緣證端委。留得一編詩，遺句珍若綺。豔雪明桃溪，芳名著彤史。

雲鶴仙館本《桃溪雪傳奇》

桃溪絳雪歌 有序

李澄宇

永康吳絳雪，名宗愛，嵊縣教諭士騏女，縣諸生徐明英婦也。幼慧，有國色，通音律，善繪能詩，著有《六宜樓稿》《録華草》《回文詩》各若干首。蚤寡。清康熙甲寅之歲，耿精忠叛，遣總兵徐尚朝擾浙。游兵至縣，宣尚朝語，獻絳雪免擾。時夏六月，絳雪匿母家，慨然曰："未亡人終一死耳，行矣，復何言！"賊既得絳雪，兩騎翼護維謹，至三十里坑桃溪，絳雪紿騎取飲，墜崖死。非獨烈也，抑亦可謂仁且智焉已！越一百七十餘歲，桐城吳廷康乃刻其詩，海甯許楣爲之傳，海鹽黃憲清則譜《桃溪雪傳奇》，又七十餘歲，岳陽李澄宇始作此歌。

瑞雪白作花,潔美天下無。況是蟠桃魂,范爾爲羅敷。無母隨父游,旦夕親詩書。九歲解音律,十歲知畫圖。十二發新咏,十四還舊廬。老親視若男,不道吳家姝。桃李妒顏色,云霞比衣襦。病者見之愈,怒者見之愉。行者足不前,坐者忘其軀。誰歟徐氏子,奄有明月珠。於歸別老親,不得暫踟躕。二八疑不足,三五或有餘。宛轉同心歌,義高辭復腴。不慮賓敬違,但恨親容徂。雙棲七八年,黃鵠哭其夫。恥效臨邛卓,永念城北徐。康熙十三祀,鼙鼓東南隅。游兵來永康,新寡索羅敷。一命系全縣,匹婦非區區。死節救全縣,二者將安居。慷慨就賊騎,妙策決須臾。雙騎翼之行,左右不相踰。遂至桃溪側,墜崖殺其軀。紿賊語從容,取飲洵所需。轉眼失天人,賊乃徒驚呼。盛暑夏六月,雪豈留得不。雖死異玉碎,趙璧完相如。古難仁且智,今見女丈夫。芳迹勝桃源,清溪流永譽。

1933 年《船山學報(長沙 1915)》第 2 期

滿　江　紅讀《桃溪雪傳奇》,烈婦吳絳雪死事也。

蕭瑞岐

一覺紅塵,何處被、啼鵑喚醒。生把那、琵琶怨語,傷心同證。天外方傳黃鵠訊,燈前又報紅羊警。莽蒼蒼、愁上望夫山,風煙暝。

鵑弦折,蠶絲盡,鳩媒惡,狼烽緊。但懸崖撒手,塵根清净。卅里坑前春雪豔絳雪於卅里坑墜崖而死,六宜樓畔秋風冷絳雪所居曰六宜樓。剩千年、碧血灑桃花,松筠勁。

1912 年《學報(廣州 1912)》第 5 期

《桃溪雪》題詞

天　梅

女子和戎即退兵,昭君原亦漢長城。含辛不灑胭脂淚,忼慨捐軀度衆生。

却敵安民代展籌，熱心爲國死方休。若論世界女菩薩，貞德、批茶是一流。

東勞西燕路茫茫，亂裏相思欲斷腸。三十里坑深不測，定教碧血化鴛鴦。

死別生離喚奈何，芳心百折耿難磨。《綠華草》當《離騷》讀，甚事干儂涕淚多。

巾幗鬚眉迥不凡，每吟遺句爲開顏。談兵未必深閨事，偏挽鄰娃説木蘭。

何來妙筆色新鮮，偉節奇情歷歷傳。一一毫端一一口，才如黄九出天天。

1904 年《女子世界(上海 1904)》第 5 期《攻玉集》

五、同心栀彈詞

編輯者　程文梣

校訂者　王蘊章

弁　言

吴絳雪爲前清康熙時之奇女子。惜表章無人，事迹稍晦，故名氏不見於永康《志》。自經許辛楣爲撰《小傳》，黄韻珊爲製傳奇，應菉園爲作《同心栀子圖讀法》，絳雪之名，乃稍稍爲社會所稱道。而曲園老人之《吴絳雪年譜》，其表章之力爲尤偉。是編之作，不敢步武前賢，不過借巴人下里之詞，廣其傳於普通社會而已。其中事實，固多以意爲之，但止助波瀾，不乖本末，閱者鑒之。

《同心栀子圖》，爲絳雪精心結撰之作，取冠篇首，以廣其傳。

彈詞派別甚多，而以脚色登場者爲正格。近今彈唱家均沿用此格。是編爲通俗教育計，故亦各分脚色，務肖口吻。其中唱片，均規摹馬調（彈唱家馬如飛調），俾播諸三弦，不生扞格。

每回之先，冠以開篇（一名唐詩唱句），此彈詞之通例也。是編亦沿此例，惟開篇中之事實，均取材於歷年之《婦女雜誌》，俾閱者諸君，易於印證，庶免散漫無稽之誚。

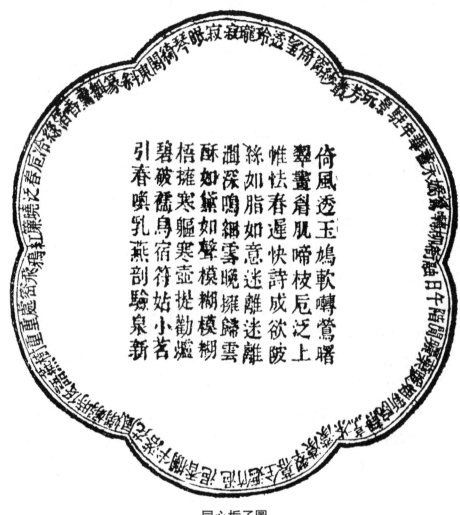

同心栀子圖

第一回　贈　梔

開　篇 季芳樹

事實見婦女雜誌第一卷第四號《人間可哀集》

絲絲楊柳葉垂青，柳北高樓冷畫屏。簾下不聞鸚鵡語，鏡間新黦鷦鴣塵。銀鉤虛掩鮫綃帳，玉體誰傾琥珀瓶。有一個季姓裙釵芳樹女，徘徊歧路暗傷神，慘悽悽山牽別恨留殘照，恨綿綿柳絆離愁織斷魂，都只爲謠諑蛾眉偏被逐，可憐鏡破與釵分。去復去，行復行，重重紅淚壓羅巾。不堪回首門前路，昨尚樓頭作主人。樓頭門外無多隔，不是蓬山千萬尋。爲什么恩愛河中翻白浪，分飛勞燕不相親。這是妾薄命，不是夫薄情，瀕行猶念舊閨門。昨日裏西窗日暖搖低幌，今日裏南浦魂消走遠村；昨日裏繡户留春猶戀夢，今日裏落花辭樹竟沾塵。嘆一聲，恨一聲，不由的撕破湘江六幅裙。痛囓指尖聊代墨，一行行字寫來清。斑斑點點留殘帛，不是啼痕是血痕。指望君家收覆水，因此上詩成一字一酸吟。情絲到死難消滅，白日昭昭可訂盟。但使不離君左右，妾便鞭鸞囚鳳也甘心，還能夠斷腸花生長在君墳。

〔小旦引〕〔步虛詞〕渭北春天樹綠，江東日暮云飛。同心梔子鬬芳菲，沆瀣由來一氣。本事描來翠管，離腸織斷鴛機。詞成百六十珠璣，爲問伊人知未？〔白〕奴家吳宗愛，閨字絳雪，浙江永康人也。父親士騏公，別號驥良，曾任嘉善縣教諭之職。母親應氏，生奴未經匝月，即便棄養。當弱草生芽之際，乃春萱就萎之年，可謂命途多舛，生不逢辰的了。奴家別無弟兄，止有兩姊，伯姊早殤，次姊翠香，業已出嫁。父親鍾愛少女，親自教導，所以奴家九歲即通音律，曾聽江岸之琵琶，十齡旋解吟哦，學賦椿庭之圖卷。比及十三四歲的時候，隨父赴任，得與浙東諸閨秀，花晨月夕，鬬韻聯吟。如秀水女史吳素聞，西泠女史周瓊，山陰女史祁修嫣等，皆奴家閨中詩友。三人之中，尤以素聞妹妹爲奴莫逆之交，詩簡往來，幾無虛日。奴家於十七歲時，于歸東海，夫君徐明英，本縣諸生，夙擅文譽。無奈才豐命嗇，家況清貧。奴家洗手調湯，供高堂之甘旨，然脂照讀，伴夫子之清吟。貧賤夫妻倒也苦中作樂，只是奴與素聞妹妹業已五度春秋未曾會面，上月得他遠道來書，備言相思之切，奴家讀之不免勾起愁懷也。

〔唱〕古云一日抵三秋，何況那五度頻更葛與裘。往事重提縈舊夢，墜歡難拾惜前游。可憐別緒依芳草，多半相思對玉鈎。重重恨，幾時休，惹得愁人不自由。奴家是愛把遠書看歷歷，忍教長路隔悠悠。撫今思昔情難解，九轉腸中萬斛愁，只落得前塵一一訴從頭。

〔白〕記得順治辛丑之歲，乃奴與素妹締交之始。奴家時方一十二歲，素妹與奴同庚，小奴數月，情投意合，形影不離。臥則聯牀，坐則接席，久已成爲習慣。父親見著素妹，甚爲稱讚，說此兒福慧雙修，他日遭遇必佳。素妹之母潘夫人，見着奴家，也是十分憐惜，與親生女一般看待。一夕彤雲密布，雪花紛飛，奴與素妹同坐室中，擁爐向火，一時觸景生情，吟興勃發。彼此相約，各就記憶所及者背誦古今名人咏雪之詩，以多爲貴。俄頃之間，各得十餘首。撫掌大笑，聲達戶外。潘夫人聞聲來視，詢得其故，便哈哈大笑道："你們兩個丫角小孩兒，倒具此雅人深致，很有灞橋驢背之思。到了來朝，你們可將詩句之含有畫景者，一一摹寫大意，老身當替你們刪正咧！"奴家同素妹聽了，滿懷歡喜，巴不得到了來朝，便好渲染丹青，寫上粉本。翌日，天剛破曉，奴同素妹急匆匆的推枕而起，開窗四眺，真絕妙一幅天然風雪圖也！

〔唱〕手捲湘簾四望賒，漫天雪景耀窗紗。填平世上崎嶇路，冷到人間富貴家。樹幹都成銀骨朵，枝條盡作玉丫叉。三冬祥瑞占豐歲，一色郊原擁白砂。萬瓦渾如晶片製，四山盡被素衣遮。抽意蕊，鬥心花，晴窗快雪吐光華。揮毫得意原無愧，著筆生姿洵足誇。墨暈白描都熨帖，詩情畫意兩描摩。繪來林下高人狀，寫出孤山處士家。潘夫人是不住口中呼嘖嘖，説道果然六法絶無差。却不料畫工雙髻尚垂鴉。

〔白〕潘夫人看了我們的畫稿，着實稱讚。説道：不料兩個垂髻的鴉鬟，却是一對有名的畫師，真正可稱奇事咧！忽忽十數年，當時情景，歷歷如在目前。奴家既賦桃夭，素妹亦歌燕爾。他的來信裏面，説出閣以來，四閲寒暑，家門和睦，夫子溫良，閨房之樂，差可告慰云云。奴家展讀之下，且暫把愁懷放寬則個。

〔唱〕奴家是細讀魚箋信一封，曉得他閨房和睦樂融融。良人已采芹宮藻，麗質宛同秋水蓉。枝連理，繭同功，鶼鰈因緣胖合中。幾世修來才子婦，一生長拜美人峯。令人兒胸頭結轖暫寬鬆。

〔白〕奴家已寫就一封覆書，預備寄去，且具玉鐲二雙，香囊三個，古鏡一面，鏡箔一幅，以爲伴函之具。鏡箔係奴家破費匝月工夫，繡成回文新詞，輪廓作六出之形，狀如梔子，外輪八十四字，中幅八十一字，都一百六十五字，名曰同心梔子圖。宛轉迴環，都成佳句。居中著一“雪”字，以象梔子之心，奴家却有兩層用意。奴家閨字絳雪，故中心的“雪”字，特用絳絲繡就。又因那夜圍爐咏雪，爲我兩人十年前之佳話，故特將“雪”字繡於中心，以寓中心藏之的意思。素妹靈心四照，冰雪聰明，悶葫蘆定可剖開，啞謎兒不難猜破。只是奴與素妹二人，性情雖屬相同，枯菀却非一致。素妹母夫人至今無恙，吾父不禄，早已於三載之前，上赴玉樓之召。奴家現年二十三歲，久作無父無母之兒。言念及此，怎不令人傷痛也！

〔表唱〕吳絳雪回思老父淚滂沱，抱恨終天喚奈何。風木生悲難解釋，雞豚不逮恨蹉跎。無窮感，壓胸窩，兩道眉痕鎖黛螺。翠袖飄飄頻掩面，淚痕浧透幾重羅。多嬌正在傷心處，却來了態度翩翩的美丈夫。〔小生引〕筆陣摩空起，思潮倒峽來。文章憎命達，四海孰憐才。〔白〕小生徐明英，表字孟華，浙江永康人氏。今日承文社諸同人之約，擊缽催詩，拈題鬭韻，比及課畢回來，時候却已不早。小生見過了父母，待向閨中與絳雪娘子會面。咦，吾家娘子爲什麼在窗前掩袂雪涕呢？不免走進閨中，喚他一聲者。吓，娘子，卑人奉揖了！〔小旦白〕相公萬福。〔小生白〕娘子，你眉尖深鎖，淚顆直流，畢竟爲着誰來？〔小旦白〕不過觸景傷情，感念先父罷了。〔小生白〕娘子，你又來也——

〔唱〕自古人生夢一回，得寬懷處且寬懷。愁多容易催人老，荏苒光陰不再來。即使那父女之情難割捨，終不能時經三載尚銜哀。終朝啼哭全無益，逝者何能起夜臺？我勸你愁眉展，我勸你笑顏堆，我勸你達變通權意莫灰。娘子啊，美酒何妨千日醉，好花那有百年開，還不如及時行樂酌金罍。

〔小旦白〕相公勸解之言，奴當鑴之肺腑。只是今日不知怎的，忽然悲從中來，百般不快。〔小生白〕還有什麼不快？〔小旦白〕素妹闊別五年，未通一面，怎不令人傷感。〔小生白〕上月他有書來，備言契闊，你也該覆他一信。〔小旦白〕信已寫就，不日託人賷去。〔小生白〕娘子，可容卑人一讀么？〔小旦白〕相公請瞧。

〔小生讀書白〕素聞賢妹粧次：相隔數百里外，蒙委專使，并惠懿章，藉得順訊潭安。俾知近祉，慰甚幸甚。書中備敍淑懷，纏綿往復，春山迢遞，秋水蒼茫，靡日不思，妹之念鄙人，猶鄙人之念妹，夢寐縈懷，不堪言罄。

〔小生白〕娘子，這雖是幾句寒暄套語，却虧你敍得恁般曲折也！

〔唱〕虧你是一個玲瓏七竅心，揮毫落紙不思尋。簪花不讓夫人格，潭水難忘知己恩。春山遠，秋水深，抵得文通賦別情。娘子啊冰雪聰明卿獨擅，故而愛將絳雪作閨名。

〔小旦白〕相公休得謬讚，且請讀下去者。

〔小生續讀書白〕吾妹盈盈妙年，名花初開，春曦方旭，妹夫已採芹香，一室喁于，天倫至樂。鄙人自結縭以后，靡室焦勞，慨焉身任。荍水光陰，虀鹽歲月，歎人生之局促，慮來日之大難。回思曩時，花晨鬪茗，月夕闘題，邈如隔世。此情此景，何堪爲吾妹述也。獨念絳帷聚首，與吾妹膠漆相投，三生締契，方謂同福共命如吾二人者，何可須臾離隔。詎料一別五載，云山遼絕，晤面殊難，且而茵溷分途，菀枯異路。今日望妹，幾若泥壤中望云霄矣，尚何言哉，尚何言哉！

〔小生白〕咳，娘子，卑人不才，累你受此艱辛，慚愧啊，慚愧！

〔唱〕卑人是磨穿鐵硯未成名，家況渾如范叔貧。菽水光陰呼負負，虀鹽歲月累卿卿。只落得閨中姊妹分枯菀，一在泥塗一在云。卑人是那有科名償學問，可憐衣食當知音，令人兒捫心自問愧難禁。

〔小旦白〕相公啊，奴家涉筆不謹，觸動相公愁煩，實屬唐突之至。相公且休納悶，請你讀下去者。

〔小生續讀書白〕惠貺頻承，慚乏李報，謹具玉鐲二，香囊三，古鏡一，鏡箔一。箔上回文，乃鄙人所意爲者，託六出之名葩，表寸心之縈結。仿蘇家之錦字，稍約其詞；視侯氏之龜文，較暢其旨。命之曰同心梔子圖。昔劉令嫻摘梔子贈謝娘詩曰：兩葉難爲贈，交情永未因。同心何處恨，梔子最關人。區區之意，聊託於此，吾妹必能一見心解也。心邇身遙，言難盡意。臨楮神馳，統維懿照。康熙壬子愚姊吳宗愛拜書。

〔小生白〕原來娘子手繡的鏡箔，專爲持贈素娘而設，你們兩個的交情，可謂并世無匹的了。

〔唱〕傳言梔子結同心，劉女題詩耐細吟。六出名葩描尺幅，兼金重價抵連城。蘇娘鴛錦應難比，侯氏龜文敢與倫。娘子啊你忒聰明，忒關情，多少工夫繡得成。我輩鬒眉添愧色，深深拜倒石榴裙，佩服你錦心繡口的女才人！

〔小旦白〕噯，相公又來謬贊了，奴且問你，今日會考回來，可曾見過舅姑沒有？〔小生白〕卑人回家后，見了父母，才來看你。〔小旦白〕舅姑說什么？〔小生白〕父母說，現屆三春，羣芳吐艷，明日午后，雇只船兒，挈同全家，要到擷芳園中去游賞一回。娘子你去不去？〔小旦白〕高年人有此興致，奴家理當追隨杖履也。

〔表唱〕閨中問答莫頻煩，且把閑文盡撒開。梔子贈人今唱畢，游園情節下回談。唱書的調絃弄索暫停彈。

第二回　游　園

開　篇 邵飛飛

事實見婦女雜誌第一卷第四號《人間可哀集》

自古姻緣易起訛，隨鴉彩鳳恨蹉跎。明珠暗把途人擲，駿馬偏將癡漢馱。趙女多情歸走卒，蔡姬絕色嫁東胡。鴛鴦譜上奇緣少，繾綣司中公案疏。似這般飲恨吞聲成怨耦，吳剛月老太糊塗。邵氏女，住西河，飛飛小字任人呼。桃花命薄摧殘易，柳絮才高福澤無。都只爲狠毒親娘偏作怪，不將玉女嫁金夫。無端賣作朱門妾，只愛金錢不愛奴。河東吼，起風波，此病鷦羹療得無。生把鴛鴦來拆散，罡風吹斷并頭荷；強將閻卒來相配，墮溷名花受折磨。嫁得傖夫雙足健，挨肩只解唱秧歌。傍雞棧，近豬窠，青蠅滿屋響鳴鳴。却將馬糞污顏色，拚把雞皮換嫩膚。憔悴姬姜誰痛惜，玉天仙變作鬼婆婆。可憐十指春蔥樣，不簇煙煤便火爐。爲問生身親血母，賣兒錢還有幾文多。如今是流傳薄命燕臺曲，子夜聞歌喚奈何，令人兒吟來一字一滂沱。

〔小生引〕爲娛堂上桑榆景，來賞園中錦繡花。〔小旦引〕一窖閑愁抛不去，春風吹送到天涯。〔小生白〕娘子，你隨着母親慢慢兒進園。〔小旦引〕相公，你跟着公公且請先行。〔老生白〕英兒這裏來。〔小生白〕父親，孩兒來也！〔老旦白〕媳婦這裏來。〔小旦白〕婆婆，須要看仔細者。

〔表唱〕全家共去訪園林，老少夫妻緩步行。那時節十里平蕪青草徧，千家煙火白榆新。佳人陌上攜箏去，公子街頭策馬臨。人如織，女如雲，成羣結隊進園門。擷芳園裏尋芳草，芳草天涯又一春。芳徑回環來竹院，芳云籠罩入花村。芳泥作壘看歸燕，芳樹爲鄰引遠禽。〔老生老旦合白〕果然好一座擷芳園也。〔唱〕花木逢春娛晚歲，云山入座豁塵襟。況有那佳兒佳婦來相伴，此事殊堪愜素心。〔小生白〕父親，這邊是萬柳堂也。〔唱〕萬柳低垂人繫馬。〔小旦白〕婆婆，這邊是聽鶯館也。〔唱〕六窗洞啓客聽鶯。〔老生白〕英兒,這邊是螺髻亭也。〔唱〕亭名螺髻臨流築。〔老旦白〕媳婦,這邊是蜂腰橋也。〔唱〕橋號蜂腰掠水平。〔小生小旦合白〕我們且擇個清净之所,閑坐品著去者。〔唱〕爲怕塵嚚來水閣,因耽清净避游人。驀見那觀魚兩字留題額,一帶方塘碧水清,那其間不妨悦目又怡情。

〔表白〕原來從蜂腰橋過去,直達池塘中央,却有三間水榭,四面臨流,一帶欄杆,十分軒爽。水榭上面,題着"觀魚"二字,尚是明初宋景濂先生手筆。其間静悄悄地,絶少游人。那時明英、絳雪,隨着徐老夫婦迤邐曲折來此稍憩,泡着一壺香茗,暫解渴吻。四個人臨流而坐,憑欄而觀。見那天光云影,倒瀉波心,正所謂云行水中,魚游天上也。

〔表唱〕觀魚小榭傍橋西,四面方塘水拍隄。春漲一泓清見底,魚兒來往碧玻瓈。風拂拂,柳依依,草緑裙腰一道齊。臨水石欄隨意曲,繞籬花障及肩低。俗塵到此清如洗,隔絶喧聲過客希。吴絳雪是細數游鱗憑水榭,羨魚兒無憂無慮竟忘機,故而櫻脣輕啓把言提。

〔小旦白〕相公,你看池塘里面的魚兒無憂無慮,掉尾往來,鉤鉺所不能及,網罟所不能加,逍遥自在,吾們那能及他? 方知莊子濠梁之歡,大有深意。〔小生白〕娘子,你道着魚兒,倒觸動卑人的杞憂。方今時局不靖,危機四伏,正同魚游釜中一般,一旦禍發起來,怕不要城門失火,殃及池魚么?〔老生白〕英兒,現在大局怎么樣了?〔小生白〕三藩抗命,大有秣馬厲兵、躍躍欲試之狀。〔老旦白〕兒啊,甚么喚做三藩?〔小生白〕母親啊,三藩便是三個藩王。一個是平西王吴三桂,一個是平南王尚可喜,一個是靖南王耿精忠。〔小旦白〕相公啊,三藩即使作亂,大約此地或可保全太平?〔小生白〕却也難説。靖南王近在福建,他若發出一枝人馬,來窺浙江省,這便怎么了也?〔老生白〕英兒,緘口莫談天下事,開懷且飲雨前茶。你看斜陽半角,漸漸返照波心,時候已不早了,我們喝杯茶兒就此出園去罷。〔老旦小生小旦合白〕我們早該返舟去也!

〔表唱〕霎時斜日照波心，金碧樓臺耀眼睛。人影一時都散亂，三三兩兩出園門。老夫婦、向前行，小夫婦、后面跟，亦趨亦步步芳塵。蜂腰橋、螺髻亭，重經舊地不須云。行來萬柳堂前路，驀地多嬌暗着驚。〔小旦白〕噯，相公，你看柳陰之下躲着一人，對了奴家，眈眈虎視，怕是不懷好意也。〔唱〕徐明英，瞧柳陰，果然是柳陰藏匿不良人。但見他一雙橫目奸形露，滿面凶紋殺氣生。虎視眈眈懷惡意，眼光直注女釵裙。〔小生白〕娘子，我與你緊走一步者。〔唱〕低頭行走無躭擱，片刻已經抵水濱。齊向舟中身坐定，多嬌舉目看街心。〔小旦白〕相公，你看那人駐足街心，眼巴巴的向我們船中瞧着。〔小生白〕舟子，快快兒開船者。〔唱〕一聲欸乃船離岸，舟子們柔櫓搖來手不停。徐明英是此刻驚魂方鎮定，開言即便喚卿卿。

〔小生白〕娘子，今日約卿游園，却是卑人絶大的錯失，現正懊悔不迭。〔小旦白〕相公，此話怎講？〔小生白〕娘子，方才在柳陰偷眼窺人的男子，定是一個奸細，幸虧我們走得快，才能脱離災殃，不然呢？定要遭他的暗算。〔老生白〕原來你們匆匆下船，却是爲了這事。〔老旦白〕兒啊，你怎樣料定他是一個奸細？〔小生白〕母親有所不知，方今靖南王那邊，滿布奸細，潛匿東南各省，窺探人家婦女，遇有姿色超羣的，便要巧取豪奪，充他宮中的妃妾。娘子花容月貌，那得不格外謹慎？〔老生白〕英兒，你聽了無稽之言，太覺多疑了，光天化日之下，那里有什么奸人發現？疑心生暗鬼最爲壞事。英兒啊，勸你休要胡思亂想罷。〔老旦白〕話雖如此，但是寧信其有，莫信其無，媳婦以后還是深居簡出的好。〔小旦白〕婆婆之言，奴家理當遵守也。

〔表唱〕家人艙内細談心，一葉扁舟鼓槳行。樹影遥隨帆影去，棹聲低逐水聲輕。待等那舟停隄畔人登岸，早已是月挂柳梢市點燈。忙移步，步不停，四人聯袂返門庭。絳娘是回頭偶向門前望，驀然間小鹿胸頭撞不停。〔表白〕其時離着徐氏門庭約有一箭遠近，隱隱見月光之下，有一個黑影在那邊窺望。〔小旦唱〕相公呀，你看黑影一團藏壁角，令人兒頓時嚇得戰兢兢。〔表白〕明英忙向前面望去，果見墻隅壁角，黑影蠕蠕。〔小生唱〕娘子呀，快入室，但寬心，此行已到自家門，閉門推出窗前月，怕什么奸惡之陡詭計深！〔小旦白〕相公之言是也！〔唱〕奴家是從此不離閨閣地，免教鬼魅暗相侵，終日里相莊鴻案敬如賓。

〔表白〕自從游園返家以后，絳娘真個深居閨閣，不出中門。恐以絕色之姿，墮奸人之算。時光忽忽，早已春去夏來，夏去秋來。明英一個瘦怯怯書生，體質素弱，每值秋風一起，往往臥病兼旬。是歲八九月之交，明英又害起病來，比着曩年，分外利害，慌得絳娘延醫調治，不敢遲誤。醫生説病者用功過甚，心血早虧，加以外感風寒，內觸宿疾，恐非旦夕之功，可奏挽回之效。絳娘没奈何，鎮日價藥爐茶竈，侍奉殷勤。一面要慰藉高堂，一面要招呼病榻，停辛佇苦，盪氣迴腸，好不可憐人也！〔小旦唱〕歎奴家驀地胸翻萬丈潮，命宮磨蝎豈能消。都只爲秋風凜冽文園病，竟變做瘦骨支離沈約腰。奴是鎮夕相陪衣不解，終宵失寐睫難交。聲聲歎，歎無聊，背人偷把淚珠拋。啊呀天哪！怎能夠金丹一粒從天降。使兒夫沉疴竟得起崇朝，白頭吟到老樂逍遥。

〔表白〕明英雖經百般醫治，無如病不見減，反而沉重起來，迨至冬季，又加添了咯血之症，弄得沈約病多般，宋玉愁無二，面黃肌瘦，氣促聲嘶，迥非向日濁世翩翩的態度了。絳娘見着這般模樣，那得不寸心如割呢？

〔表唱〕自古紅顏薄命多，碧翁翁偏嫉美嬌娥。彩雲易散琉璃脆，恩愛夫妻受折磨。古往今來成慣例，綿綿此恨恨如何？唱書的撚絃怕咏傷心句，掩面忍吟薄命歌，只好暫停片刻再描摩。

第三回　哭　夫

開　篇　瑪麗公主

見婦女雜誌第一卷第六號譯海欄《瑪麗公主傳》

帝女花開不列顛，白宮金壁繞云煙（公主居白東罕宮）。掌珠一顆生奇彩（英皇止生一女），似這般玉葉金枝豈等閑。瑪麗女，美且賢，贏得那社會之中信仰堅。都說道性質慈祥人莫比，家庭美滿樂無邊。心如大和佛，貌比玉天仙，故而戶外女兒竟遠近宣（公主稱戶外女兒）。擊球垂釣般般會，駕馬驅車件件嫻。有一天手綴明珠充頸飾，珠光寶氣壓香肩。好比那星懸合浦偏增美，又好比月映昆池更助妍。顆顆潔，粒粒圓，正所謂一珠抵得萬金錢。公主是此時頓覺思潮湧，暗想那無告的窮民煞可憐。儂這裏落索垂胸珠累累，他那邊悽惶滿腹泣漣漣。儂這裏懸將明月充珍寶，他那邊盼斷甘霖潤石田。苦樂不均從古說，令人兒芳心如擣急煎煎。因此上珍珠項串親除下，化作災民解渴泉。立志典釵兼鬻珥，施恩蔀屋與茅檐。到後來仁漿義粟流傳徧，那一般社會是共祝千金福澤綿。這叫做亦仙亦佛的女青年。

〔小旦白〕千種悽涼千種恨，一分憔悴一分愁。藥爐茶竈充功課，說與泥人淚也流。〔白〕奴家吳絳雪，自去年秋風乍起，丈夫抱病臥床，忽忽七八月。病勢有增無減，近交春令，益覺險象環生，朝不保暮，癆瘵已成，恐難救藥。嘔殘長吉之心肝，瘦盡沈郎之腰腹。丈夫丈夫，這便怎么是好也？

〔表唱〕〔讚十字調〕吳絳雪，悶悶坐，淚點飄零。兩道眉，包含着，疊疊愁痕。一寸心，摺疊着，重重皺紋。想兒夫，秋風起，病到如今。瘦如柴，黃如蠟，一息僅存。好比那，風浪惡，船漏江心。又好比，黃昏近，紅日西沉。怎能夠，逢王母，藥乞長生。怎能夠，迎仙客，香爇返魂。怕只怕，玉樓召，刻不容情。叫奴家，莽天涯，何處安身。早難道，前世裏,斷頭香焚。想到此,腸寸斷,哀痛萬分。那裏敢,號淘哭,只得吞聲。忽聽得,病相如,牀上呻吟。不由的,揭羅帳,低喚夫君。

〔小旦白〕相公啊,現在病痛能稍鬆一二么?〔小生白〕唔唔唔,我那娘子,卑人是……不……不濟事的了。〔小旦白〕相公,吉人天相,何出此言?〔小生白〕娘子啊!父母今兒可在這裏?〔小旦白〕公公婆婆,爲着求你病痊,到華陀廟裏燒香去了。〔小生白〕卑人有許多心中事,要囑託娘子一番,礙着二老在前,恐怕惹他們傷心,所以忍而不語,吐而復吞。今兒止有你一人在房,卑人不得不説了。〔小旦白〕相公有何心事,不妨明告。〔小生白〕娘子啊,鳥之將死,其鳴也哀;人之將死,其言也善。卑人有三椿心事垂着,未死以前,要向娘子面前一一囑咐則個。

〔唱〕第一椿心事告嬌容,提起此言恨滿胸。〔小旦白〕恨的什么?〔小生唱〕娘子啊,恨只恨姓氏未魁龍虎榜,科名早作馬牛風。顯揚有志時難遇,造化磨人運合終。父母是思子宮成憐命短,娘子是望夫石化泣途窮。唔唔唔,我好苦也!叫我衰親少婦如何撇?身向泉臺心未鬆。〔小旦白〕相公別哭,且請囑咐。〔小生唱〕娘子啊,你是生平喜讀貞媛傳,慷慨時存烈婦風。一旦悽涼歌別鵠,勸卿卿莫教泉路去相從。高堂甘旨誰相託,萬望賢妻代藐躬。休爲了有志摩笄拼鶴化,累他們無人視膳歉龍鐘。娘子啊當年有個曹裏婦,看破人間萬事空。夫死曾經親誌墓,説道存亡聚散要開通。寄形天地終須壞,去去來來一夢中。太上忘情從古訓,頻將得失看雞蟲。何必效尋常兒女泣喁喁。

〔小旦白〕嗳,相公,奴與你相依爲命,一息難離,你若有三長兩短,奴家有何意味?視息人世,只是泰山鴻毛之辨,奴亦判別至審。就目前而論,殉夫事小,侍親事大,自不得不苟延殘喘,以代子職。然而世事靡常,風云叵測,倘有什么變端發生,比着侍奉二老,關係更大。奴家那時便不得不權其輕重,審其先后了。至於唐代曹裏婦替他丈夫作墓銘,説什么其生也天,其死也天,苟達此理,哀復何言?語雖近於至理,事實類乎禪機,奴家萬萬不能效法的了。〔小生白〕那么卑人尚有第二椿心事奉告。

〔唱〕第二椿心事告卿卿，提起此言恨萬分。〔小旦白〕恨些什么？〔小生唱〕娘子啊，恨只恨勞燕分離成斷梗，石麟消息等銀瓶。卑人是運同伯道傷無子，娘子是美比莊姜賦碩人。徐姓宗桃誰付託，若敖餒鬼總酸辛。況且那高堂未遂含飴願，此事如何不動心？不孝有三無后大，唷唷唷，叫卑人身歸泉路也目難瞑。〔小旦白〕相公別哭，且請囑咐。〔小生唱〕娘子啊，卑人此際無他囑，勸卿卿善體高堂望后情。異姓子，作螟蛉，免教那兩檻書卷付飄零。倘能夠斷機孟母垂芳范，畫荻歐陽享大名，卑人是身在九原應感激，感激那賢妻纖手斡乾坤，這便是千鈞一髮事非輕。

〔小旦白〕嗳，相公，我們后顧茫茫，竟無一男半女。不獨相公悲酸，奴亦深爲納悶。上月二姊翠香，有信到此，他說願以膝下幼兒，承繼與徐姓作子。奴因相公病在牀蓐，恐怕觸動愁煩，未敢以此事相告。今相公既以螟蛉之説囑咐，奴便當差人到翠姊那裏，把他的幼兒領取前來，以甥爲子，相公便不愁無后了。〔小生白〕那么，卑人尚有第三椿心事奉告。

〔唱〕第三椿心事告妻房，提起此言恨不忘。〔小旦白〕恨些什么？〔小生唱〕娘子啊，恨只恨動地鼙聲驚帝座，經天星象見攙槍。四郊苦月痕留白，一路飢民面帶黃。你是傾城貌，絕世龐，須防當道有豺狼。況且游園那日奸人早已來窺伺，紅杏枝頭怎出墙？自悔當時無主意，累卿半路受驚慌。卑人與你永訣以后，孤飛黃鵠誰爲伴？歷刼沙蟲大可傷。一旦蕭墻生變幻，叫卑人黃泉難免憶嬌娘。唷唷唷，生離死別如何忍，便是鐵石人兒也斷腸！〔小旦白〕相公別哭，且請囑咐。〔小生唱〕娘子啊，明哲保身從古訓，勸卿卿從今事事要提防。人心叵測難周顧，月貌花容易惹殃，還不如亂頭粗服毀容光！

〔小旦白〕嗳，相公，古云士爲知己者用，女爲悦己者容，相公倘有三長兩短，奴家尚復何心粧飾。效賈直言之妻，髮封不解；仿王虢州之婦，臂斷何辭。相公但請放心，這三椿事，奴家椿椿可以依得，相公可再有甚么囑咐？咳，相公怎么不則一聲？唷唷唷！相公你竟忍心抛撇奴家而去也！

〔表唱〕徐生是彌留牀席失精神，竟做了鼴盡殘絲蠟盡燈。死別吞聲成永訣，有才無命待修文。倒翻眸子渾無語，咬住牙關不做聲。容色變冷汗淋，驀然間催命符兒竟到了門。急得絳娘魂魄喪，拊牀拍枕喚頻頻。〔小旦白〕相公醒來！相公醒來！〔表唱〕聲聲迭把夫君喚，才能夠喚轉徐生一縷魂！

〔小生白〕娘……娘子，吾不及與父母永訣……吾長別矣。〔小旦白〕相公醒來！相公醒來！哎呀！相公……哎呀！相公竟不醒來，唷唷唷，奴家好命苦也！

〔表唱〕絳娘是跪倒牀頭喚藁砧，那知道徐生不作一聲應。目光凍定還思動，淚點飄殘忍再零。頃刻容顏同白紙，霎時手足似寒冰。三魂渺，六魄沉，閻羅天子竟不留情！絳娘不住號咷哭，一寸心頭痛萬分。鶴唳猿啼悲莫甚，鸞飄鳳泊苦難云。悲涼似撼山陽笛，悽怨如聞蜀道鈴。嫠婦孤舟成慘調，魯姬漆室發哀吟。早見那杜鵑花上留斑點，不辨啼痕與血痕。

〔小旦白〕哎呀，相公啊！結褵八載，撒手一朝。從前相親相愛，憐我憐卿。今日裏奴家千呼萬喚，淚竭聲嘶，你竟不聞不見，溘然長逝。相公相公，今日公公婆婆替你祈禱，還沒有返轉家中，你竟不能忍死須臾，留待一訣。唷唷唷，奴家好命苦也！

〔唱〕相公啊！你可是怕動堂前二老愁，故而匆匆地府把身抽。撇開世上鴛鴦侶，拆散人間鸞鳳儔。魂去應歸云冪冪，室虛祇聽竹颼颼。唷唷唷，相公啊，你怎捨得白髮高堂悲難解，你怎捨得少婦青春命不猶，你怎捨得絕代才華成幻影，你怎捨得平生志願付浮漚？唷唷唷，我那相公啊！你看那牛衣涕淚痕猶濕，爲什麼鴛枕悽涼命早休？此后相思惟有夢，今生遇合更無由。梧桐半死心先苦，鶼鰈相依計未周。只指望百年緣會向再生修！

〔表白〕當那絳娘哭倒在地之際，徐老夫婦方才從華陀廟裏燒香回來，見此慘象，怎不傷心？編書的描寫絳雪淚痕，早已墨燥筆枯，不能再着一字。所以徐老夫婦西河之痛，只好輕輕表過，不再絮煩。徐氏本屬清貧人家，遭此顛沛，幾難成喪。虧得明英生前文社中很有幾個道義之交，賻贈至厚，慰唁良殷。待到舉殯的那一天，素車白馬，弔者盈門。有才無命，衆口同嗟，造物不仁，於今爲烈。絳娘麻衣鬖髻，痛不欲生，倘非明英有三椿遺囑，早已相從泉下，一瞑不視的了。舉殯已過，墓穴親營，絳娘早已差人到他二姊翠香家中，領取六歲幼兒，來作螟蛉。當那義兒承繼之日，即在明英埋葬之期。絳雪和淚濡墨寫詩一章，焚於丈夫墓下。中有"添丁欲爲先夫告，好慰蒼凉土一抔"之句，傳誦其詞者多爲之泣下，足見其感人之深也。

〔表唱〕營齋營葬事紛紛，入土才安死者心。鸚鵡一篇才子淚，鴛鴦雙宿舍人墳。浮生若夢從來説，但看那四野之間墓草青。吳絳雪是侍奉高堂供菽水，提攜孤子課經文。傷鏡破，歎釵分，古井波瀾誓不生。從今后七件開門憑十指，米鹽瑣屑總躬親。事如獨木支羣廈，運比孤舟渡海溟。來日大難呼負負，忍教甑釜起埃塵，只好終朝繡閣寫丹青。

〔表白〕絳雪自幼便擅丹青，第一回書中業已交代明白。現在一貧如洗，無以謀生，不得不揮灑縑素，藉充甘旨之需。絳雪所繪的翎毛花卉，無不栩栩欲活，巧奪天工。迄今披覽圖繪寶鑑，絳雪的名字，其中也占有一席。染翰之妙，不言可喻了。閑話休談，且説絳雪自從鬻畫以后，四方慕他才名的，尺素寸縑，視若拱璧，大有價重雞林、紙貴洛陽之概。仰事俯畜，取給於兹，也可勉強度日。所以徐老夫婦，雖抱喪明之痛，而無枵腹之虞。門户支撐，全靠寡媳，這也算不幸中之幸了。

〔表唱〕時光忽忽一年零，絳雪是錦瑟韶華廿五春。自矢堅貞無貳志，誰知奇禍不單行。悲歌薤里音初歇，烽火梓鄉變又生。那時節靖南王聲勢如天大，遣將興師要起戰爭。白馬黃巾乘隙起，蒼鵝青犢把災生。名都壯縣迎風解，毒浪焦原乏路奔。聞鶴唳，聽風聲，八公山草木盡刀兵。但不識絳娘曾否遭危險，下卷書中交代清。唱書的要飲杯香茗潤焦脣。

第四回　賺　畫

開　篇 <small>法蘭西女子</small>

<small>見婦女雜誌第一卷第七號譯海欄《法蘭西女子愛國譚》</small>

歐戰風潮徧大洲，槍林彈雨度春秋。休説道健兒拼向沙塲死，便是巾幗之中<small>也</small>志復讎。束五椠，駕梁輈，秦風遠被及西歐。有一個法蘭西女子人稱羨，十四芳齡體態柔。他見那戰士不歸餘碧血，朝朝盼斷大刀頭。風淅淅，魄悠悠，孤兒孤女不勝愁。都只爲馬革裹尸拚報國，累他們失依雛鳥哭啾啾。因此上吳縣手製童孩服，刀尺裁量把花樣搜。敢使三軍思挾纊，拚將百腋集成裘。他是挨家按户來相贈，贏得那失怙的羣兒涕泗流。聲聲謝，謝不休，説道密斯大德竟世無儔。那知此女偏謙讓，不敢居功<small>倒</small>面帶羞。説道十指微勞<small>希</small>什么罕，惟有那尊公大德冠全球。他爲儂決死戰，他爲儂葬沙邱，他爲儂誓拋赤血要固金甌。似這般天高地厚恩難報，歷刼窮塵澤永流。儂未酬恩方抱疚，漫勞爾等説恩酬。只此數言落落堪歌泣，愛國的女兒洵莫侔，<small>惜乎</small>真名確姓竟不傳留。

〔丑引〕無事興風作浪，有心飛短流長。通敵權充鷹犬，捕蟬善做螳螂。只須混過日子，何妨喪盡天良。黑眼團團如漆，白銀簇簇生光。有了現成財帛，便成前世爹娘。刀頭可以餂血，偷米何妨換糖。小人惟利是視，君子可欺以方。若問區區名姓，人人喚我老江。〔白〕自家老江是也！今朝當着列位面前，自背履歷，上不瞞天，下不瞞地，區區生長在浦江縣裏。英雄不論出身低，區區的行業却在三十六行以外，有兩句五言詩爲證，叫做"天子不言有，富歲子弟多。"這兩句怎么講，無非是"無賴"二字的歇后語罷了。區區雖是無賴出身，但是近年以來，總算時運亨通，平升三級。從無賴出身，一升便做篾片，再升便做豪門之狗，三升便做仗勢之狐。列位聽到這里，便説你弄錯了，既然變做犬咧狐咧，好端端一個人，早已化做了禽獸，怎么還説平升三級

呢？哈哈，列位有所不知，區區并没有弄錯，倘從道德上説起來，區區
果然從人類降爲獸類。若把道德二字抹開，專就金錢上説起來，區區
從前做人類的趣味，還不如今兒做獸類的快活自在。所以區區只好
算做升，不好算做降。閑話少説，區區交運的時機，發財的捷徑，却在
前年三月里，偶然到永康城里去游逛，不料事有凑巧，竟在擷芳園中
瞧見一位絶世美人。哈哈，區區一生衣食，半世榮華，那么可以高枕
無憂了。列位別要性急，聽區區唱隻"銀絞絲"小調，把那當日遇美的
情形一一説來。

〔唱〕〔銀絞絲調〕擷芳園中瞧見王也么嬌，宜嗔宜喜俏容龐。何等風
光，桃花紅頰暈，楊柳翠眉長。千嬌百媚，并世竟無雙。脂粉慵施淡
淡粧，天然本色，壓倒百花芳。我的玉天仙啊！你可是羣玉山頭杜蘭
也么香，紫云深處盧眉也么娘。

〔白〕區區那時身充靖南王府裏的間諜，專在浙省裏面，細心察訪那
些名門閨女、深閣佳人，一一密報，以備王爺后宮之選。王爺早晚便
要起事，搶奪康熙皇帝的江山。一旦身登大寶，那三十六宮之中，總
要有一才貌超羣的人物，做個領袖。踏破鐵鞋無覓處，得來全不費工
夫。區區撞着了這般模樣的美人，怎么可以放過？免不得跟在后面，
探聽他的去處。后來美人下船而去，區區沿着河隄，緊緊追趕，好容
易追到一條巷裏，才見那美人泊舟登岸，向着一家門首緩步而進。區
區探問鄰右，才知那美人是徐秀才的妻室，母家姓吳，閨名絳雪，不特
美貌無雙，并且才情獨一。區區得了詳細情形，曉行夜宿，趕到福建，
向那靖南王府裏報功去了。

〔唱〕〔前調〕靖南王府裏去報也么功，爲言訪得美嬌容。人世難逢，
態如霍小玉，貌勝石翾風。明眸善睞，秋水比雙瞳，閨名絳雪噪江東，
這般才貌，應築館娃宮。我的大王爺啊，你不妨玉樓共醉酒也么釀，金
屋深藏粧也么紅。

〔白〕王爺聽着龍顔大悦，着實的稱讚區區一番。王爺又説，這女子

既恁般貌美，但不識他的真才實學如何。區區說：他的鄰右人家，都道他是個才貌雙全的人物。王爺說：話雖如此，但是口說無憑，不能深信，總要見着他的親筆，才能作證。寡人再着你到永康城裏，設法去賺他的親筆前來，或詩或畫不拘一格，只要看中寡人之目，等到舉兵的那天，順便去劫他進宮，尚不爲晚。如今你奉了寡人祕密差遣，須要相機而行，切勿冒昧從事。區區連聲道諾，立時回到永康，用盡許多方法，要想賺得他片紙隻字，送呈大王御覽。叵耐沒有機會，不能如願。隔了多時，他的丈夫死了，無以聊生，賣畫度日，區區便花費了五兩紋銀，託他鄰右出面，去懇求他繪一幅"杏林春曉圖"。他不知其中詭計，居然繪就了。區區得着這幅圖畫，便在堂上高高供起，撲通撲通磕了十幾個響頭。哈哈，花費五兩紋銀，買得一道升官發財的符籙，送到大王那裏，定有一本萬利的希望。區區那時，真不知手之舞之、足之蹈之也。

〔唱〕〔前調〕手捧圖兒忙去獻也么勤，果然一紙抵千金。藝苑留芬，杏林工點染，春曉自分明。洛陽紙貴，聲價重雞林，大王龍目瞧來清。點頭播腦，嘖嘖歎連聲。我的妙人兒啊！你便是子建夢裏的洛也么神，虞舜面前的娥也么英！

〔白〕其時王爺早已興師動衆，浩浩蕩蕩向着浙江進發。他見了區區進呈的畫卷，十分得意，格外歡欣。一面吩咐前隊先鋒徐尚朝將軍，繞道永康，去把吳絳雪劫掠前來；一面吩咐區區趕往徐將軍駐紮的地方，迎取絳雪，送往御營。路上留心保護，自有重賞，倘稍疏忽，加等治罪。現在區區奉着王命，不分星夜，逕向徐將軍行營進發。約莫走了十餘天，離着將軍行營不過二三百里，想區區趕到行營的時候，那千嬌百媚的絳娘，想已被徐將軍捉拿到手也。

〔表唱〕自古小人造孽多，居然爲鬼又爲巫。衹知附勢趨炎好，那識良心天理無。老江是準備飛禽歸掌握，故而南山張網北山羅。奉僞命，走長途，休言跋涉與崎嶇。只待那玉人應選充宮眷，便可以金印隨身做大夫。編書的丟下老江行道路，且表那靖南王手下一奸徒，便是徐尚朝伏勢握兵符。

〔淨引〕縱龍歸大壑，放虎入深山。殺人如殺草，痛癢不相關。

〔白〕俺乃靖南王麾下前路先鋒大將徐尚朝是也！自稱天字第一號好漢，慣做殺人不貶眼魔王，現在提着五千雄兵，逕向浙江進發。一路勢如破竹，無人抵御，順我者生，逆我者死。任小民喚父呼娘，只算飄風之過耳，看死屍填川蔽野，全無哀戚之關心。日前接奉大王密諭，說什麼永康城中，有一個才色雙全的女子，喚做吳絳雪，命俺繞道永康，設法刦取這個女子，送往大王駕前，以充后宮之選。因此囑咐三軍，剋日攻打永康，倘能奪得絳雪，比那攻城奪寨的功勞要大十倍，俺那敢不前去走一遭也！軍士們！〔雜白〕有！〔淨白〕此間離着永康還有多少路程？〔雜白〕約莫二三十里路程。〔淨白〕快快趲程前進，休要怠慢者！〔雜白〕得令！

〔表唱〕一聲將令下三軍，耀武揚威倍道行。旗幟飄揚天日暗，刀槍照耀雪霜明。逢山開路無躭擱，遇水填橋盡坦平。嚇壞了，衆災民，帶女拖男沒路奔。人命宛如雞犬賤，可憐那桃源無洞可逃秦。但聽得啼啼哭哭聲淒絕，便是鐵石人兒也動心。恨只恨跋扈將軍蛇蝎性，殺人如草竟不聞聲。少停探卒來相報，說道已抵永康一座城。〔淨白〕吩咐預備雲梯撞車就此攻城者！〔雜白〕得令！〔表唱〕奉令攻城焉敢緩，三軍吶喊似雷霆。摩拳擦掌洶洶勢，神鬼聞之也喫驚。那時間閃出軍師一個人，渾名喚做滿天星，說道有言要奉禀大將軍。

〔丑白〕將軍在上，小可滿天星有事奉禀！〔淨白〕軍師有何主意？且請道來。〔丑白〕將軍，今番兵臨永康，到底要得着活美人，還是要得着死美人？〔淨白〕哈哈，軍師休得取笑，俺自然要得着活美人。若說死美人要他何用？〔丑白〕將軍要得着死美人，儘可猛力攻城。若說要得着活美人，却萬萬不可攻城。〔淨白〕軍師此話怎講？〔丑白〕據小可看來，倘把城池攻得兇險，這個美人定存必死之心。只怕城沒有破，美人已自盡短見了。王爺要的是活美人，不是死美人。將軍倘把美人逼死了，王爺知曉怎肯干休？哼哼，只怕不但無功，且有大罪！〔净白〕依軍師的妙計，便該怎么樣？〔丑白〕依小可的愚見，還不如停止攻城，趕緊預備着千百道諭帖，繫在箭鏃之上，一一射進城去。諭帖上面寫明，只要立刻把美人獻出，便可萬事全休。倘然道個不字，大兵破城以后，定要殺得雞犬不留。小可想永康城裏的百姓，接着了諭帖，自己性命要緊，定會把美人獻出便是。美人要尋短見，他們自會阻止。這叫做探囊取物易於反掌，好在永康一縣并非兵家必爭之地，只要得了活美人，便可不必佔據這座城池。萬一他們不肯把活美人獻出，然后再去猛力攻打也不爲遲。這是兵不血刃、萬全萬穩的上策。將軍以爲何如？〔净白〕哈哈，軍師這般妙計，俺那肯不從之理？軍士們！〔雜白〕有！〔净白〕吩咐紮下營頭，停止攻城者。〔雜白〕得令！

〔表唱〕諭帖紛紛書寫明，立時射進永康城。宛如雪片從天降，早識風波平地生。贏得那縣宰棄官謀兔脱，匪人篝火作狐鳴。哀鴻徧野難延命，餓虎歸林要噬人。衆百姓，盡喫驚，都説道兵臨城下不留情。倘非退敵施奇計，怕只怕火起崑岡玉石焚。因此上結隊成羣來會議，去見那城中紳士許先生。一篇《賺畫》聊收束，《獻雪》情由要看下文。唱書的把那香蛇絃子暫時停。

第五回　獻　雪

開　篇 囊茜女士

見婦女雜誌第三卷第六號小説欄《棣萼聯輝》

俏佳人生長在英倫，妙轉雙瞳秋水清，却與他少年夫婿喁喁語，并不是細訴尋常兒女情。説道人世光榮稱第一，無非是邊關萬里去從軍。儂勸你充前敵，儂勸你請長纓，儂勸你鐵十字徽章挂滿襟。縱使那無定河邊成幻夢，可知白骨萬年馨。人生自古誰無死，死到沙場有令名。況且那令弟赤心知報國，你怎么依然株守在鄉村？想你是昂藏七尺奇男子，也應該領略儂家一片忱。快快去，莫留停，你聽那潮流都挾不平聲。裹屍馬革尋常事，耀祖揚宗在此一行。那曉得夫婿存心偏畏縮，推推託託怕長征。戰書雖急全抛撇，愛國心那及愛家心。因此上惱動多嬌囊茜女，渾身氣得戰兢兢。説道你自愛家儂愛國，兩人涇渭要分清。鬚眉枉具真堪愧，似這般怕死偷生怎對人？儂是願把恩情成畫餅，還君約指一雙金。到后來良人被激到邊疆去，冒陣衝鋒不顧生。愛蘭兒一戰沙蟲化，驚斷春閨夢裏魂。只落得拚將一死殉夫君。

〔外引〕十丈烽煙起，三年戰血埋。茫茫真宰意，降譴到裙釵。老夫許子虛是也，壯年曾列仕途，晚歲乃歸鄉里。昨非今是，久抛彭澤之官；排患解紛，聊盡魯連之責。無奈叛藩興兵，危機四伏。那賊將徐尚朝，領着五千人馬，直指永康。聲言：城中倘把吳絳雪獻出，立刻可以退兵。縣官某大令，平日價予取予求，作威作福，吸盡萬姓脂膏，敲破百家骨髓。今日兵臨城下，他早拔足奔跑，不知去向。孤城無主，人心惶惶，今日許多父老子弟，諸姑姊妹，成羣結隊，齊集老夫家中，要商議一個救急方法。老夫没奈何，只得與他們會話去也。

〔表唱〕許子虛是愁容滿面出書房，橐橐靴聲繞畫廊。行近屏門忙側耳，早聞那外邊沸沸與揚揚。〔衆白〕許先生，許先生，賊兵早晚便要破城，快快出來商議則個。〔外白〕老夫來也。〔表唱〕忙移步，出中堂，免不得一番計議要從長。那曉得人多口衆喧囂甚，哭哭啼啼少主張。此時許老高聲道，勸諸君擺定心思免着忙，還不如從容啓齒道其詳。

〔衆白〕許先生啊，我們全城的生命，多關系於徐家小娘子一人身上。徐娘子肯出城去，大家便死里逃生。徐娘子不肯出城去，大家便同歸於盡。你老同徐家素通往來，一言之下，重於九鼎。只要你老肯帶領我們去見那徐老夫婦，把此事的利害關係説個痛快，想那徐老夫婦斷無不允之理。只待他家小娘子一出了城，不但我們家裏立刻風平浪靜，便是你老府上也可免受意外之厄。許先生啊，快快替我們作主去，勸他小娘子出城。〔外白〕列位啊，照着你們的意思，果然可以保全自己的生命。但是這位三貞九烈的徐娘子，無緣無故做了我們的替死鬼，列位於心何忍呢?!

〔唱〕若説那九烈三貞的吳絳姑，他是勤勞家政報亡夫。質堅金玉堪爲骨，氣肅冰霜可作膚。別鵠凄涼憐薄命，丸熊辛苦課遺孤。平生勁節同松柏，一片冰心在玉壺。賢巾幗，并世無，怎能夠誤比明妃出塞圖。〔衆白〕唷唷唷，許先生啊！你老好自在，現當兵臨城下，火燒眉毛，我們救死不暇，那有許多閑工夫，同你老討論什麼金石堅貞、松筠節操呢？現在除了你老去勸徐娘子早早出城，再沒有第二個方法可以解救圍城之厄，你老到底去不去呢？〔外白〕人皆有不忍之心，老夫如何可以去得？〔衆白〕許先生既然不肯去勸，我們不妨自去相勸，倘然徐娘子不從，我們拖拖拉拉也要把他送往賊營。列位伯伯、叔叔、姊姊、妹妹大家走啊！

〔表唱〕一聲呼喚便離身，大衆聞之急急奔。擦背挨肩人擾擾，争先恐后鬧紛紛。洶洶聲勢如何好，禍到臨頭不講情。那時間，進退兩難呼負負，急壞了鄉中祭酒許先生，免不得聲聲苦勸衆人民。

〔外白〕列位休得擾亂，且待老夫從長計議。〔衆白〕你老既不肯前去相勸，還有什麼計議？〔外白〕老夫沒奈何，便陪你們去走一遭者。〔衆白〕那么大家慢慢兒行,且讓許先生做個引導。〔外白〕列位啊,你們結黨成羣,一齊哄到徐姓家中,定要把徐娘子活活的嚇死了。依着老夫愚見,只須選擇幾位老成人,同着老夫前去相勸。不識列位意下如何?〔衆白〕只要你老肯去,諸事悉可從命。〔表唱〕霎時間選擇老成十數人,或先或后去登程。行來一路無躭擱,早已望見了徐家兩扇門。〔外白〕列位請。〔衆白〕許先生請。〔表唱〕客來不速休通報,惹得那徐老夫妻暗喫驚。許先生是來意説明無掩飾,可憐那白頭二老淚涔涔。因言此事非公道,怎能把嬌媳無端獻賊人?大衆聽,意不平,脣槍舌劍起相爭。那時間絳娘正課孤兒讀,猛聽得堂上人聲鬧不清,頓覺那一寸芳心起皺紋。

〔小旦白〕咦,奇了。疾風暴雨不打寡婦之門,今日客堂中恁般喧鬧,定有非常奇變。孩兒,你好好兒在房中讀書,待爲娘的到屏后去探聽消息,少停便要回房也。〔童白〕母親到那裏去,孩兒要跟到那裏去。〔小旦白〕如此,你跟着爲娘出房。須要静悄悄地,不許多言多語。〔童白〕孩兒理會得。

〔表唱〕慘煞閨中吳絳姑,不知平地起風波。他是攜兒悄立屏風后,要探聽喧鬧情由却爲何?堂上客,話啰嗦,無非要立時獻出美嬌娥。徐老夫婦是三番四覆來推却,怎禁得衆口紛紛斥且呵,相逼相催肯輕放過。

〔衆白〕兩位老人家,休要絮絮叨叨,啼啼哭哭。現在賊兵指名,要索取你家小娘子,小娘子肯去,全城便生,小娘子不肯去,全城便死。似這般生死關頭,講不得情,説不得理。請你老人家,早早決定,把小娘子送往賊營罷。〔小旦白〕嗳!原來有此變端,奴家好命苦也!

〔表唱〕絳娘屏后暗思尋,説道禍事果然天外臨。誰料黃巾偏作惡,却因紅粉遽興兵。存亡一息如何好,進退兩難待怎生。奴不是蔡氏文姬甘事敵,奴不是漢家妃子肯和親,阿唷唷,天哪!夫骨未寒兵又起,原來奇禍不單行。奴待要冰霜比潔全貞操,怕只怕玉石俱焚害衆人。絶艷驚才天所忌,俏容顏原是不祥身。絳娘是高低起伏胸頭浪,又聽得堂上翁姑啜泣聲,不由的偏身急得汗淋淋。

〔老生老旦合白〕阿呀,列位啊!休得如此逼迫,須知愚夫婦兩條老命全靠這孝順媳婦養活,怎好恩將仇報把他送往賊營,置諸死地?列位啊!請你們快快歇了這條念頭罷!〔衆白〕我們怎般央求,你老人家竟執迷不悟。哼哼,直對你老人家説了罷,今日之事,勢難兩全!你老人家允許,小娘子果然要出城去,便是你老人家不允許,小娘子也要出城去!〔老生老旦合白〕列位待將如何?〔衆白〕我們撞將進去,把你家小娘子捉往賊營,豈不直捷了當?〔老生老旦合白〕唒唒唒,天哪!〔外白〕兩位老人家別哭!列位父老也休得如此囉唣!老夫想今日之事雖然急何能擇,但是允許不允許,其權操在小娘子心中,何妨聽憑小娘子自己決斷。小娘子允許出城,他翁姑也不好相阻。小娘子不允許出城,我們也只得聽諸天命,斷無強迫之理。噲,小娘子快快出來會話者。〔小旦白〕奴家事到其間,不得不出去走一遭也!

〔表唱〕絳娘是手攜孤子出屏門,硬着頭皮見衆人。〔衆白〕徐娘子出來也。〔表唱〕容慘淡,意酸辛,立時屈膝見尊親。〔小旦白〕阿呀,公公婆婆啊!〔表唱〕一言未畢雙流淚,彷彿猿啼雁叫聲。七歲孤兒無主見,不知他母親却因何事跪埃塵,也只得跪在娘親脚后跟。

〔老生白〕賢……賢媳。〔老旦白〕媳……媳婦。〔老生老旦合白〕他們不容分説,要捉你到賊營中去。〔小旦白〕公公婆婆啊,媳婦願去。〔老生老旦合白〕去不得的。〔小旦白〕媳婦一定要去。〔老生老旦合白〕你竟一定要去,苦也苦也!

〔老生唱〕我那賢媳啊,你是兼全容德與言工,甘旨無虧慰阿翁。不料吾兒偏短命,累得你深宵坐聽五更鐘。操勞家計心先悴,點染丹青手不鬆。口茹藥,首飄蓬,鬻書鬻畫可醫窮。賢媳啊你今朝抛却翁姑去,唒唒唒,苦也苦也,令人兒老淚彈乾苦滿胸!

〔表白〕徐太公痛哭未畢,那徐太君又號啕起來。

〔老旦唱〕我那媳婦啊,你是知詩達禮美嬌娥,定省無虧慰阿婆。不料吾兒偏短命，害得你綿綿長恨恨如何。虀鹽歲月愁中去，菽水光陰恨裏過。穿縞素，謝綺羅，飄零涕淚背人多。媳婦啊，你今朝拋却翁姑去，唷唷唷，苦也苦也，却不要苦煞堂前白髮姑！

〔小旦白〕公公婆婆啊，不是媳婦忍心拋撇堂上而去，事到其間，更沒有兩全的方法。公公婆婆護不得媳婦，媳婦也戀不得公公婆婆。探湯蹈火，媳婦且去一遭。公公婆婆須要善自寬解，休爲着苦命媳婦加添煩惱。〔外白〕可憐可憐，徐娘子，你真個願去，不生后悔么？〔小旦白〕委實願去，絕無后悔！〔外白〕徐娘子竟委實願去，不生后悔，苦也苦也！

〔唱〕徐娘子啊，你既然冒險衝危到虎穴行，萬家命重一身輕。斬釘截鐵無更改，忍淚吞聲有決心。全閭里，救孤城，怕只怕難保裙釵貞烈名。魑魅擾人難講理，豺狼當道不容情。老夫是陷人不義心何忍，只落得提起心頭愧不禁。

〔小旦白〕噯，許先生，古人云：死或重於泰山，或輕於鴻毛。奴家雖一女流，於泰山鴻毛之間辨別至審。去年官人作古，奴家那時何難一死，只因上有翁姑，下有義子，斷不能萬事不管、一死卸責，忍延殘喘，一歲於玆。如今全城生命既關係於奴家一身，奴家死得其所，尚復何悔？只是死在家中於事無濟，不如奮身而出，死在賊前。既可保奴家之貞操，又可全合城之生命。一年中求死不得，今日方遂夙願，刀鋸在前，鼎鑊在后，奴家有何懼哉！奴死以后，養老卹孤，要求許先生及諸位父老，看奴家面上，照應則個。〔外白〕徐娘子無庸憂慮，都在老夫身上！〔衆白〕徐娘子不用憂煎，都在我身上！〔小旦白〕如此，奴家要當衆一拜也！〔表唱〕深深拜，拜來賓，說道卹孤養老要關心，故鄉父老今拋撇，華表精魂會再臨。阿呀列位啊，奴在九原心不死，眼巴巴盼他浪静與波平。〔外衆合白〕徐娘子，我們今日真個又感又愧也！〔表唱〕深深拜，拜尊親，說道翁姑貴體保千金。天邊那有長圓月，世上原無不散雲。阿呀翁姑啊，奴到九原猶憶戀，慘悽悽相逢定在夢中魂。〔老生老旦合白〕唷唷唷，兀的不痛殺人也！〔旦唱〕深深拜，拜亡靈，說道吾夫鑒察阿儂心。紅羊歷刼甘嘗苦，黃鵠哀歌忍背盟。_{阿呀夫君啊}，奴赴九原君自慰，_{喜孜孜泉臺共}話別離情。

〔童白〕母親到何處去，孩兒也要同去！〔小旦白〕阿呀兒啊，你是去不得的。〔童白〕孩兒一定要去！〔小旦白〕孩兒，你且站着，聽爲娘囑咐一番者。

〔唱〕兒啊，你是義姓螟蛉改姓徐，以甥作子慰孤悽。却虧你依依常在娘身畔，深閨何曾片刻離。一載辛勤親課讀，三更燈火五更雞。爲娘的身死以后，你須終朝埋首攻經史，何慮文齊福不齊，顯姓揚名能遂願，爲娘的魂歸泉下也笑迷迷。

〔衆白〕唷唷唷，苦也苦也！我們鐵石心腸，硬要逼徐娘子到賊營中去，真正良心全無，天理安在？如今觸目傷心，我們已懊悔不迭，橫豎生死存亡，自在天命，管他攻城不攻城。徐娘子，你且回房，千萬不要出去！〔小旦白〕一言既出，駟馬難追。便是父老不許奴家去，奴家也不得不去。父老啊，你聽礮聲震天價響，賊兵已迫不及待，預備攻城。奴家就此去也！

〔表唱〕俠骨慈心徐絳娘，不辭蹈火與探湯。一聲去也忙辭別，_{便要}身出城關會虎狼。《獻雪》一章今唱畢，_{唱書的重重涕淚掛胸腔}，早已是絃酸聲澀不成腔。

第六回　完　貞

開　篇 _{秋瑾女士}

見婦女雜誌第二卷第十號雜俎欄《清代女紀》

秋雨秋風愁殺人，一抔黃土葬秋魂。秋蟲唧唧因風泣，秋草年年
繞墓青。劍湖俠，秋璿卿，他是個閨中豪杰女中英。拋除家計到東瀛
去，十載淘餘水尚腥（用女士《黃海舟中感懷詩》原句）。熱血滿腔頻擊劍，寶
刀歌午夜發悲吟（女士有《寶刀歌》）。學成歸國開風氣，要做那女界光明一
顆星。恨只恨摶沙有願興亡楚，博浪無椎擊暴秦（用女士《感懷詩》原句）。
同志友，徐錫麟，乘時起義皖江城。女士是暗通消息言相助，忍使那大好
神州付陸沉。誰知道事機不密身遭捕，竟做了恨海難填的精衛禽。鬼哭
神號天日暗，斷頭臺痛指古軒亭。橫刀一笑向天去，千古羅蘭有替
身。到如今西子湖邊留俠影，龍泉手握態如生（西湖秋社懸女士肖影，和服握
劍氣象如生）。當時慘碧莨弘血，竟把那兩字共和點染成。華表精魂常不
散，往來過客淚縱橫，憑弔那秋亭秋社與秋墳。

〔小旦引〕烏鵲高飛，不樂鳳凰。妾是庶人，不樂耿王。〔白〕阿呀呀，
將軍在上，奴家有言奉稟。〔净白〕哈哈，美人有話請講。〔小旦白〕奴家
蓬門弱質，山澤陋姿，不料耿大王謬采虛聲，妄加物色，調將遣兵，志
在必得。奴家既已到此，尚復何說？只是動身之先，奴家却有三章約
法，不知將軍容納不容納？〔净白〕你且道來。〔小旦白〕第一椿，請將軍
立刻拔營回去，以踐前言。〔净白〕這個自然。〔小旦白〕第二椿，無論何
人不得前來侵犯。〔净白〕你是王爺賞識之人，咱們敢侵犯？〔小旦白〕第
三椿，一路伴送之人，只許遠遠相隨，不得逼近奴身。〔净白〕便是遠遠
相隨，想你也不能插翅飛去，這三椿都可依得。〔雜白〕啓稟將軍，今有
老江在營門外，說奉王爺令旨，要與將軍會話。〔净白〕快開營門，說俺
有請。〔雜白〕得令！

〔表唱〕老江含笑入營門，說道王命在身倍道行。令旨曾經親付託，着區區長途跋涉見將軍。香車寶幰安排好，來迓如花似玉人。快快去，莫留停，準備要宮扇雙擎進御營。帝室妃嬪榮莫比，神仙眷屬樂難云。待將來山河鐵券酬功績，開國元勳是冰上人。老江是樂極忘形隨口道，却還要頻頻回首看釵裙。絳娘此際渾無語，一寸芳心自忖尋。〔小旦白〕咦，這人好生面熟也。〔旦唱〕上下轆轤思索遍，不由的咬牙切齒恨連聲。〔小旦白〕嚇！想着了，這人便是園中所遇的惡魔。官人當日便道是個奸細，今果不出所料，官人好有先見也。〔旦唱〕驀然想到亡夫語，不由的斷綫珍珠落滿襟。狹路冤家今日遇，仇人不死豈甘心。休言烈婦心中苦，且表那老江催促要登程。

〔丑白〕將軍啊，大王在營中盼望美人，捱一刻，似一夏。請你老快快選派幾名老成兵卒，隨着區區，護送美人到御營中去覆命。〔淨白〕美人有三章約法，如是如是，這般這般，俺早已一齊允許。老江啊，你的意下如何？〔丑白〕既經將軍允許，區區也沒有什麼話說。〔淨白〕那么美人可同着江先生即日登程，你們行后，俺亦即便拔營去也。〔丑白〕美人美人，你下半世的榮華富貴，都出於區區一人之力，大王面前，你須添幾句好話，不要忘懷了冰上人啊！

〔表唱〕老江是滿懷得意話偏多，自詡今朝執斧柯。附鳳攀龍欣有託，論功行賞總無訛。絳娘聽，蹙雙蛾，宿恨深仇忍撇過。却恐老江生顧忌，故而假裝笑貌對奸徒。說道先生啊，蹇修撮合惟君力，飲水思源感煞奴。絲繡平原留紀念，金鎔范蠡沐恩波。只是三章約法君須記，一路周旋待莫苟。此后王爺相見日，奴自然添花錦上忍相辜。老江聽罷心頭樂，不由的頭戴高高紗帽烏，因而涕零感激謝嬌娥。

〔表白〕老江聽了絳娘之言，以爲出於中心，并非虛假。頓時脅肩諂笑，奉承不迭。絳娘說什麼，老江諾諾連聲，不敢違拗。話休絮煩，且說老江別了徐尚朝，帶領八名老成兵卒，伴送絳娘登程而去。約莫行了三十里路程，早見一帶高岡，數仞絕壁迎面而來，當住去路。車夫們趕動牲口引着車輛，向那羊腸小徑，盤旋曲折而過。真個境僻地幽，山明水净，好一派風景也。

〔表唱〕九曲羊腸擇路行，輪聲轆轆輾來輕。這時間鳥聞蹄響衝煙去，花為人來帶笑迎。老樹無風偏作響，亂山不雨自成陰。礙雲阻石應無路，跨頂題詩合有人。徐絳娘是驀地思潮方寸起，春鶯囀動一聲聲，説道車夫替我把車停。

〔丑白〕美人啊，你看夕陽半山天色不早，我們還要趕程前行，覓個客店住宿，此間不是停車之所，勸美人休得逗留。〔小旦白〕哦，先生差矣，奴家三章約法有言在先，先生怎麽恁般逼促，全無情理。〔丑白〕依着美人，便將怎樣？〔小旦白〕奴家酷嗜山水，喜弄筆墨，這般名勝所在，怎不題壁數行，以誌鴻爪？〔丑白〕嗄，美人要題壁吟詩，區區陪你前去，不知可使得麽？〔小旦白〕男女有別，誰要你陪。〔丑白〕美人要題詩在那裏？〔小旦白〕不過在前面高岡上略書數語罷了。〔丑白〕區區既不敢奉陪，理應差幾名小卒陪你上去，以便差喚。〔小旦白〕哦，先生又來了，此岡前有深潭后無去路，奴家身無雙翼，何能飛去？你們不放心，可在半岡等候便了。〔丑白〕那么，美人須從速下岡，不得久留。〔小旦白〕這個自然，何消囑咐？〔卒白〕江老爺，你怎么放他上岡，不怕他變生意外么？〔丑白〕橫豎這岡子不甚高，我們候在半岡可以瞧得見他，怕他怎的？〔卒白〕江老爺，江老爺，你休要懊悔嫌遲也！

〔表唱〕莫言兵卒暗驚慌，且表那玉潔冰清的吳絳娘。容慘淡，意悽惶，果然奮步上山岡。登峰造極初停足，觸景傷情欲斷腸。上邊是淡淡斜陽雲掩映，下邊是深深絕壑路蒼茫。碎身粉骨安排定，便要烈烈轟轟做一場。此是儂家歸骨地，千秋萬載有奇芳。居高臨下把奸徒恨，倒豎柳眉怒滿龐，故而口口聲聲罵老江。

〔小旦白〕下邊兵卒們聽者！〔卒白〕咦，這美人在岡頭呼喚兄弟們，且靜聽則個。〔小旦白〕奴家與老江今生無怨，前世無仇，這賊子如鬼如蜮如虎如狼，竟在你們大王面前興風作浪，惹禍招非，把奴家害到這般地步。奴家松柏之操、冰雪之姿，雖遭奸徒暗算，豈肯忍辱偷生？今日當着你們面前，拼個一死。奴死以後，你們休要放走這個賊子！須知這個賊子，既然害了奴家性命，並且喪了你們大王名譽，罪大惡極天理不容。你們快快替奴家洩一口氣，把這賊子擒到耿王面前活活處死，爲世上除一大害！奴家言盡於此，就此歸真返璞去也！

〔表唱〕絳娘一躍下山頭，萬丈深潭把軀幹投。玉殞香消魂渺渺，花殘月缺魄悠悠。山靈哭，地鬼愁，似這般勁節貞心世莫儔。那時間急壞老江人一個，安排忙裏把身抽。〔丑白〕美人竟躍下山頭了，待我到前面尋覓去。〔卒白〕老江，你要脱逃，今生休想！〔丑白〕這是不干我事。〔卒白〕請你到大王面申辯去！〔表唱〕衆兵卒猜破奸徒謀免脱，霎時間一條鐵索鎖咽喉。橫拖倒拽情難恕，戴月披星迹不留。解到耿王營中將那始末情由來細稟，靖南王聽罷淚雙流。立把那老江綁出營門去，割下新鮮一顆頭。自古害人終自害，平時何苦使奸謀。願未遂，命早休，試問那湛湛青天欺得否？

〔表白〕且説永康城中的父老，知道絳娘此去兇多吉少，急要探聽他的下落，所以一路之間暗暗相隨。後來絳娘登岡罵賊，墜崖捐軀，都被他們探得確切，一時全城感動，合邑歔欷。殯葬之日，哭者萬人。那徐老夫婦的老淚彈乾，肝腸慘裂，自然不消説得了。埋骨之地便在他丈夫徐明英墓畔，豐碑三尺，深深的刻着"徐烈婦吳絳雪之墓"八個大字。春秋佳日，士女來憑弔墓門者，不可勝數。一天，有三個少年女子穿着縞素衣裳，姍姍而來望着墓門，即便掩袂拭涕，泣不可仰，嗚嗚咽咽，一路哭到墓上，拍着墳墩，慘悽悽的喚道：絳姊，絳姊，你死得好苦！説到這裏，便塞住喉嚨，不能再道一字。列位看官，這三個女子不是別人，卻是絳雪生前的閨友秀水吳素聞，西泠周瓊，山陰祁修嫣也！

〔表唱〕哭聲聲，喚聲聲，長眠人不作一聲膺。慘清清，冷清清，淚珠兒點點落衣襟。人何存，魂何存，莽天涯無處把君尋。痛煞人，恨煞人，傷心人慣作不平鳴。夜沉沉，樹沉沉，樹梢兒剩有杜鵑吟。姓千春，名千春，墓中人玉骨萬年馨。締同心，結同心，同心兒梔子最關情。

〔表白〕三位女史之中，素聞與絳雪尤爲莫逆，所以哭得異常慘苦。山花聞之而匿彩，林禽聽之而罷啼。山陽笛無此悲酸，蜀道鈴遜兹慘切。瀕行之際，又手植同心梔數簇於墓下。從此歲歲抽條，年年吐蕊，人人都説是絳雪精魂所託，洵不誣也。若説絳雪手製的《同心梔子圖》，左旋右折皆可成詩。舊讀止詩詞數首，未盡其妙。迨至咸豐年間，永康一個書生，姓應名瑩，表字菉園，復就其圖，潛心玩索，得五言絕句六首，六言絕句四首，詞三十二首，又六言詩八句，另有《同心梔子圖讀法》一卷行世。曲園老人謂因此讀法，交相推演，當更有不盡於此者。列位看官，何妨在那餘暇的時候，把篇首所登的同心梔子圖，反覆尋繹，另行發明什麼新讀法。庶幾絳雪一番苦心不致埋没，這不是一樁表章潛德的佳話么！閑話少説，小子編到這裏，早已磨乾墨瀋，禿盡筆尖。不如再唱幾句，做那同心梔的下場詩罷。列位看官們啊——

〔唱〕我那中華巾幗著賢名，彤史流傳萬古馨。列女一編劉向撰，漢書數卷大家成。其中不乏賢良女，或擅才華或守貞。惜乎私德無虧公德缺，愛夫心重愛羣輕。若説那慈腸俠骨超儕輩，蹈火探湯救衆生。上下古今能有幾？無非是寥寥碩果與晨星。唐李侃，宰項城，一朝賊寇肆侵陵。存亡呼吸如何好？可憐這縣官主見全無心膽驚。虧得其妻楊氏女，是一個閨中豪杰女中英，他便懸金募士充前敵，絕旨分甘餉守兵。從此項城無驚變，却原來大功全出一釵裙。寂寥千載誰相繼，幸有那吳氏絳娘可并稱，保守孤城全衆命。到如今李妻徐婦兩千春，編書的吟來下里巴人句，寫出貞姬淑女心。六卷彈詞今唱畢，中間不少涕洟痕。書唱畢，絃不停，却還有芻言幾句告諸君。方今是改良社會宜通俗，要使那雅俗共知婦稗明。編劇本，唱戲文，本來社會最歡迎，只是登場袍笏要安排好，終不能倉卒之間告厥成。惟有彈詞稱利便，輕而易舉削繁文。只須三條絃索隨身帶，便可嫋嫋餘音供客聽。故而到處流行無阻礙，唱書的場子徧鄉村。環而聽者人如堵，説法現形激刺深。那一般社會是，口口聲聲談伯虎，三三兩兩説方卿。彈詞魄力非常大，只少個易俗移風的柳敬亭。編書的有志救時權不屬，只靠着筆尖兒普勸世間人。聊將俚句傳貞操，且把常言道俗情。吳絳雪，講分明，他是個閨中模范女中型。貞風勁節宜傳播，梔子同心好咏吟。勸諸君不妨唱給衆人聽！

六、徐烈婦祠志

烈婦徐吳氏請旌事略①（甘結、諭旨）

署永康縣爲詳請事，准卑縣儒學移開。據闔邑紳耆、拔貢生潘樹棠、舉人陳憲超等呈稱：竊以精石鏡磨，愈表冰清之節；惠山泉濯，彌征玉潔之身。摩笄愁代北之雲，貞光共仰；題壁痛清楓之嶺，勁節爭傳。固已曆久彌彰，輝流彤管，無幽不闡，傳列青箱。況乎哀托孤鸞，慘變悽同金谷；悲鳴寡鵠，和戎強出玉關。聰明自擅風流，聊效木蘭之代戍；姿性本同冰雪，不隨孫秀以含污。遂乃縞袂趨風，庇粉榆以松柏；紅顏赴義，委荃蕙于荆榛。此固古今所未聞，史冊所罕觀，而不容聽其淹没，任其銷沉者也。生等謹查本邑有烈婦吳宗愛者，系教諭吳士騏之女，庠生徐明英之妻，年二十五歲，於康熙十三年六月廿九日殉節。氏籍望清華，秉姿純粹，儷詞華于蘇蕙，比穎悟于文姬。擁燭聯吟，方對吹簫之侶；撤鈿勵操，遽悲盛鬋之年。謀似續於螟蛉，聊存一綫；值披猖之狼虎，突至千群。惟時偽弁徐尚潮，負僕固之梟雄，擅懷光之凶狡，潛窺婺郡，直犯麗州，登臺而意在羅敷，索女而情圖回鶻。豔桓嫠之麗色，虎視眈眈；聞鮑妹之才名，寇氛洶洶。氏乃自知難免，意起詐降，遂爾從行，胸操成算，紿之出境，靨以所求。無何瞑目而呼，甘觸媧皇之石，竟忍奮身，以墜自投。玉女之扉，軀捐卅里坑邊；驚鴻不返，人去六宜樓上。墜馬長辭，向崖石以埋香，指殽函而證

① 標題爲編者所加。

果。昔王師之下降，爲里鄺所諱言，以致代遠年湮，光淹志乘，卒能名亡實在，節重鄉評。嗟夫，碧血香埋，殉夫即以殉國；青燈燼剪，保鄉豈忍保身？勁竹含芬，經三秋而更綠；寒潭照回，五夜而逾清。以故文愍沈公操其雅鑒，風聲表厥清芬；剛直彭公獎以宏詞，月旦嘉其潔節。言非誇而有據，安山之手錄可征；事以實而非虛，故老之口碑猶在。豐城瘗劍，寶氣終騰，神渚沉珠，精光難掩。似此舍生紓難，竟解阽危，妙計完貞，終全大節，乃乾坤之正氣，爲邦族之殊榮。倘令精衛群飛，空填木石，杜鵑啼血，莫薦蘋蘩，則泉台之毅魄難安，金石之貞心莫表。幸際聖天子頒題貞之詔，大宗師厪闡隱之懷，洽億萬姓之公評，發二百年之潛德。爲此粘附事實，謹加甘結，扣乞移縣，詳情旌表。奏請自行捐貲於本籍，建立專坊專祠，以妥貞魂，用彰特操。庶幾人心景仰，同懷義烈於千秋；天語榮褒，共溯芳徽於百世。等情到學。

據此敝學查得已故烈婦徐吳氏，志凜冰霜，光爭日月。謝家道韞，擅香茗之清才；秦氏羅敷，咏卷箴而獨活。青年早寡，痛已酷于魯嫠；白晝嬰鋒，逼更橫于沙叱。保萬家之邑，抗志千秋；投卅里之坑，捨身一擲。以才媛而兼傳節烈，古猶間有其人；藉和戎而終賴安全，茲實創聞其事。固幽潛以必顯，雖掩抑而益彰。松柏後凋，姻族共欽其型範。枌榆久庇，鄉閭願奉以蒸嘗。合取合邑紳耆里鄰親族甘結，加結造冊，移請查核轉詳等由過縣。

准此卑職查看得已故烈婦徐吳氏節貫松筠，功垂桑梓，德容并著，詩畫兼長。傳經庭下，無殊伏勝之兒；問字閨中，不讓毛萇之女。相夫子以成家，躬親紡績，痛慈姑之早世，虔薦蘋蘩。三生有訂，歌賦同心，九死不移，願隨比翼。詎料琴悲別鶴，鏡怨分鸞。名媛新寡，方謀似續於螟蛉。妖寇橫行，忽驚披猖於豺虎。耳久噪之才名，涎未亡之豔色。賊隊奔馳，將肆焚戮，人情疑懼，莫保生全。氏乃慷慨請行，倉皇就道，甘捐軀而紓難，出妙計以完貞。迄今讀其著作，手澤猶留；溯厥風徽，口碑未没。洵推巾幗完人，已載《輶軒實錄》，士論共孚，鄉評允洽，幽光待闈，旌典宜邀。合將送到册結，加具印結，備文詳送，仰祈憲台核轉請題，實爲公便，爲此備由呈乞，照詳施行。今詳送事實清册七本，印甘結七套。

詳府憲署浙江金華府永康縣，今於與印結爲採訪節烈，請闈幽微事。准卑縣儒學結構，結得已故烈婦徐吳氏，系教諭吳士騏之女，庠生徐明英之妻，于康熙十三年殉節，時年二十五歲。委系守志完貞，臨危抗節。智謀勇往，保梓里之生靈，慷慨捐軀，流椒川之芳烈。兹溯幽貞之事迹，宜邀曠典之恩榮。允順輿情，堪馨祀事，并無扶同捏飾。移請核轉前來，卑職復查無異，合加印結是實。

光緒十八年三月廿六日詳

永康縣知縣郭文翹

具甘結，金華府永康縣合邑紳耆并鄰里親族，拔貢生潘樹棠、舉人陳憲超等。今於□□與甘結爲採訪奇烈，請闈幽微事，實結得同里已故烈婦徐吳氏，系教諭吳士騏之女，庠生徐明英之妻，于康熙十三年殉節。委系操堅松柏，功庇枌榆。拼身紿賊，保四境之生靈；取義成仁，完千秋之名教。鄉先生輯其遺詩，風征可溯；諸父老采其逸事，月旦堪稽。安山氏之筆記昭然，應榆亭之題詞宛在。貞烈堪風，鄉評允協，與請旌建祠之例相符。其中并無虛捏冒濫情事，所具甘結是實。

拔貢生	潘樹棠	舉　人	陳憲超
恩貢生	陳汝平	恩貢生	吕念祖
歲貢生	樓鳳修	歲貢生	應保民
歲貢生	酈師丹	歲貢生	沈　琪
歲貢生	朱正廉	廩貢生	王昌期
廩貢生	吳秀芝	廩貢生	樓　榮
廩貢生	王　齡	廩貢生	章炳文
廩　生	應登瀛	廩　生	黄人守
廩　生	華　榮	廩　生	胡宗衡

廩	生	胡宗楚	廩	生	胡禧昌
廩	生	應祖培	廩	生	盧嗣鏞
廩	生	盧思昉	廩	生	舒藻華
廩	生	施則行	廩	生	胡濟川
廩	生	章文録	廩	生	胡瑞華
廩	生	李書丹	廩	生	吳　濂
廩	生	黄立鵠	廩	生	程贊鈞
增	生	吕鵬飛	增	生	張建勲
增	生	徐閏合	增	生	徐晉鎔
增	生	徐昉棠	增	生	支廷槐
附	生	王嵩年	附	生	金世恩
附	生	吕際虞	附	生	王壽人
附	生	王　恙	附	生	吳鳴謙
附	生	姚國良	附	生	姚澤人
附	生	吕　鴻	附	生	應又焕
附	生	施焕成	附	生	孔憲成
附	生	章景樞	附	生	胡宗良
附	生	舒國華	附	生	陳丙成
附	生	張心顔	附	生	俞經德
附	生	陳輝珊	附	生	胡洪心
附	生	童士諤	附	生	應咏春
附	生	應寶邦	附	生	應紹華
附	生	應世昌	附	生	陳焕章
附	生	盧清源	附	生	徐廷卿
耆	民	吕志體	附	生	盧修鍾
附	生	吳樹基	附	生	吳　坦
附	生	吳崇翰	附	生	李培燦

附　生	姚樹人	附　生	姚濟人
附　生	黃日新	附　生	王紀方
附　生	徐師濂	附　生	童藝林
附　生	黃位中	俱有押	

　　禮部謹題爲題請旌表事。禮科抄出。浙江巡撫崧駿等疏稱：金華屬烈婦徐吳氏一口，應請旌表建坊等。因具題，奉旨該部議奏，欽此。欽遵到部，該臣等議得光緒十九年各直省題請旌表浙江所屬貞孝節烈婦女。據該撫等詳慎核實，造具册結到部，均與旌表之例相符，應請准其旌。俟命下之日，臣部行令該撫轉飭查明該府聽州縣統計所屬烈婦烈女及阨窮貞孝節婦女共若干口，給銀三十兩，官爲總建一坊，題名其上，毋庸按口給銀。已故者於節孝祠内設位致祭，謹題請旨等因。光緒十九年十二月十六日題，十八日奉旨依議，欽此。

　　欽加三品銜，特授浙江金華府正堂，加一級隨帶，加六級紀録，七次畢札；永康縣知悉。光緒二十年四月初七日奉學憲陳札開，現准護撫院咨開永康縣烈婦徐吳氏請旌一案，曾否奉准。部文咨查示復等因，到本護院准此。查此案已于本年二月十三日准禮部咨覆，當經分別咨行，并咨貴學院在案，准咨前因相應，粘抄原册，咨復查照等，因到本部院准此合行札知札府，立即轉飭八屬，曉諭士民，一體知悉，毋違等因。奉此除分行外合特粘抄札飭札到該縣，立即出示曉諭，士民一體知悉，并傳該家屬知照，毋違，切切。特札計粘鈔。光緒二十年四月十三日，欽加同知銜，特授金華府永康縣正堂，加三級隨帶，加一級紀録，十二次。楊爲飭知事照得本邑烈婦徐吳氏請旌一案，現奉護撫憲劉案行，光緒廿年二月十三日，准禮部咨開，光緒十九年十二月十六日題，十八日奉旨依議，欽此等。因咨院粘鈔，徑行下縣，并奉府憲畢。札同前由，除出示曉諭外，合行飭知，爲此仰該烈婦徐吳氏家屬人等一體知悉毋違。特諭。

　　　　　　　　　　　　　　　　　光緒二十年四月十九日

烈婦祠志序

古者有邦國之志，有四方之志。凡夫政教、貢賦、兵刑、禮俗以及食貨、藝文之類，靡不博稽掌故。詳舉典章，書而志之，所以信今而傳後也。近則郡邑有志，宗祠有志，皆仿其例，爲著述以備遺忘。蓋志之爲言，識也。弗識則墜，欲俟來世而不惑也難矣。吾族徐烈婦，以國初名媛，捐軀殉烈，救合邑生靈，其功殆與天后相伯仲，乃湮没幾二百年，迄今始闡揚其德，近則旌表建祠，永垂不朽。而歲時祭祀，猶慮誠敬之未昭，乃集族人議，輸粟捐金，訂爲籌分，并置田畝，以爲祭祀之需，措置經理已數年於兹矣。歲仲冬，衆議將籌分分班值祭，以垂永遠而示來兹，且慮其久而或佚也，乃將建置祠宇、捐助籌分、及祀產糧賦之屬分類而纂輯之，附以祭品儀節，并議規則匯訂爲編，顏曰《烈婦祠志》。理貴詳明，不求文飾；辭務紀實，無取鋪張。期於有所征考，以資率循而已。至於烈婦之節烈功勳、詩文書畫以及名公卿之傳贊、士大夫之咏題，史乘已詳，《輶軒》已錄。自當別爲編纂，不宜混同。以淆體例。即自修志以迄建祠其間，謡諑繁興，群言淆亂，歷數載之案牘紛繁，亦非一時所能詳叙，擬別撰紀事略以附於後。而諸務蝟集，又無暇搜求軼事，姑從闕略，以待將來。雖是編之旨，其細已甚，然而好善之雅，具有同情感應之孚，遐邇一體，亦可見德澤之入人者厚，閱數世而不能忘也。嗟夫，功施愈大，則受者愈忘，阨塞愈深，則報之愈遠。如烈婦者，其才其功其德，皆足以超越徃古，卓絶來今，洵女界中之一大特色，而豈惟區區建祠立祀，爲足以報答其庥也乎？志既成，同人索言，以弁於首，而筆墨荒蕪，語無文藻，因略抒所見，以志原委如此云。

時大清光緒三十三年歲次丁未涂月

心羲謹序

例　言

▲ 祠志之作，所以征信于後，蓋事屬草創，經始爲難。設記載無傳，年久必佚，如本祠基址、祀産、糧賦之屬，易啓爭端，爰分門類，詳叙原本，每籌分給一編，庶後人藉以稽考，而祠産可以不壞也矣。

▲ 本祠産業均由籌分捐置，一切祠内事務應由籌分主持，無籌者不得置議，兹故另列籌分一門，查詢房分名表，以杜同名冒混之弊。

▲ 祀産糧賦，皆就目前紀載，以後如有餘資，應隨時添置。産業增設，户管續議，補載現契内。賣主四至有無取贖，及承收户管，一律載明。祠基畝分亦附載糧賦條内，以備查考。

▲ 祭品儀節，均參酌大祠春冬祭式，妥議厘訂。因籌分均係合族故，多照舊章嗣後，如祭品貴賤不一，可酌定經費，公同增減。

▲ 規則分祭祀、管事、出納三項，公同酌擬，以便後嗣易於率循。如有應行厘訂之處，應商同籌下子孫公議，毋得任情私自删改。

寶琛　世榮　敦獻　心義　瑞春　錫珪　藩　星燦　德明全訂

心義識

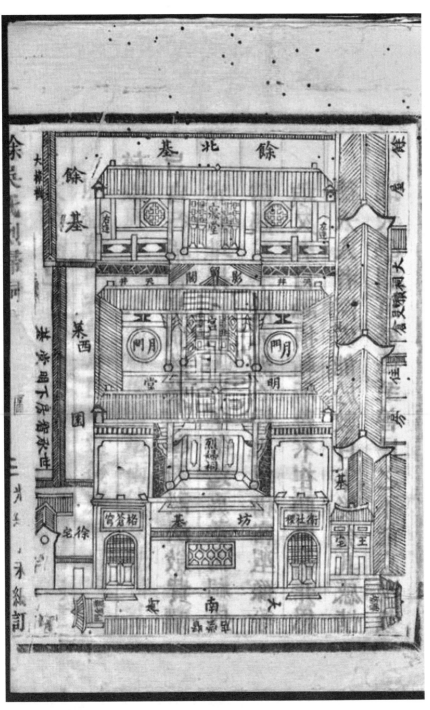

烈婦祠圖

光緒癸巳，都人士爲烈婦請旌奉旨自行捐貲建祠致祭。某等乃設法斂貲，購定基址，擇日鳩工，自甲午迄庚子而祠成，需銀三千餘元。然石柱雕梁、構宮塑像等項，又各自認捐輸，所費不在此内。藉非恩德入人者深，安能於數百年後發其感情耶。《大學》謂："道盛德，至善民。"之不能忘，洵哉！

徐烈婦祠志卷之一

祠宇區制

清風嶺上，長留指血，摩笄山巔，共傳勁節。斯祠之成，用彰奇烈，於斯萬年，貞魂不滅。

祠宇坐北朝南，正殿三楹，長二丈五尺八寸，廣四丈零三寸。正中構宮設座，丹漆輝煌，雕塑烈婦神像，旁塑兩侍女執書畫焉。東西兩楹，築月門以通後殿，由月門折入，升階三級，爲小閣，額曰“影留閣”，閣内建畫梅石碑。閣之兩旁爲天井，長廣各一丈二寸，以石欄杆圍之。天井内各置石橪，以蓻花卉。曆閣而上，升寢階一級，爲寢廟三楹，廣如正殿，深二丈五尺餘。中設神龕，供烈婦木主。寢門六扇，左右兩旁爲方楹，雕鏤精刻，飭以玻璃。階八尺，東西各有門。左達大宗祠積穀倉，右邊有餘基，連寢廟。後作曲尺形（右邊基：南至北四丈八尺四寸，東至西一丈九尺四寸，寢廟後余基：南至北一丈八尺，東至西五丈九尺七寸）。擬建平屋、招住持，爲供香楮祭祀之所，餘基外，繚以垣牆。正殿之前爲天井，翼以東西廟。東廡懸鐘，西廡置鼓。廡各一間，東長一丈五尺八寸，廣一丈四，亦如之。由廡而下降一級，爲門廳三楹，長廣均如正殿。門外階二級，階下爲建坊基址，計廣四丈三寸，長二丈一尺一寸。坊外園以照牆，牆兩邊各有門，由門而出爲大街，基址坐一都七圖迎恩坊麗金門内，坐北朝南共三進。東至王姓棚頭并大祠滴水爲界，南至大街爲界，西至菜園暨世承下智房基爲界，北至大祠灶房棚頭并世承下智房墳山爲界，總計基址東至西計四丈三寸，南至北計十四丈七寸。另寢堂後餘基東至西五丈九尺七寸，南至北一丈八尺，寢堂右餘基東至西一丈九尺四寸，南至北合寢堂後西邊餘基計算四丈八尺四寸，糧坐大宗祠完納。

徐烈婦祠志卷之二

捐助

五丁之力蜀道亦平，衆志所向自克成城。追思前烈樂解囊金，捐輸恐後永妥神靈。

永康縣正堂楊

永康縣正堂林

永仙分防廳謝

城守汛千總胡

暨

合邑捐助共洋三百五十八元（姓名詳載匾額），合族捐助共洋一千九百八十一元餘（捐名詳載匾額）。

祠基一座除買外，餘均大祠助。

正殿神宮厚塘吳氏捐助，宮前懸一小額顔曰"六宜懿範"。

佛像三尊，中塑烈婦像，旁兩侍女像，左捧書（六樓詩稿），右捧畫（杏林春燕圖），均六宜會助。

正殿大樑二根，後吳吳征棟妻徐氏助。

正殿石柱四根，裔孫錫珪妻吳氏助。

正殿前檐石柱四根，裔孫星燦、星環助。

云板一片，大宗祠助。

鼓一面，裔孫敦偉妻方氏助。

大門廳石柱四根，裔孫京鎬、京恩、榮祿、錫玉助。

八字門口石柱二根，裔孫英梅、鎮標助。

後殿石欄杆東四座，王欽簡、徐彩珍、品超、吕普生妻程氏助。西四座，胡敬田、徐程氏、文勳、京恩助。

後殿前大步石柱四根，裔孫火朝、文照助各二根。

後殿前小步石柱四根，裔孫彝順、彝珍助各二根。

後殿神龕前石柱二根，一蕭卅助，一望林助。

徐烈婦祠志卷之三

籌分備查

積水成川積簣成山,群策群力乃任鉅艱。誼本親親神惠以均,祭畢餕餘典禮可循,爰編籌分以證同源。

第一班(每逢申年輪辦)

永昌禮下

紹塽公(字英發)	華霖公(字澤人)
永生公(字舜琴)	永生公(字　同)
永生公(字　同)	涵深公(字柳軒)
麗生公(即彝金)	英發　(字桂林)
永瀛　(字犁翔)	永南　(住牟店)
敦連公(字彝基)	敦獻　(字維時)
心義　(字理夫)	心義　(字理夫)
寶慶　(字積家)	思囂　(字叙九)
彝穀　(字子誠)	與蘭　(字韻香)
倫枝　(字心華)	

第二班(每逢酉年輪辦)

世承上禮下

慈常　(琢齋公)	乾常　(克治公)
美齋公(字信侯)	憲時公(字鼎臣)
思葵公(字舜臣)	思發　(字楚佩)
思發　(字楚佩)	環佩　(字　同)
環佩　(字　同)	環佩　(字　同)

開云 （字英蘭）	永昆公（字玉如）
瑞春 （字繼華）	晋鎔 （字芝山）
桂芬 （字維華）	宗發 （字忻甫）
德明 （字銘新）	德明 （字銘新）
德睦公（繼子杏書）	

第三班(每逢戌年輪辦)

永昌義下

六吉公（字　　）	修齋公（字　　）
聖彩公（字　　）	蜜林公（字　　）
咸德公（字　　）	翠山公（字　　）
京福 （字綏之）	京鎬 （字維一）
京恩 （字榮甫）	京幹 （字維周）
炳霞 （字景蔚）	錫珪 （字振玉）
蔭榮 （字□華）	錫峯 （字振犀）
蔭佳 （字作仁）	蔭龍 （字振飛）
藻翔 （字鴻飛）	同蜚 （字　　）
同發 （字　　）	

第四班(每逢亥年輪辦)

世承下禮下

思言公（字忠齋）	思程公（字廉庵）
洪英公（字天賜）	洪英公（字天賜）
永儀 （即永修）	永成 （字觀周）
永成 （字觀周）	謙志 （即敦崇）
錫康 （字載福）	錫康 （字載福）
馨山 （字西香）	敦良 （字惟山）

敦台 （慕）　　　　　寶林 （字漢松）

彝德 （字潤身）　　　彝秉 （字德夫）

彝仁 （字德甫）

第五班(每逢子年輪辦)

永昌禮下

永倘(字永初)　　　　永祝(住金大塘)

永德(住金大塘)　　　敦銀(字仁美)

敦漢(住金大塘)　　　瑞麟(字玉書)

光德(字蘊玉)　　　　彝金(字琢軒)

榮禄(字松一)　　　　汝熙(字宜之)

潤生(居在城)　　　　金從(字玉如)

成波(字振濤)　　　　星燦(字拱祥)

松幹(字樹華)　　　　金瑶(字玉鈿)

際唐(字得芹)　　　　星環(字拱禄)

第六班(每逢丑年輪辦)

世祥松下

興立成常　　　　　　興立成常

興立成常　　　　　　興立成常

松吟公(字韻山)　　　松吟公(字　同)

松吟公(字　同)　　　松吟公(字　同)

華隆公(字　　)　　　彝順 （住西園）

彝順 （住　同）　　　彝通 （居西園）

彝珍 （字國欽）　　　文照 （字星乙）

文勳 （字憲章）　　　金富 （字福生）

龍虎 （字云山）

第七班(每逢寅年輪辦)

永昌禮下

旃銘公(地日下信常)　　　　宏宇公(地日下信常)

琳璋常(地月下)　　　　　　俊華常(地月下)

俊升常(地月下)　　　　　　永珪公(地日下住宮後)

耀彩公(地日下住宮後)　　　定新公(地日下謹分)

永郎公(字咨荒,地日下住金大塘)　永敦常(禮人下住外王)

永澄公(地月下住牟店)　　　文傳　(字煥東禮天)

文鎔　(字陶成禮天)　　　　敦洛　(字周營子世榮禮人)

起濤　(字哲三禮人)　　　　秉茂　(字克彝禮人)

彝東　(字秀松禮人)　　　　倫敷　(字實之禮人)

第八班(每逢卯年輪辦)

世承仁下

通吳常(字聖之)　　　　　　通吳常(字聖之)

總協常(字際豐,住郎家)　　　進發公(字俟達)

儒彩公(字錦鎔)　　　　　　新魁公(字占一)

新魁公(字占一)　　　　　　敦六公(字　　　)

章成公(字慶軒)　　　　　　英煥　(住德茂塘)

金福　(字祝三)　　　　　　貴文　(字南橋)

炳林　(字榮珪)　　　　　　華山　(字鎮西)

○藩　(字瑤圃)　　　　　　○藩　(字瑤圃)

明火　(字陞堂)　　　　　　授勳　(字馨香)

第九班(每逢辰年輪辦)

永昌下仁義智(仁二義七)　　籌　　(智八籌)

載官公　　　　(智下)　　　懋冬公(智下)

英金公（智下） 　　　　　　　偉云公（義下住大塘沿）

桂圓公（義下住大塘沿） 　　　珠銀公（義下住同）

心田公（義下住同） 　　　　　瑞昌公（義下住同）

敦忠公（居後金龍義下） 　　　英龍　（智下住上把趙）

英銓　（智下） 　　　　　　　英波　（智下居上把趙）

汝金　（智下居南園） 　　　　永汀　（智下居上把趙）

樹椿　（字熙邦仁下） 　　　　陽春　（住後金龍義下）

彞煥　（仁下住下園朱）

第十班（每逢巳年輪辦）

世承仁下

景元公（住應店） 　　　　　　景財公（住同）

廷祖公（住同） 　　　　　　　敦丞公（字人品）

燼柔公（字雨卿） 　　　　　　燼柔公（字　同）

倫叙公（字惟五） 　　　　　　春林　（字敦妙）

敦起　（字敦辦） 　　　　　　望能　（字聖多）

文云　（字振元） 　　　　　　雙金公（字天生）

望忠　（字德明） 　　　　　　海和　（捐名大生）

紹洲　（字望瀛） 　　　　　　貴芳　（敦一百四十一）

忠恩　（字錫榮） 　　　　　　忠榮　（字錫禄）

第十一班（每逢午年輪辦）

世承祥下

應熙公（號敬齋） 　　　　　　龍雨公（孟廿二公下，住黃渡橋）

懋旭公（字振升） 　　　　　　懋暄公（字振先）

兆逑公（字君配，住馬宅） 　　五字常（世承信下，住章塘）

洵常　（世承信下，居章塘） 　英昊公（字追成）

世日公(字允興)　　　　　文有公(敦三百三)

應相　(世祥梅下,居武邑)　品超　(字軼群,世祥梅下)

文興　(世承信下,住桐琴)　月明　(字永源)

敦嬝　(字恩睦,住郎家)　　彝銓　(字茂壽)

鍾泉　(字釀山)

第十二班(每逢未年輪辦)

世承仁下謙三

志庵公(字于維)　　　　　明山公(住縉邑,雙港橋)

云周公(住縉邑西岸)　　　柏材公(住縉邑,雙港橋)

仲田　(住同)　　　　　　福林　(永一百四十)

福林　(永百四十)　　　　寶琛　(字貢甫)

寶琛　(字貢甫)　　　　　寶琛　(字　同)

寶瓊　(字佩瑤)　　　　　寶瓊　(字佩瑤)

寶賢　(字安卿)　　　　　倫超　(字卓之)

倫拔　(字萃之)　　　　　倫魁　(字占鼇)

倫疇　(字岩福)

徐烈婦祠志卷之四

田産租入

祊田之設，爲祭泰山，姬公宜祀，許田斯頒。百穀用成，時不害三。烝嘗禴禘，勿替兩間。

▲ 田四十把（計一坵），土坐西津橋頭大路下。

東至大路爲界，南至本祠七十爲界。

西至地塔爲界，北至地塔爲界。

下甲堰管注成熟。

▲ 田七十把（計一坵），土坐西津橋頭大路下。

東至八十爲界，南至水堰爲界。

西至本祠八十爲界，北至本祠四十爲界。

下甲堰管注成熟。

一田八十把計一坵，土坐西津橋頭大路下。

東至本祠七十爲界，南至水堰爲界。

西至本祠四十爲界，北至地塔爲界。

下甲堰管注成熟。

以上三坵共計百九十把。

額燥租五百斤店口秤（以雞穀作堰穀）。

▲ 田七十五把（計一坵），土坐排塘祠堂前大曹塘沿第三坵。

東至七十爲界，南至百五十田爲界。

西至坑井百四十田爲界，北至七十五田爲界。

大曹塘管注并塘內三百丼拍注額燥租二百七十五斤店口秤（雞穀四斤）。

▲ 田八十把（計一坵）。

土坐大園山頭門口。

東至三百塘爲界，南至三十爲界。

西至七十六十爲界，北至堰二百田爲界。

井頭塘管注成熟并塘内大井一口四十七十八十田拍注。

額燥租三百二十斤店口秤（雞穀四斤）。

▲ 田九十把（計一坵）。

土坐排塘祠堂前西湖塘沿。

東至六十百廿爲界，南至九十爲界。

西至九十爲界，北至西湖塘界。

西湖塘管注成熟并塘内己井一口二坵九十拍注。

▲ 田八十把（計一坵）。

土坐五里牌黄城塘下。

東至五十爲界，南至三十爲界。

西至八十爲界，北至五十爲界。

黄城塘管注成熟。

額燥租二百廿斤店口秤（雞穀四斤）。

▲ 田四十把（計一坵）。

土坐五里牌下山頭黄城塘上。

東至百秧爲界，南至五十爲界。

西至山沿爲界，北至廿把爲界。

黄城塘管注成熟又四十塘一口。

額燥租百六十斤店口秤（雞穀二斤）。

▲ 田八十把（計一坵）。

土坐五里牌黄城塘下。

東至八十爲界，南至五十爲界。

西至八十爲界，北至五十爲界。

黄城塘管注并胡德塘拍注成熟。

額燥租二百廿斤店口秤（雞穀四斤）。

▲田五十把（計一坵）。

土坐金大塘後井頭山。

東至百秧并塘爲界，南至五十爲界。

西至八十爲界，北至墳山爲界。

屋基塘管注成熟。

額燥租百八十斤店口秤（雞穀二斤半）。

▲田八十把（計一坵）。

土坐金大塘後井頭山。

東至五十爲界，南至五十爲界。

西至三十爲界，北至墳山爲界。

屋基塘管注成熟。

額燥租二百八十八斤店口秤（雞穀四斤）。

▲田四十把（計一坵）。

土坐金大塘後井頭山。

東至八十爲界，南至廿把爲界。

西至十把爲界，北至灰屋爲界。

屋基塘管注成熟。

額燥租百四十四斤店口秤（雞穀二斤）。

▲田三十把（計一坵）。

土坐金大塘後井頭山。

東至八十爲界，南至灰屋爲界。

西至下塘爲界，北至屋基塘爲界。

屋基塘管注成熟。

額燥租一百八斤店口秤（雞穀一斤半）。

▲田三十把（計一坵）。

土坐金大塘後朱明塘。

東至廿把爲界，南至三十爲界。

西至八十爲界，北至四十爲界。

朱明塘管注成熟。

額燥租一百八斤店口秤（雞穀一斤半）。

▲ 田二十把（計一坵）。

土坐金大塘後朱明塘。

東至高塇爲界，南至三十爲界。

西至三十爲界，北至四十爲界。

屋基塘管注成熟。

額燥租七十二斤店口秤（雞穀一斤）。

光緒三十一年分。

▲ 買在城大擇明坊胡金釗田二百把，計一坵。土坐上馬石。四百掛契載，原價取贖。

東至二百爲界，南至大路爲界。

西至二坵七十五爲界，北至百秧三十爲界。

四百塘拍半管注成熟。

計價洋二百十元正又中洋六元三角。

額充納燥租九百斤店口秤雞穀十斤。

光緒三十二年分。

▲ 買胡店墳山胡思田，共計田四百四十五把，計五坵。

土坐蒲桃園百八十把後龍透口塘下八十把。

又花英壇七十五把，孫塘口六十把。

又前山頭五十把。

活契一紙，載明不拘年限，原價取贖。計價洋二百元（無中東）。

額充納利息燥租十四擔店口秤。

光緒三十二年分。

▲ 買永昌禮下亨登田八十把，計一坵。又地塔一片。土坐西津橋外沙田橋頭。

活契一紙，載明不拘年限，原價取贖。計價洋四十元（無中東）。

額充納利息燥租四百斤店口秤。

光緒三十三年分四月。

▲ 買永昌禮天下大山莊茂良克肖等田二百六十把，共計三坵。

土坐大路背，一百秧後。處屋基塘下田十把。紫金山沿一百二十把。計價洋六十元。又中洋一元八角。

額充納利息燥租四百廿斤店口秤。

徐烈婦祠志卷之五

糧賦正供

粵稽往古，用貢用助，周道方昌，徹田爲糧。賦不一法，道惟輸將。於以愛君而奉上。

徐貞烈大籌常户，糧坐：

義豐鄉一都一圖狀元坊。

光緒二十八年分。

收一都四圖訓化坊杜慎利户：

民田三畝四分二厘七毫，西津橋頭沙畈四十、七十、八十。

收一都六圖大由義坊王懿常户：

民田一畝六分五厘，土名大園山頭門口八十。

民塘二分正，井頭塘并己丼。

收五都三圖排塘莊梅日分户：

民田一畝六分六厘一毫，土名西湖塘沿九十。

民塘四分五厘，同九十丼拍半。

收五都三圖排塘莊梅雙錢户：

民田一畝四分正，土名大曹塘七十五。

民塘一分正，大曹塘。

光緒三十二年分。

收一都八圖宣明坊徐拱同户：

民田九分正，土名朱明塘口二坵五十。

民塘一分正，同。

民田三畝四分正，土名墳山屋基塘二百秧四坵。

民塘二分八厘正，同。

民田六分三厘正，四十。

民田一畝三分四厘,土名黄城塘下下山頭八十。

民塘一分正,同。

民田一畝六分六厘八毫,同。八十。

民塘一分正　同。

共結民田十六畝○七厘陸毫,民塘一畝三分三厘,實在正銀兩一錢四分○六毫九絲二忽八微,條銀一兩二錢六分七厘,兵米一升五合六勺。遇閏另加。

徐烈婦祠志卷之六

犧牲粢盛，不備不祭，不貴多品，告全告潔，訂爲定額，明禋爰薦，庶幾典祀，無豐於昵。

二月初九日大祭定額祭品

熟緩羊一羫，額每熟一斤計生三斤。生一斤額銀八分。

熟肉并豬首二個，額一百二十斤折生一百六十斤。

熟鵝二隻有餒，額肫肝在内去腸血油。每熟一斤計生二斤。

熟雞四隻驗緩另加，額肫肝在内去腸血油。每熟一斤計生二斤。

大饅首，額每席二斤計八個。

攢盒一架，額銀三分。

暖食十碗，額銀一錢。

花粿廿四個，額銀四分。

雙糕廿四塊，額銀四分。

糖食餅各四色，額銀二錢。

凈酒一斤，額銀三分。

粉乾湯四碗，額銀一分。

大紅燭正殿神位前、香案前各半斤一對。寢堂前四兩通一對。

紗燈紅燭一斤大門口一對，拜廳一對，正殿二對，東西廂一對，寢堂一對共計六對。京香三子，中方紙一刀，黃標紙半刀，元寶一百，大綻一副，琢四兩一仝，彩連炮全千。

以上九項共額銀八錢。

插白飯米，額每席二斤。

真元陳每席二斤，額每斤三分。

烤腐，額每席一碗，每碗一分五。

千張，額每席一碗，每碗一分五。

時菜，額每席二碗，共一分五。

吹手，額銀四錢。

用人，額銀一兩。

厨，額銀五錢。

柴，額銀一兩。

醬油薑鹽，額銀二錢。

刷印紅票并門票祭榜，額銀三錢。

貼門票，額銀四錢。

宰羊工，額銀一錢。

席蘿，額銀三分。

主祭胙，額鮮肉一斤。

寫祝胙，額鮮肉半斤。

山禽二色、時菓四色，額不給銀。

食米，額二十斤。

省牲束二席，額錢一千二百文。

下手剚切，額點心錢四百文。

會長算賬夜飯二席，額錢八百文。

祭資九折給錢，價照大祠算。

六月廿九日祭。

綫雞二隻，大饅首六斤。

熟肉六斤，雙糕十二塊。

雞蛋十二個，架麵二斤。

凈酒，柴火錢八十文。

京香二子、黄標半刀、紅燭二對、綻一副、中方一刀、元寶一百、雙響四個、連炮五百、午飯二席、席蘿，額錢十二文。

以上禮物，着住祠備辦均照時價算。

徐烈婦祠志卷之七

祭祀儀節(附祝文票式)

(通)起鼓,序立,迎神鞠躬拜興(凡四),平身。瘞毛血,降神。(引)詣盥洗所司事者醮水進巾,詣酒樽所司樽者提壺酌酒,詣香案前跪,上香,酹酒,俯伏興,平身,復位。(通)進饌,行初獻禮,(引)詣,欽旌烈婦吳氏之神位前跪,薦酒奠酒(凡三),俯伏,興,平身。詣後寢堂之牌位前跪,薦酒,奠酒(凡三),俯伏,興,平身。詣讀祝位跪,(通)讀祝文。主人以下皆跪,俯伏,興拜(凡二),平身,復位。(通)行亞獻禮,(引)詣神位前跪,薦酒,奠酒(凡三),俯伏,興,平身。詣牌位前跪,薦酒,奠酒(凡三),俯伏興,平身,復位。(通)行終獻禮,(引)詣神位前跪,薦酒,奠酒(凡三),俯伏,興,平身。詣牌位前跪,薦酒,奠酒(凡三),俯伏,興,平身,復位。(通)侑食(點茶加箸於飯),(通)飲福受胙,(引)詣飲福受胙位跪。(通)主人以下皆跪,(引)受酒,淬酒,卒飲,受胙,俯伏,興拜(凡二),平身,復位。(通)辭神鞠躬拜興(凡四),平身。焚祝文(詣焚祝三揖),徹饌,禮畢。

祝文式

維

皇清光緒　　　年歲次　　　二月朔越有九日　　嗣孫　等

敢昭告於

欽旌烈婦吳氏祖妣之神位前曰:嗚呼!有德必顯,無美不彰,懿維節烈,曆久彌光。志貞松柏,操凜冰霜,柩圖六出,綿繡衷腸,桃溪才豔,椒嶺神傷。捨生取義,功烈難忘,苦衷湮欝,上格穹蒼。曰堅曰白,磨涅無妨,皇天眷佑,降之百祥。

恩綸下賁,寵錫龍章,名公巨卿,競切褒揚,輶軒紀實,彤管流芳。

欽崇旌表

天語煌煌，奕奕廟貌，既安且康。時維二月，俎豆馨香，虔具牲醴，拜跪趨蹌。仰瞻靈爽，降福無疆，鑒茲誠意，來格來嘗，伏惟尚饗。

徐烈婦祠祭票

祭票式

本祠春祭：凡諸房下嗣孫執籌者，各宜整肅衣冠，均於本月初九日寅時赴祠拜祭。散餕須至票者。

右給某祠下某房第　班某人執領。

光緒　年二月初一日給第　號。

某祠某房第　班值辦。

徐烈婦祠志卷之八

規則

不有刱始，繼起爲難。不有守成，前功盡棄。凡事皆然，況乎常帑？爰訂規則，冀杜弊端。果能遵行，守而弗失。雖無賢智，庶幾永保。時移世易，啓後有人，續修厘訂，妥善畢臻。删蕪增美，慮遠思深。跂予望之，後起之英。祭祀規則：

▲ 值祭照籌分班，按年輪辦，周而復始，務虔誠致敬，不得懈怠推諉，致誤祀典。

▲ 祭品定有規額，按數備辦，祭畢上手交出祭料，會長執秤，下手驗明，曾否透熟，然後過秤。以熟准生，庶無虛冒，務期牲牷肥腯，品物豐潔，一應陳設，俱要整齊，毋致褻慢。

▲ 本祠系捐籌置産，應照籌與祭，散餕無籌，不得混入，著值班及各會長稽查。

▲ 本祠定於二月初九日致祭，由值班及各會長懸燈結彩。祭日黎明，各籌分務須衣冠到祠拜祭，所有執事人等，均於籌分内紳衿選擇，祭畢執籌散餕，如有酒後滋事，本房長及各班會長自行約束違者，公同議罰。其祭儀祭品另載儀節祭品條。

▲ 六月二十九日爲烈婦祖妣殉難紀念之辰，理應虔誠致祭，由各會長務備具香燭牲醴至日衣冠拜祭，以昭誠敬。惟常帑無多，兼以天氣炎熱，公議會長致祭，不必邀集籌分，以節祭資。其祭儀祭品，另載儀節祭品條。

管事規則

▲ 本祠落成後并無絲毫常款，衆議於本族内集籌積帑，以垂久遠。爰於庚子年刱議向各房勸捐，由心義（字理夫）、藩（字瑶圃）、寶琛（字

貢甫)、瑞春(字繼華)、世榮(字華卿)、敦獻(維時)、星燦(字拱祥)、德明(字銘新)、錫珪(字振玉)協理積儲。茲幸置買田産,擬定規制,漸次成立,復議分班輪值祭事,擬先以理事者充當會長,事理嗣後應議每班選舉一人,共以十二人爲額,其田産若干另載産業條。

▲ 會長懸缺,仿祠例以過年爲限,由各會長秉公,于所缺班中擇賢擬舉。賢則克守,舉則不爭,衆論僉同,方着祠役延請,不得擅專,致啓紛競。

▲ 本祠祠宇由合邑捐建,常産由籌分積儲,剏業者費盡辛勤始能成立。今議嗣後子孫如有不得已將籌脚易賣者,本祠籌簿永不更名。惟籌下添注入某人字樣,如有擅行私賣各房者,本籌會均不承認。

▲ 集籌積帑。剏議於光緒二十六年庚子於廿七廿八廿九三年并三十一年續收,先後共集二百十四籌,每籌合計捐穀三百斤。内計永昌禮五十五籌,世承仁六十二籌,永昌義廿六籌,世承禮三十六籌,永昌仁二籌,永昌智八籌,世承信三籌,世祥二十一籌,孟廿二公下一籌,惟世承義智無籌,現都分爲十二班,按地支年分,分配值班辦祭。會長擬十二人,定于每班中選舉一人,不得分房輪派,以不賢者濫充,亦不得擅權專制,概由一家經理。

▲ 徵收租課現尚無多,每年議定二期即可。一律繳清糶穀亦可,一次糶完,俟日後積儲稍裕再行續議。展期所有銀錢出入贏餘,務須擇公正不阿、爲衆允服者面交存積。如有牽扯,各會長應即立行催繳,不認繳者由公義退會追繳。

▲ 會長十二人由每班中選舉一人,須照班公舉延請,嗣後遇有某班缺出,即由某班選補,惟各班中有數房拼合者,以籌分最多數爲先,但恐以後賢愚不等,仍不得以愚不肖者濫竽充數。

▲ 租課爲賦稅祭祀之需,佃户宜擇勤勞誠實,方許承種。租額宜年清年款,一律收繳燥租。如有毛濕,即行風曬,倘有拖欠,呈追佋佃,不得徇情。如遇水旱荒災,照大祠例。

▲ 祠宇以妥神靈，理宜整潔。無論同族外人，一概不准暫行借住，及堆積雜物，違者查出議罰。

出納規則

一、發糶常穀，宜遵例約，齊會長到祠公議時價，不偏聽牙戶藏秤高抬價。議定後再行定期發穀，至期齊集會長驗鎖開倉執秤，務須公平正直，一字二衡，毋得徇情。

二、各班值祭，定於祭期前十日邀全會長到祠，支領祭資三份之一，臨時入祠辦祭，再支三份之一，祭畢算賬，將祭器簿籍票板一概交代清楚，然後找清，以杜捐借。

三、本祠常帑，均係各籌分公積創始，原非易易。如有暫行通借者，無論會長親友及祠下裔孫均宜有實在質當，無論田屋契據，概須認真查確，不得徇私。每年可取息而并無糾葛者，眾議僉允，方准暫時借用，無契據者一概不准。

四、元宵懸點大門首大燈籠一對，神位前一對。于首年臘月算賬時給紅燭一斤，着住祠管點，以昭誠敬。

五、倉屋附建大祠，由住祠者帶管，每年終結帳時，給住祠茶葉錢、燈油錢各三百二十文。

六、本祠常帑均係公積，所有煙點年規諸項，現理事者并無分文給發，嗣後應議一概不給，以杜爭端，并節縻費。

附志影留閣額

天地間萬事皆影也，忠孝節烈豪傑聖□亦其影長留耳。余嘗考訂烈婦年譜，春秋僅二十五載，而其德與其才其功之昭著者，竟不朽千古焉。嗚呼！如烈婦者，固閨閣中之第一影子也已。今歲爲烈婦祠落成，以二百餘年湮没而不彰者，燦然大明於世，豈非士君子之所大快者哉！余不獲瞻仰祠宇，而竊計欽其德，仰其才，被其功者，莫不樂其影之長留，而爲後人留一影子也。爰綴數語於額，以志景仰云。

光緒二十有五年歲在己亥

德清俞樾拜撰

壯哉徐烈婦！地球植綱常。誓死不從賊，胸中有智囊。暫借甘言餌，退寇三舍旁。全城賴安堵，激烈赴幽鄉。舍生能取義，豈遜文天祥。出諸巾幗中，尤爲千秋光。況又保黎民，功偉不可忘。長吏群請旌，貞節達朝堂。大德必獲報，宗族宜蕃昌。小子因視學，遠道來永康。瞻仰巍祠後，崇拜心寫藏。惜已逼歲莫，未及助蒸嘗。惟願聞風起，名共史册揚。壯哉徐烈婦，萬世薦馨香。

光緒丁未年　冬月

金衢嚴省視學、衢州西安縣教諭仁和徐光烈拜題

徐君光烈，字海澄，仁和人。丁未冬，以省視學來永調查學務，適心羲任勸學，所總董藩任宫小學教員，因察閱本族小學，并約游大宗祠及烈婦祠，詢知刱修祠志，即擬五古一章，囑爲附梓，藉伸欽仰之意。心羲、藩等本擬於本志内列藝文一門，將名公卿題咏傳記薈萃成編，衹以待籌經費，且無暇編輯，姑從緩議兹。承海澄徐君之意，特先刊入，俟後再行匯訂，志此以明無體例之體例云。

跋

　　世界大舞臺中，有演出英雄手段者，有演出智謀手段者，有演出轟轟烈烈、隆隆炎炎，炫耀於一世手段者。發現時如急電過目，大放光綫，然瞬息遂成子虛。惟忠臣義士、孝子烈婦，當時雖受慘劇，而明鏡蒙塵，無損光明之體，云霾蔽日，嘗含朗曜之輝，有愈抑愈揚，愈久愈彰者，如我從祖姒吳烈婦是已。烈婦遭奇劫於康熙甲寅，留紀念於道咸間，至皇帝禦極之十八年，而其才、其節、其功，始赫然顯揚於朝野。越數年而建祠以爱其靈，又越數年而集貲以隆其祀。歲季冬，同事之爲久遠計者，將祠宇祀産以活字版編纂成志。藩觀是志之成，而喜其實報之遠也，爰掇數語于末，簡以志不朽云。

　　　　　　皇清光緒三十有三年歲在丁未涂月
　　　　　　　　七世從孫藩盥手謹跋